Jennifer A. Nielsen
Nicolas Calva
Das magische Amulett

Jennifer A. Nielsen

Nicolas Calva

Das magische Amulett

Aus dem amerikanischen Englisch
von Petra Knese

GULLIVER
von BELTZ & Gelberg

Für meine Grundschullehrerin Mrs Flores, bei der ich lernte, die Worte zu lieben.

FSC
www.fsc.org
MIX
Papier aus verantwortungsvollen Quellen
FSC® C089473

Dieses Buch ist erhältlich als:
ISBN 978-3-407-74854-6 Print
ISBN 978-3-407-74781-5 E-Book (EPUB)

in der Verlagsgruppe Beltz · Weinheim Basel
Werderstraße 10, 69469 Weinheim

Published by Arrangement with SCHOLASTIC INC.,
557 Broadway, New York, NY 10012 USA
Die Originalausgabe erschien 2015 unter dem Titel *Mark of the Thief* bei Scholastic Inc., New York
Dieses Werk wurde vermittelt durch die Literarische Agentur Thomas Schlück GmbH; 30827 Garbsen
Übersetzung: Petra Knese
Lektorat: Isabelle Ickrath, Carolin Eichenlaub
Neue Rechtschreibung
Umschlaggestaltung: Isabelle Hirtz
Druck und Bindung: Beltz Grafische Betriebe, Bad Langensalza
Printed in Germany
1 2 3 4 5 22 21 20 19 18

Weitere Informationen zu unseren Autor_innen und Titeln finden Sie unter: www.beltz.de

EINS

In Rom zählten die Götter alles und die Sklaven nichts. Nur einem Dummkopf würde es einfallen, sich als Sklave gegen die mächtigen Götter aufzulehnen.

Ich war auf dem besten Weg, ein solcher Dummkopf zu werden.

Als Sklave im Bergwerk im Süden der Stadt leistete ich meist gute Arbeit. Ich schuftete schwer und nahm klaglos Befehle entgegen, jedenfalls solange sie nicht blödsinnig waren und mein Leben aufs Spiel setzten. Dann stellte ich mich einfach taub.

»Du machst gefälligst, was ich sage, Nic!« Sals wutentbrannte Stimme hallte in der kleinen unterirdischen Kammer. »Ich habe deinen Ungehorsam lange genug großzügig übersehen!«

»Großzügig?«, schnaubte ich. Wenn er damit karge Kost, Schläge und gefährliche Aufträge meinte, war Sal wirklich besonders großzügig gewesen.

Die Götter hatten sich einen Spaß daraus gemacht, mich an diesen Ort zu schicken, und mir zu allem Überfluss einen Herrn gegeben, der den Verstand einer verschrumpelten Karotte und das Mitgefühl einer wütenden Wespe hatte. Außerdem roch er nach Fußpilz, wobei mich das noch am wenigsten störte. Viel schlimmer war, dass Sal von all den Hunderten von Sklaven ausgerechnet mich am meisten hasste. Was nicht weiter überraschend war, denn auch ich hasste ihn aus vollem Herzen. Meine Hände waren in Ketten, und er hatte eine Peitsche, war Herrscher über Leben und Tod. Im Großen und Ganzen gehorchte ich ihm also.

Aber diesmal nicht, nichts würde mich dazu bringen, unsere jüngste Entdeckung auszukundschaften, eine Höhle, in der sich angeblich Julius Cäsars verlorener Schatz befand. Sie war nur über einen tiefen Schacht zu erreichen und hatte bereits einen Arbeiter das Leben gekostet. Als Nächsten hatten sie Fidelius geschickt, einen Freund von mir, der jetzt in der Ecke kauerte, unverständliches Zeug murmelte und auf seiner Faust herumkaute wie ein Hund auf einem Knochen. Vielleicht lag es an der schlechten Luft, vielleicht spukte es dort unten, oder die Götter wollten einfach nicht, dass wir hier gruben. Ich wusste es nicht und es war mir auch egal. Ich würde da keinen Fuß reinsetzen.

Oder hatte ich es nicht anders verdient? Heute früh hatte ich unbemerkt Sand in Sals Becher geschüttet. Noch immer hustete er Sandkörner. Doch ich hatte überhaupt kein schlechtes Gewissen. Sal hatte es nicht anders verdient.

Mir tat nur meine Schwester Livia leid, die auch hier im Bergwerk arbeitete und sich ständig um mich sorgte. Livia war nur ein Jahr jünger als ich, doch seit unsere Mutter als Sklavin verkauft worden war, war ich für Livia verantwortlich. Ins Bergwerk selbst durfte sie nicht, aber die Entdeckung hatte sich seit gestern sicher überall im Lager herumgesprochen. Livia wusste, dass ich dort arbeitete, und würde sich fragen, ob ich lebend zurückkäme. Das wüsste ich selbst gerne.

»Nein, Sal. Das ist doch Verschwendung von Menschenleben.« Damit konnte ich ihn sicher nicht überzeugen. Sal interessierte sich nämlich ausschließlich für sich selbst. Wenn ich ihm mit Geldverschwendung gekommen wäre, hätte er womöglich auf mich gehört.

»In der Höhle liegt Gold«, sagte Sal. »Der Erste, der unten war, hat es gesehen.«

»Bevor er um Hilfe schrie und starb!«, entgegnete ich.

Sal zeigte auf Fidelius. »Aber der hier ist zurückgekommen!«

Fidelius hob den Kopf, die Augen immer noch riesig und blutunterlaufen wie gleich nachdem wir ihn geborgen hatten. Mit leerem Blick sah er mich an. »Cäsars Geist wacht über der Höhle. Das ist ein verfluchter Ort.«

Sal packte mich an der Tunika. »Rom weiß bereits von unserem Fund. General Radulf ist auf dem Weg, um sich die Höhle anzusehen. Wenn da unten wirklich Gold zu holen ist, will ich es als Erster haben.«

»Dann geht doch selbst!« Natürlich konnte Sal mich dafür auspeitschen lassen, was er sicher auch tun würde, aber immer noch besser, als sich seinem Befehl zu fügen.

Fidelius schüttelte sich und murmelte: »Cäsar wird euch verfluchen.«

Auch das war nichts Neues. Jeder Bergarbeiter im Süden hielt sich ohnehin für verflucht. Der Berg lag nämlich am Nemisee, nahe dem Tempel der Göttin Diana, in dem sich angeblich seltsame Dinge abspielten. Wenn ein Bergarbeiter verschwand, fragten wir uns immer, ob Diana ein weiteres Opfer gefordert hatte.

»Schluss mit den Widerworten!« Sal stieß mich in die Arme

seines Wächters. »Wirf seine Leiche in den Schacht und besorg mir einen neuen Sklaven.«

Der Wächter zog ein Messer aus dem Gürtel, aber ich hatte nicht vor, mich von diesem Schwein abstechen zu lassen. Ich riss mit aller Kraft die Arme auseinander, rammte dem Wächter meine Ellenbogen in den Bauch und stürzte zum Stolleneingang. Sal und der Wächter stolperten fast übereinander, als sie mir hinterherliefen, doch ich hatte fünf Jahre lang in den Stollen gearbeitet und kannte sie so gut wie kein anderer.

Ich hastete an ein paar Bergleuten vorbei, Sal rief ihnen zu, sie sollten ihm aus dem Weg gehen. Und damit der Wächter auch sah, dass ich in einen dunklen Stollen abbog, wurde ich langsamer, um mich gleich danach in eine noch dunklere Felsspalte zu drängen. Der Wächter lief an mir vorbei, Sal folgte ihm auf den Fersen.

Doch ich war längst nicht frei. Ich musste erst durch den ganzen Stollen und dann Livia im Lager ausfindig machen. Mir war immer klar, dass wir eines Tages fliehen würden. Warum also nicht heute?

Gerade als ich mein Versteck verlassen wollte, hörte ich, wie zwei Männer, die sich im Hauptstollen leise unterhielten, näher kamen. Sie bogen in den kleineren Stollen ein und blieben etwa eine Armlänge vor mir stehen. Es waren römische Soldaten, was man an den roten Umhängen und den Ledersandalen erkennen konnte; der mit dem etwas prächtigeren Umhang musste General Radulf sein. Nur war er früher eingetroffen als erwartet.

Ich konnte mir ein Grinsen nicht verkneifen. Auf so eine Gelegenheit hatte ich gewartet. Radulf würde Sal ablenken.

»Du wartest hier«, sagte ein Mann mit tiefer Stimme. »Lass niemanden durch, bis ich fertig bin.«

»Zu Befehl, General Radulf. Wollt Ihr das wirklich tun? Wenn Kaiser Tacitus davon erfährt, kann Euch das den Kopf kosten.«

Radulfs Lachen dröhnte durch den Stollen. »Der Kaiser fürchtet mich mehr als ich ihn. Und wenn er es erfährt, ist es ohnehin zu spät. Dann kann mich niemand mehr aufhalten. Ich werde dieses Reich zu Staub zermalmen.«

»Vorausgesetzt, in der Höhle findet sich das, wonach Ihr sucht«, fügte sein Begleiter hinzu.

Radulf trat noch näher an mein Versteck heran, und obwohl er die Stimme senkte, verstand ich jedes seiner Worte. »Ich spüre an diesem Ort eine magische Kraft, genau wie Rom spüren muss, dass es in den letzten Zügen liegt. Die Entdeckung der Höhle Cäsars wird mein Leben verändern.«

Magische Kraft? Davon hatte ich in den letzten Jahren aber nichts gemerkt. Doch obwohl ich die Augen schloss und versuchte, immer mehr in der Felsspalte zu verschwinden, wusste ich, dass sich auch mein Leben bald ändern würde.

ZWEI

Irgendjemand hatte Sal über Radulfs Ankunft in Kenntnis gesetzt, damit musste er die Suche nach mir wohl oder übel aufgeben. Atemlos kam er angehetzt und entschuldigte sich vielmals beim General, dass er ihn nicht gebührend empfangen hatte.

Als Sal sich untertänigst verbeugte, senkte er sein schweißnasses Haupt direkt vor mir. Hätte er nur kurz aufgeblickt, wäre ich aufgeflogen. »General Radulf, Euer Besuch ehrt uns.«

»Räumt den gesamten Stollen«, sagte Radulf. »Dann führt mich zur Höhle.«

»Hier ist der Mann, der die Höhle für Euch erkunden wird.« Auf Sals Handzeichen hin führte ein Wächter einen Mann vor. Ein kurzer Blick verriet mir, dass er wie ich Ketten trug, wobei er auch noch an den Beinen gefesselt war. Sal rechnete wohl mit Widerstand.

Aber der Mann wehrte sich nicht. Er sank auf die Knie und schluchzte wie ein verzweifeltes Kind. »Ich flehe Euch an, *Dominus*! Schickt mich nicht in die Höhle. Ich will nicht sterben.«

»Wenn's nötig ist, schicke ich auch tausend Sklaven in den Tod«, knurrte Radulf. »Steh auf.«

»Ich … ich bin zu groß für die Öffnung«, sagte der Mann. »Und zu schwer für die Seile. Ihr braucht jemanden …«

Sal versetzte ihm einen Schlag auf den Hinterkopf. »Wie kannst du es wagen, dich dem General zu widersetzen?«

Der Mann fiel auf alle viere, und als er sich umdrehte, um Sal zu antworten, sah er mir direkt in die Augen. Ich schüttelte den Kopf, eine stumme Bitte, mich nicht zu verraten, doch er warf mir nur einen finsteren Blick zu und grinste breit. »*Dominus*, Ihr wollt jemanden wie ihn.«

Sal folgte seinem Blick und riss mich an den Ketten aus der Felsspalte. »Da bist du ja, du Ungeziefer. Mit dir rechne ich später ab.«

»Lasst ihn mal anschauen«, sagte Radulf.

Mir rutschte das Herz in die Hose. Ihm musste klar sein, dass ich sein Gespräch belauscht hatte. Also hielt ich den Kopf gesenkt, während er mich musterte. Mit ein bisschen Glück würde er mich für schwächlich halten und das Interesse verlieren. Als einer der jüngsten Bergarbeiter war ich längst nicht der Größte oder Stärkste hier, aber auch nicht der Dümmste. Im Moment blieb mir nur zu hoffen, dass der General in mir keine Bedrohung sah.

Leider klappte es nicht. Die Finger des Generals schlossen sich wie Schraubzwingen um mein Kinn und ich musste nach oben schauen. Vor mir stand ein hochgewachsener Mann mit dunklem, an den Schläfen schon leicht ergrautem Haar, olivfarbener Haut und wie aus Stein gemeißelten Gesichtszügen. Die breite, muskulöse Brust steckte in einer silbernen Rüstung, gewiss führte er das Schwert an seiner Seite mühelos.

Dagegen war mein dunkles Haar strubbelig, der dünne

Stoff meiner Tunika hing mir in Fetzen vom Leib herunter. Außerdem war ich schmutzig und wie alle Bergbausklaven über und über mit Schnitten, Schrammen und blauen Flecken übersät. Vor einem so bedeutsamen Mann wie Radulf war ich mir meiner niederen Stellung umso mehr bewusst. Aber wenigstens plante ich nicht gerade den Umsturz des Römischen Reiches.

Radulf musterte mich von allen Seiten »Du kommst mir irgendwie bekannt vor. Sind wir uns schon mal begegnet?«

Fast wäre ich vor Lachen erstickt. Wo hätte ein Bergarbeitersklave wohl einem römischen General begegnen sollen? Wir hatten nichts miteinander gemein. Und ich wollte auch nichts mit ihm gemein haben, bis auf eins: Er war frei.

»Arbeite mit mir zusammen«, sagte er, »dann vergesse ich vielleicht, dass du gelauscht hast.«

Gerade wollte ich noch sagen, dass er für einen Verräter ziemlich laut geflüstert hatte, da schüttelte Sal auch schon den Kopf. »Mit dem könnt ihr nichts anfangen, *Dominus*. So einer missfällt den Göttern.«

Nein, ich war der Spielball der Götter, mit mir vertrieben sie sich die ewige Langeweile. Bester Beweis war diese neuerliche Schicksalswendung. Offenbar gefiel es den Göttern, mir Sals Strafe zu ersparen, indem sie mich der verfluchten Höhle auslieferten. Denn jetzt gab es nur noch diese beiden Möglichkeiten und Sal würde so oder so gewinnen. Es war unerträglich.

Sal lächelte. »Wenn ich es mir recht überlege, verstehe ich, warum Ihr ihn wollt.« Mir war gleich klar, woher der Stimmungswandel kam, und ich funkelte ihn böse an. Sals Denkapparat bestand nur aus wenigen Rädchen, deshalb konnte man ihnen beim Arbeiten zusehen. Er hatte ohnehin vorgehabt, mich in die Höhle zu werfen.

»Wie heißt der Junge?«, fragte Radulf.

»Wir nennen ihn Nic.«

»Nicolas Calva«, antwortete ich. Den Namen eines Freigeborenen hatte ich mir vor fünf Jahren selbst gegeben. Meine Mutter hieß Calva mit Nachnamen. Hätte ich mich wie alle anderen hier nur mit einem Vornamen zufriedengegeben, hieße das, ich hätte mich mit meinem Schicksal als Bergarbeitersklave ein für alle Mal abgefunden. Und ich wollte auf keinen Fall hier sterben, als wäre ich ein Nichts.

Radulf sagte: »Nun, Nicolas Calva, du wirst für mich in die Höhle steigen. Du wirst tapfer sein und meinen Befehlen genau folgen.«

»Ihr werdet keinen tapfereren und folgsameren Sklaven finden.« An den letzten Worten wäre Sal fast erstickt, ich wünschte, er wäre es.

»Warum hat er denn versucht, zu fliehen?«

Sal sah mich nur an. »Das habt Ihr missverstanden«, antwortete ich. »Ich habe in der Felsspalte nur nach anderen abtrünnigen Sklaven gesucht. Zum Glück habe ich keine finden können.«

»Mir wird er sich schon nicht widersetzen.« Radulf lächelte mich an. »Du erinnerst mich an mich selbst, als ich noch ein Junge in Gallien war.«

»Wundert mich, dass Ihr Euch so weit zurückerinnern könnt.«

Er beugte sich zu mir herunter und sah mich durchdringend an. »Ich erinnere mich noch sehr gut. Ständig gab es irgendwo Aufstände. Und immer wieder fand Rom einen

Anlass, uns niederzudrücken. Du weißt, wovon ich spreche. Das sehe ich dir an.«

Radulf hatte recht. Rom hatte meine Familie und meine Heimat in Gallien zerstört, bevor wir ins Landesinnere flohen. Alle Versuche meiner Mutter, uns vor den Sklavenhändlern zu verstecken, schlugen fehl. Vor fünf Jahren wurden wir ans Bergwerk verkauft.

Radulfs Lächeln erstarb. »Wo kommst du her, Nic?«

Sal antwortete für mich. »Er ist in Gallien geboren, seine Mutter hieß Hortensia und stammte aus Rom, der Vater ist unbekannt.«

Kurz flackerte Radulfs Blick, doch seine Augen waren weiter auf mich gerichtet. »Unbekannt? Nicht mal ein Name?«

Auch wenn es mir nichts bedeutete, wusste ich, dass mein Vater Halden hieß. Nach dem, was mir meine Mutter erzählt hatte, war er tödlich vom Blitz getroffen worden. Was für ein sinnloser Tod, ohne jede Ehre. Deshalb nahm ich seinen Namen nie in den Mund, nicht einmal vor meiner Schwester. Und vor diesem Mann schon gar nicht.

»Wo ist seine Mutter jetzt?«, fragte Radulf.

»Ein paar Wochen nach ihrer Ankunft hier habe ich sie an eine Familie in der Nähe von Rom verkauft.« Sals Blick huschte zu mir und ich sah ihn böse an. Abgesehen von allem anderen war das der Hauptgrund, warum ich Sal so hasste. »Aber die Schwester des Jungen ist noch hier. Livia.«

So, wie er ihren Namen aussprach, packte mich die Wut, und ich ballte die Fäuste. Sal hatte nie einen Hehl daraus gemacht, dass er nur darauf wartete, bis meine Schwester alt genug war, um ihr die Heirat vorzuschlagen. Bei dem Gedanken drehte sich mir der Magen um.

Da man sich auf das Wohlwollen der Götter nicht verlassen konnte, entschloss ich mich, wenigstens meiner Schwester zu helfen, wenn ich mich schon nicht selbst retten konnte. Mit gespielter Unschuld blickte ich zu Radulf auf. »Bitte, Herr, erlaubt Sal, mitzukommen. Ohne ihn schaffe ich es nicht in die Höhle.«

Sal wurde kalkweiß und gleich darauf puterrot, weil er versuchte, seine Wut im Zaum zu halten. Hastig widersprach er, aber dafür war es schon zu spät.

»Also gut.« Radulf nickte Sal zu, damit er uns den Weg wies. Über Sals Elend konnte ich mich gar nicht so richtig freuen, denn mir erging es selbst nicht besser.

Donnergrollen begleitete unseren Weg in den finsteren Stollen und mir lief eine Gänsehaut über den Rücken. Für mich war es ein Zeichen, dass sich die Götter herzlich wenig um die Sklaven im Bergwerk scherten. Ich spürte die Blicke der anderen Arbeiter auf mir, als Sal alle, bis auf mich, fortschickte. Mitfühlend sahen sie mich an, ich tat ihnen leid. Doch am Ende waren sie vor allem erleichtert, dass nicht sie, sondern ich in den Tod ging.

DREI

Der Eingang zur geheimen Höhle lag tief versteckt unter der Erde. Ich wusste es, weil ich zu der kleinen Gruppe gehörte, die sie entdeckt hatte. Nachdem wir den Fels gespalten hatten, war ein langer Schacht zum Vorschein gekommen, durch den uns ein bitterkalter Wind entgegenschlug. Das hätte uns eine Warnung sein sollen. Nun lag bereits ein toter Bergarbeiter irgendwo dort unten in der Tiefe, und als Fidelius herausgetragen wurde, kaute er immer noch auf seiner Hand herum. Nicht dass es Radulf kümmerte. Wahrscheinlich hoffte er eher, dass ich ebenso enden würde, dann konnte ich wenigstens nichts ausplaudern.

»Nehmt dem Jungen die Ketten ab«, befahl Radulf. »Sonst kann er seinen Auftrag nicht erfüllen.«

Sal schüttelte den Kopf. »Ihr seht doch, wie weit er schon mit den Ketten gekommen ist. Stellt euch vor, wie es ohne gewesen wäre.«

»Es waren nicht die Ketten, die mich zurückgehalten haben«, sagte ich. Eher Livias Zögern. Der Gedanke an Flucht flößte ihr Angst ein, während ich mich danach sehnte. Aber sie war auch jünger und konnte sich an die Freiheit nicht mehr so gut erinnern.

»Kettet ihn los.«

Sal griff wie befohlen nach seinem Schlüsselbund. Dann wurde er angewiesen, mir ein langes Seil um den Bauch zu binden. Seine Aufgabe sollte es sein, mich bis zum Höhlengrund abzuseilen. Falls es überhaupt einen Grund gab.

Als ich in die schwarze Höhlenöffnung blickte, war ich überzeugt, dass Fidelius recht gehabt hatte. Es war ein verfluchter Ort. Meine Chancen standen schlecht. Was würde aus Livia werden, wenn ich nicht zurückkam? Außer mir hatte sie niemanden, der sich um sie kümmerte. Bis auf Sal, was noch schlimmer war.

Nachdem Sal das Seil verknotet hatte, schickte Radulf ihn fort, damit wir ungestört reden konnten. Er überprüfte den Knoten, zeigte sich aber über meinen möglichen Tod nicht weiter besorgt. Das hatte ich auch nicht erwartet. Radulf sagte bloß: »Wenn hier tatsächlich Cäsars Schatz liegt, wirst du nur nach einer Sache suchen, einer *Bulla* aus purem Gold. Weißt du, was eine *Bulla* ist?«

Ich verdrehte die Augen. Jeder frei geborene Junge in Rom trug das Amulett um den Hals. Dass ich keines hatte, war ein weiterer Beweis meiner Wertlosigkeit. Natürlich wusste ich, was es war.

»Gut. Ich suche ein Amulett mit einem Greif. Auf der Rückseite sind Cäsars Initialen eingraviert. Kennst du das Alphabet?«

»Die wichtigsten Buchstaben schon.« Das entlockte ihm ein Lächeln, wobei er sich hoffentlich nicht zu viel von mir versprach. Meine Mutter hatte mir die lateinischen Buchstaben beigebracht, doch lesen hatte ich nicht gelernt.

»Ich will nur diese *Bulla*«, sagte Radulf. »Der Rest gehört dem Reich.«

Verwundert blinzelte ich ihn an, dachte an das Gespräch zwischen ihm und dem anderen Soldaten zurück. Wenn Radulf nach einem Weg suchte, das Römische Reich zu vernichten, was wollte er da mit einer *Bulla*? Kleine Jungen aus wohlhabenden Familien trugen sie als Glücksbringer. Ich glaubte ja nicht so recht an ihre Wirkung. Und überhaupt, wozu brauchte jemand, der in eine reiche Familie geboren wurde, denn noch Glück? Wurde ein Junge zum Mann, legte er, neben anderen Dingen aus seiner Kindheit, auch die *Bulla* ab. Cäsar hatte es sicher genauso gemacht.

Radulf packte mich am Arm und kam ganz nah an mich heran. »An deiner Stelle würde ich schnell vergessen, was du vorhin gehört hast. Wenn du mir Schwierigkeiten machst, geht es für dich nicht gut aus.«

Daran zweifelte ich keinen Moment. Ich kannte ihn kaum eine Stunde und schon war es mit meinen Hoffnungen steil bergab gegangen. »Ich will es nur wieder nach oben schaffen«, sagte ich. »Alles andere ist Eure Sache, nicht meine.«

Daraufhin wurden seine Züge weicher. Doch er griff noch fester zu und meinte: »Wenn du die *Bulla* gefunden hast, leg sie nicht um, halt sie fern von dir. Bring sie mir einfach. Wenn du tust, was ich sage, schaffe ich dich fort von hier, nehme dich mit nach Rom. Mit deiner Schwester.«

Mir blieb der Mund offen stehen. Ich mochte Radulf nicht, doch lieber würde ich mit einem Mann nach Rom gehen, den ich nicht mochte, als auch nur eine Minute länger im Bergwerk zu bleiben. Umso schwerer fiel mir die nächste Frage. »Und wenn ich die *Bulla* nicht finde?«

»Dann wird Sal dich nicht wieder nach oben ziehen.«

Mir zitterten so die Hände, dass ich sie gegen die Oberschenkel pressen musste, um sie ruhigzustellen. »Vielleicht komme ich sowieso nicht zurück. Andere haben es auch schon vergeblich versucht.«

Radulf musterte mich abermals. Auf seinem ernsten Gesicht erschien ein kleines Lächeln. Sollte mir das Mut machen oder war es nur ein Zeichen seiner Grausamkeit?

Und damit rief er Sal zurück. Dann hob Radulf mich auf den Fels mit dem Schachteingang, reichte mir eine Fackel und befahl Sal, mich herunterzulassen.

So eine Dunkelheit hatte ich noch nie erlebt. Schwärzer als die Nacht, schwärzer noch als die tiefsten Stollen. Kein Licht drang an diesen Ort. Die Fackel half mir ein wenig, nur brannte sie so hell, dass sie mich fast blendete. Als Nächstes erwischte mich eine eisige Brise. Wir Bergarbeiter waren Kälte gewöhnt, doch dieser Windstoß ging mir durch Mark und Bein. Hätte mich nicht gewundert, wenn die Flamme zu Eis erstarrt wäre.

Anfangs hielt ich den Atem an. Vor allem aus Angst, aber auch, weil die Dämpfe hier unten womöglich giftig waren. Im Bergwerk kam das häufiger vor. Luft, die jahrhundertelang unterirdisch eingeschlossen war, kostete manchmal die ersten Arbeiter das Leben. Für mich stand immer fest, dass ich jung sterben würde, auf der Flucht oder bei einem Aufstand vielleicht, zumindest waren das ehrenhafte Tode. Bloß, dass es später hieß, ich sei an schlechter Luft krepiert, kam nicht infrage.

Während Sal mich abseilte, rief ich mir ins Gedächtnis, was ich über Julius Cäsar wusste. Meine Mutter hatte mir mal erzählt, wie Cäsar im Ägäischen Meer von Piraten entführt wurde. Er war beleidigt, weil die Piraten nur 20 Talente Silber für seine Freilassung forderten, und verlangte, die Summe auf 50 Talente anzuheben. Nachdem das Lösegeld bezahlt und Cäsar wieder auf freiem Fuß war, fuhr er zurück zu der Insel, auf der man ihn gefangen gehalten hatte, und richtete die Piraten eigenhändig hin. Neben 50 Talenten Silber fand er auch noch all ihre Schätze. Kein Wunder, dass er später als Feldherr nie eine Schlacht verlor.

Wenn Cäsar so mächtig war, was maßte ich mir an, in seine Höhle zu dringen?

Der Strick rieb an einem scharfen Fels. Im Licht der Fackel sah ich, dass er schon leicht durchgescheuert war. Als ich nach unten leuchtete, konnte ich noch nicht einmal den Höhlenboden ausmachen. Hoffentlich reichte das Seil bis nach unten. Und wenn nicht? Würde Sal mich wieder heraufziehen oder es einfach kappen? Wenn Radulf nicht direkt neben ihm stünde, hätte er das wahrscheinlich schon längst getan.

Irgendwann blieb mir nichts anderes übrig, als Luft zu holen. Zu meiner Erleichterung war die Luft nur abgestanden und nicht giftig. Doch meine Freude währte nicht lang, denn dieselbe Brise blies die Fackel aus, sodass ich in vollkommene Dunkelheit gehüllt war.

Ich rief Sal zu, dass ich kein Licht mehr hatte, aber entweder hörte er mich nicht, oder es war ihm egal. Wahrscheinlich Letzteres, weil er mich ja ohnehin hier loswerden wollte. Und so sank ich tiefer und tiefer. Ins Nichts. In die Unterwelt.

Nach ein paar langen Minuten stieß ich mit den Füßen auf etwas Hartes. Hoffentlich der Boden, nur so ganz traute ich dem nicht. Also tastete ich blindlings umher. Unter mir lag Felsgestein, bloß fühlte es sich anders an als der Felsen oben. Dieses Gestein war nicht so großporig, dafür scharfkantiger.

Es schien mir auch ziemlich eben, doch bevor ich den Boden noch weiter abtasten konnte, hatte mich Sal schon komplett abgelassen. Nun hatte ich keine Wahl mehr.

Auf den Knien versuchte ich zu ertasten, wie eng der Raum war, dabei berührte ich etwas Fremdartiges. Erde war es nicht und für Gestein war es nicht hart genug. Es fühlte sich eher wie Holz an, rund, geschliffen und glatt wie … mir stockte der Atem. Glatt wie Knochen. Und rund … wie ein Schädel. Mit den Händen fuhr ich über den Boden und fand neben weiteren Schädeln noch mehr Knochen.

Mir schnürte sich die Kehle zu. Wer waren diese Menschen? Hatte man sie in Dianas Tempel geopfert? Oder waren es Eindringlinge, die in der Höhle ihr Grab gefunden hatten? Und blühte mir womöglich das gleiche Schicksal?

Erschrocken sprang ich auf und rannte los. Ich wusste zwar nicht genau, was sich unter meinen Füßen befand, doch mehr als einmal rollte etwas unter mir weg, also konnte ich es mir schon denken. Gerne hätte ich mich bei den Toten entschuldigt, nur die Angst, dass mir jemand antworten würde, hielt mich davon ab, also hielt ich den Mund und lief weiter.

Nach einer Weile hatte ich festen Boden unter mir und konnte wieder durchatmen. Beim Schürfen gewöhnten sich meine Augen meist irgendwann an die Lichtverhältnisse, das hoffte ich auch diesmal. Aber hier unten war nichts zu machen. Es gab einfach kein Licht, an das sie sich hätten gewöhnen können.

Also setzte ich vorsichtig einen Fuß vor den anderen und hielt mit einer Hand das Seil fest, das meine einzige Verbindung nach oben war. Kein sehr beruhigender Gedanke. Ich hatte mich noch nie im Leben so allein gefühlt.

Allerdings dämmerte mir allmählich, dass ich so allein gar nicht war. Tief im Dunkeln lauerte etwas. Atmete ruhig und mit Bedacht. Was immer sich dort verbarg, es hatte mich bereits bemerkt.

VIER

Mutterseelenallein tastete ich mich durch die Höhle. Mir war klar, dass ich jetzt vor allem eine gehörige Portion Glück brauchte. Die Dunkelheit gehörte zu meinem Leben im Bergwerk dazu. Aber allein war ich noch nie so tief unten gewesen, und schon gar nicht ohne die Sicherheit, dass irgendwo in nicht allzu weiter Ferne eine Fackel leuchtete.

Wäre es hier unten nicht so still, hätte ich das Atmen wohl gar nicht mehr gehört. Und obwohl ich mir alle Mühe gab, es hinter mir zu lassen, wurde das Geräusch von den Höhlenwänden zurückgeworfen, als wäre das Wesen immer knapp vor mir. Wenn es nicht am Echo lag, dann bewegte es sich wie eine sprungbereite Katze.

Am liebsten hätte ich Radulf zugerufen, er solle mich wieder hinaufziehen, doch das tat ich nicht. Nicht nur, weil er sich ohnehin nicht darauf einlassen würde, sondern auch, weil ich meinen genauen Standort nicht preisgeben wollte. Natürlich war das kompletter Blödsinn. Egal, wie blind ich hier unten herumstolperte, das Wesen wusste ganz genau, wo ich mich befand.

Vor mir gab es irgendwo eine Lichtquelle. In dem schmalen Lichtstreifen erkannte ich die Leiche des ersten Bergarbeiters.

Er lag auf dem Rücken, die Hände wie Krallen ausgefahren. Die Haut war mondbleich, als hätte er keinen Tropfen Blut mehr im Körper, wobei er nicht verletzt schien. Vielmehr sah er aus, als hätte er sich zu Tode gefürchtet.

Vorsichtig machte ich einen Bogen um ihn. Besonders hell war das Licht nicht, und die Frage, wie es in dieser Tiefe überhaupt Licht geben konnte, stellte ich mir erst gar nicht. Aber es zog mich an, rief mich zu sich. Wie die Motte zur Flamme strebte ich darauf zu.

Als ich anfing, im Bergwerk zu arbeiten, hatte ich Angst vor der Dunkelheit. Doch meine Mutter hatte mir klargemacht, dass es nichts im Dunkeln gab, was nicht auch im Hellen existierte. Seitdem hatten mir selbst die schwärzesten Schatten nichts mehr ausgemacht … bis jetzt. Denn diesmal war ich überzeugt, dass sich meine Mutter geirrt hatte. Nicht nur wegen des mysteriösen Wesens, das mir auf den Fersen war, sondern besonders wegen dieses Lichts. Je näher ich ihm kam, desto sicherer war ich, dass es von Cäsars Geist ausging. Ich spürte ihn, er trieb mich vorwärts.

In dem Moment kam mir das glaubhaft vor, aber schon im nächsten Augenblick entdeckte ich die tatsächliche Lichtquelle. Vor mir tat sich eine riesige Höhle auf, gewaltiger noch als alles andere, was ich bislang unter Tage gesehen hatte. Darin türmte sich Gold. Tausende umgestürzter Münzstapel, schwere Goldbarren, jeder einzelne größer als das, was wir in einem Jahr an Gold aus dem Berg schürften. Kelche, Ringe und Tabletts, allesamt aus Gold, lagen achtlos herum. Doch von denen kam das Licht nicht. Der Schein stammte von etwas, das ganz oben auf dem höchsten Münzstapel lag, und um es zu sehen, musste ich mich auf die Zehenspitzen stellen und den Hals recken. Es war eine goldene *Bulla*, die in Form und Größe etwa meiner Faust entsprach, an einem braunen Lederband. Auf den ersten Blick wirkte sie nicht besonders, wenn man mal vom Leuchten absah, was natürlich schon seltsam war. Ich hatte Gold geschürft, und es hatte nie, aber auch niemals geleuchtet. Zweifellos hatte Radulf es auf dieses Schmuckstück abgesehen. Es war Cäsars *Bulla*.

Ich wollte die Kammer gerne betreten, bloß mein Seil reichte nicht. Wenn ich mir das Amulett holen wollte, blieb mir nichts anderes übrig, als mich loszubinden. Mein Plan war einfach und wohl ziemlich dämlich: Ich wollte mir die *Bulla* schnappen und zum Ausgang wetzen. Mit ein bisschen Glück passte das Wesen nicht durch den Schacht, und wenn doch, zog Sal mich sicherlich schneller hoch, als das Tier laufen konnte. Das hoffte ich zumindest. Wobei ich nicht so ganz daran glaubte.

Kaum hatte ich das Seil abgelegt, stürmte ich auf das Gold los. Der Wert dieser Schätze überstieg mein Vorstellungsvermögen. Mit einer Handvoll Gold könnte ich meine Schwester und mich freikaufen. Mit einer weiteren könnten wir ein Luxusleben führen. Die süßesten Speisen, die edelsten Tücher, sogar Sandalen würden wir uns leisten können. Radulf hatte mir eingeschärft, nur die *Bulla* mitzunehmen und alles andere liegen zu lassen. Und … wenn ich es nicht tat?

Das Amulett stellte ich mir viereckig vor. Wenn es wie die meisten *Bullas* innen noch mit Edelsteinen gefüllt war, wäre es so viel wert wie zwei Handvoll Gold. Vielleicht auch mehr.

Doch sobald ich die Goldkammer betrat, wurde ich von der Seite angegriffen und umgerissen. Mit dem Kopf schlug ich so hart auf den Boden, dass ich nur noch verschwommen etwas wegflattern sah. Ich rieb mir die Augen. Dieses Wesen hatte mächtige Flügel und einen langen, kräftigen Schwanz.

Ich rollte mich auf den Bauch und kam keuchend auf alle viere. Schon stürzte sich das Wesen von Neuem auf mich herab, vom Windzug seines Flügelschlags schepperten die Goldmünzen. Es packte mich mit seiner riesigen Klaue und presste mir alle Luft aus den Lungen. Mir war egal, was das für ein Ding war, doch ich würde mich nicht kampflos ergeben. Also trat ich ihm kräftig in den weichen Unterbauch.

Mit einem wütenden Kreischen ließ es mich fallen und ich wäre fast auf dem Münzberg gelandet. Erst da drehte ich mich auf den Rücken, um das Wesen besser sehen zu können. Es flog über mich hinweg und fixierte mich mit einem giftigen Blick. Das Tier hatte einen Adlerkopf, nur war der so groß wie bei einem Pferd. Ausgestreckt füllten seine Adlerschwingen einen Großteil der Höhle aus, und während es seine Kreise zog, ließ es mich nicht aus den Augen. Sobald das Wesen über mich hinweggeflogen war, sah ich, dass es den Körper eines Löwen hatte.

Nun wusste ich, womit ich es zu tun hatte. Der König der Lüfte und der König der Tiere vereint in einem Wesen.

Es war ein Greif.

Meine Mutter hatte mir davon erzählt, aber darauf bestanden, dass sie allein den Göttern vorbehalten waren. Wenn das stimmte, musste dies ein besonderer Greif sein, denn er bewachte Cäsars Schatz.

Ich hatte nichts dagegen. Meinetwegen konnte er den gesamten Goldschatz bewachen, außer einer Sache.

Die *Bulla* war meine einzige Chance, es aus der Höhle zu schaffen. Ohne sie könnte ich auch gleich aufgeben. Meine

Gebeine könnten sich zu den restlichen Knochen hier unten gesellen.

Der Greif ließ sich hoch oben auf einem Felsvorsprung nieder und starrte mich an. Dann kreischte er und scharrte angriffslustig mit den Klauen. Mir blieb nicht viel Zeit.

Ich fasste die *Bulla* ins Auge, die nicht weit von mir entfernt auf dem Münzhaufen lag. Die Initialen konnte ich klar erkennen. G.J.C. Gaius Julius Cäsar. Genau die wollte Radulf haben. Ich rannte zu einem Stapel mit Goldbarren, die mein Gewicht besser halten würden als die Münzen, und kletterte daran hoch. Sobald ich die richtige Höhe erreicht hatte, warf ich mich im Hechtsprung auf die *Bulla*. Mit dem Lederband in der Hand rollte ich den Haufen hinunter.

Nun schrie der Greif noch lauter, stieß sich von der Felskante ab und stürzte direkt auf mich zu. So schnell und zielsicher hätte nicht einmal ein Pfeil sein können. Ich schleuderte ihm einen Goldkrug entgegen und wehrte seine Klauen ab. Bloß landete der schwere Krug anschließend so hart auf meiner Brust, dass ich kaum noch Luft bekam und fast ohnmächtig wurde.

Bis zum Ausgang der Kammer war es nur ein Katzensprung. Draußen müsste ich nur noch das Seil suchen und abhauen.

Also rappelte ich mich auf und lief los, aber der Greif traf mich mit dem Schwanz. Von dem mächtigen Schlag wurde ich gegen die Wand geschleudert. So heftig hatte es mich noch nie erwischt. Noch ein paar solcher Schläge und mein Leben wäre zu Ende. Ich musste der Kammer und dem Biest entkommen. Irgendwo dort draußen in der Dunkelheit lag mein Seil. Noch hatte ich die Chance, es zu finden und mich heraufziehen zu lassen.

Der Greif umkreiste mich ein paarmal, bevor er sich mir gegenüber niederließ. Dann gab er ein solch tiefes Knurren von sich, wie es nur von einem göttlichen Wesen kommen konnte. Ich saß in der Falle.

Egal, wie schlecht meine Chancen standen, wenn ich mich gegen diese Bestie verteidigen wollte, brauchte ich beide Hände, also hängte ich mir die *Bulla* um den Hals.

Dabei wirbelte ein Wind um mich herum. »Sie gehört dir nicht«, schien er zu säuseln. »Du lädst einen Fluch auf dich.«

Damit konnte man mir keine Angst einjagen. Sollte mich dieses verstaubte Amulett doch verfluchen, ich steckte in viel größeren Schwierigkeiten. Nur, dass der Wind mit mir sprach, machte mir zu schaffen.

Wieder drang der Wind in mich. Ich spürte die Kälte bis in die Knochen, selbst mein Herz wurde eiskalt. Das hatte den Bergarbeiter das Leben und Fidelius den Verstand gekostet, wusste ich es doch! Und auch mich wollte der Wind auslöschen. Um mich zu schützen, griff ich instinktiv mit beiden Händen nach der *Bulla*, und plötzlich legte sich der Wind, als hätte ihn jemand ausgesperrt.

Nur leider hörten meine Probleme damit nicht auf, denn mir gegenüber saß immer noch der Greif und beobachtete mich. Das war nicht normal. Als der Vogel mich angriff, wusste ich wenigstens, wie ich mich verhalten sollte, bloß was tat man mit einem gefährlichen Greif, der einen nur anschaute?

Ich versuchte es mit Reden. Vielleicht könnte ich ihn mit meiner Stimme besänftigen.

»Man nennt mich Nic. Kein besonderer Namen, ich weiß, aber er bedeutet ‚Sieg des Volkes'. Eines Tages werden alle

Menschen frei sein und dann werden sie mich bei meinem vollen Namen rufen: Nicolas Calva.«

Den Greif schien das nicht sonderlich zu beeindrucken. Aber zumindest machte er ein paar Schritte auf mich zu, sodass ich ihn hätte berühren können, wenn ich gewollt hätte. Was ich übrigens nicht wollte.

Ich redete immer weiter. »Du brauchst auch einen Namen.« Dem Tier war es natürlich egal, bloß mir nicht. Ganz gleich, was es als Nächstes tun würde, es war wirklich das schönste Wesen, das ich je gesehen hatte. Es verdiente einen Namen, und zwar einen besonderen. »Ich werde dich Fortis nennen, denn du kommst aus dem Götterhimmel.«

Vielleicht war es unklug, den Greif an seine Herkunft zu erinnern. Womöglich gefiel es ihm nicht, jetzt unter den Sterblichen zu leben.

Der Vogel kreischte, entblößte seinen scharfen Schnabel. Hätte ich mal lieber den Mund gehalten.

»Mehr will ich auch gar nicht von deinem Gold«, sagte ich. Das war es dann wohl mit meinem Luxusleben. Im Moment wollte ich überhaupt nur überleben. »Bloß dieses eine Amulett musst du mir überlassen. Bitte!«

Fortis flatterte ungehalten mit den Flügeln, klappte sie aber ganz schnell wieder ein, als eine weitere Böe durch die Höhle wirbelte. Die Ablenkung nutzte ich und rannte unter seinem Flügel vorbei zum Ausgang. Ich hätte es vielleicht geschafft, wenn die *Bulla* um meinen Hals nicht so schwer gewesen wäre und mich zu Boden gezogen hätte. Eigentlich war das unmöglich. Ich hatte schon häufig schwere Säcke mit Rohmetallen auf dem Rücken an die Oberfläche befördert. Eine einzelne *Bulla* sollte da kein Problem sein.

Als Fortis mich fallen sah, hieb er mit der Klaue nach mir. Wie mit einem Messer schnitt er mir in die Schulter. Ich hörte den Stoff meiner Tunika reißen, gleichzeitig hatte ich das Gefühl, meine Schulter explodierte. Mit einem Schmerzensschrei ging ich in die Knie, vor meinen Augen tanzten schwarze Punkte. Versuchsweise hob ich den Arm, überrascht, dass er nicht abfiel. Wie konnte er noch dran sein, wo es doch so wehtat?

Mit der anderen Hand tastete ich nach der *Bulla*, um sicherzugehen, dass sie noch da war. Diesmal war sie ganz warm. Die Wärme floss über meine Hand den Arm hoch in die pochende Schulter. Es brannte wie Feuer. Ich wollte den Schmerz wegmassieren, aber ich kam nicht ran, also blieb mir nichts anderes übrig, als das Brennen zu ertragen. Zumindest blutete ich nicht, unglaublich, denn der Fang des Greifs war bis zum Knochen durchgedrungen.

Als ich mich auf den Rücken rollte, starrte Fortis auf mich herab. Warum verpasste er mir nicht noch einen letzten Hieb? Ich wusste ja jetzt, wie tief sich diese Klauen ins Fleisch bohren konnten. Es wäre ein Kinderspiel für ihn.

Fortis kreischte, doch diesmal klang es anders. Nicht wütend, eher wie ein Warnschrei. Der Boden erzitterte – ein Erdbeben. Ich rappelte mich auf und stolperte dem Ausgang entgegen. Mit dem leuchtenden Amulett um den Hals war es leichter, den Weg zu erkennen. Gerade, als ich das Seil fand, löste sich ein Stein aus der Decke und fiel direkt darauf. Beinahe wäre er noch auf meinem Fuß gelandet.

Ich brauchte das Seil. Es war meine einzige Chance, diesem verfluchten Ort zu entkommen.

Während ich also anderen Steinschlägen auswich, schnappte

ich mir den Strick und zerrte mit aller Macht daran, um ihn loszueisen.

Das hätte ich mal lieber nicht tun sollen, denn dadurch sah ich den nächsten Felsbrocken nicht kommen. Als er mir auf den Kopf schlug, dachte ich nur, wie bedeutungslos mein Leben doch gewesen war und wie schnell ich in Vergessenheit geraten würde. So hatte ich nicht sterben wollen.

FÜNF

Eigentlich hätte ich nicht wieder aufwachen dürfen. Ich hob kurz den schmerzenden Kopf, um nachzusehen, welcher der umliegenden Felsbrocken mich erwischt hatte, aber eigentlich war es egal. Bei der Größe hätte mich jeder töten können.

Meine Schulter brannte noch etwas, doch längst nicht mehr so stark. Vielleicht war es mir vorhin im Eifer des Gefechts auch nur so schlimm vorgekommen.

Und dann griff ich nach der *Bulla*. Sobald ich sie in der Hand hielt, atmete ich gleich freier. Mir fiel es jetzt schon schwer, mir vorzustellen, ohne sie zu sein, was natürlich Blödsinn war. Aber im Grunde sollte sie mir gehören. Ich hatte sie gegen den bitterkalten Wind verteidigt. Gegen Cäsars Geist.

Wie viel Zeit war wohl seit dem Erdbeben vergangen? Minuten, Stunden … oder Tage? Ob es oben heftiger gewesen war? Oder hatten sie es vielleicht gar nicht bemerkt?

Wieder hörte ich ein schweres Atmen und spürte den warmen Greif im Rücken. Er musste mich vom Eingang weggeschafft haben, sonst wäre ich sicher unter den Felsbrocken begraben worden. Entweder hatte er sich an mich geschmiegt oder ich hatte mich vor Kälte an ihn gekuschelt. Jedenfalls schlief der Vogel.

Einem Greif so nah zu sein, sollte mich eigentlich in Panik versetzen, mich in die Flucht treiben. Nur, so war es nicht. Ich hatte eher das Bedürfnis, diesem Tier ganz nah zu sein, denn selbst wenn es gerade eben noch mein Leben bedroht hatte, war es gleichzeitig meine einzige Chance, heil hier herauszukommen.

Wahrscheinlich war es bei Fidelius mit dem Verrücktsein auch so losgegangen. Vielleicht könnte ich mich unbemerkt davonschleichen. Aber wohin? Ein vorsichtiger Blick zeigte mir, dass der Schacht eingestürzt war. Ich saß fest. Und über uns bildeten sich neue Risse, das Knacken kannte ich nur zu gut. Instabile Schächte hatten schon viele Männer das Leben gekostet. Nach und nach würde sich die Höhle in Staub auflösen. Ganz langsam richtete ich mich auf, doch kaum stand ich, hob der Greif den Kopf. Ich machte einen Schritt zurück und hob schützend die Hände, als könnte ich so einen Angriff abwehren. Was Besseres fiel mir in dem Moment nicht ein.

Er roch an mir. Nur aus Neugier, wie ich mir einredete, nicht aus Hunger. Fressen hätte er mich ja vorhin schon können, ich hatte ja lange genug geschlafen.

»Weißt du«, sagte ich, wobei es sicher albern war, mit einem Tier zu sprechen, das nur Schreie von sich gab. »Es muss noch einen anderen Ausweg geben. Die Höhle ist nicht mehr sicher. Du musst uns hier herausfliegen, sonst werden wir von den Trümmern erschlagen.«

Fortis legte den Kopf schief, als würde er mich verstehen. In dem Fall wusste er allerdings auch, dass ich ihm nicht die ganze Wahrheit sagte. Ja, die Höhle würde womöglich einstürzen, und ja, er würde ebenfalls unter den Trümmern begraben werden. Aber ob er mich nun rettete oder nicht, war für sein Überleben vollkommen unerheblich. Wenn ich Glück hatte, kam Fortis mir nicht auf die Schliche.

Bevor ich seine Hilfe in Anspruch nahm, musste ich sein Vertrauen gewinnen. Und vor allem musste ich ihm trauen. Also lief ich um Fortis herum, strich ihm über das schwarze Gefieder im Nacken und fuhr dann durch das kurze braune Fell. Das Tier wölbte den Rücken, ein Brummen ertönte. Der Greif schnurrte und ich vergrub meine Finger noch tiefer in seinem Fell. Fortis machte sich flach, ohne sich abzulegen. Damit ich ihn besser streicheln konnte? Oder war das eine Aufforderung, auf seinen Rücken zu klettern? Ich holte tief Luft, um noch letzte Zweifel abzuschütteln. Vielleicht deutete ich Fortis' Verhalten auch falsch und würde gleich teuer dafür bezahlen. Nur wurde das Knacken lauter. Wenn ich jetzt nichts tat, war klar, wie ich enden würde.

Ich kraulte den Greif, während ich einmal um ihn herumlief. Dann sandte ich ein Stoßgebet zu den Göttern, hielt mich am Flügel fest und schwang mich auf seinen Rücken. Würden mir die Götter helfen? Denn wenn schon einmal jemand auf diesem Greif geritten war, dann sie. Bei jeder Bewegung tat mir die Schulter weh, doch ich biss die Zähne zusammen. Von herabfallenden Steinen erschlagen zu werden, war bestimmt noch viel schmerzhafter.

Ich hielt mich gut fest, weil er mich sicher jeden Moment abwerfen würde, aber nichts dergleichen geschah. Stattdessen breitete Fortis seine Flügel aus und hob senkrecht ab. Mitunter hatte ich morgens vor der Arbeit den Vögeln zugesehen, die in den Himmel aufstiegen. Wie mochte es sich wohl anfühlen, so kraftvoll und schwerelos durch die Luft zu gleiten, hatte ich mich da gefragt. Es nun selbst zu erleben, war noch schöner als in meiner Vorstellung. Nachdem wir nicht mehr höher steigen konnten, flog Fortis einen Bogen und stieß im Sturzflug hinunter. Kurz vor dem Boden riss der Vogel den Kopf hoch und ich sah uns schon in die schwarze Höhlenwand prallen. Erst aus nächster Nähe nahm ich die unterschiedlichen Schatten wahr. Vor uns lag ein Tunnel, der tiefer unter die Erde führte. Doch noch tiefer wollte ich eigentlich nicht.

Im Tunnel konnte Fortis seine Flügel zwar nicht benutzen, aber durch den Sturzflug hatten wir genügend Fahrt, um hindurchzugleiten. Unter uns am Boden sammelten sich Wasserlachen. Anfänglich waren sie noch flach, bloß, je weiter wir in den Tunnel drangen, desto größer wurden sie. Irgendwann blieb dem Tier nichts anderes übrig, als hindurchzufliegen, was ihm nichts auszumachen schien. Ich war weniger begeistert über den eingeschlagenen Kurs, denn ich schwamm ungefähr so gut wie ein Bleirohr. Hier war ich noch mehr auf Fortis' Hilfe angewiesen.

Unter Wasser verspürte ich einen Druck auf den Lungen, als wären sie in einen Schraubstock gespannt. Fortis bewegte sich so schnell, dass ich vor lauter Blasen kaum etwas erkennen konnte. Die ganze Zeit dachte ich nur, wie sehr ich die Luft liebte. Schon nach ein paar Sekunden hatte ich Atemnot, aber da sah ich auch schon ein Licht über uns. Gleich hatten wir die Oberfläche erreicht.

Als wir auftauchten, war ich so außer Atem, dass ich fast vergessen hätte, mich festzuhalten. Sobald wir wieder in der Luft waren, drosselte Fortis das Tempo. Er flog so dicht über den See, dass er mit einer Klaue eine Linie ins Wasser malte.

Ich beugte mich vor. »Danke«, flüsterte ich, »danke.«

Sein sanftes Krächzen klang kein bisschen böse. Entweder hatte ich Fortis gezähmt oder er mich. Keine Ahnung, wie oder warum dieser Wandel zustande gekommen war oder ob er von Dauer sein würde, aber das interessierte mich in diesem Augenblick auch nicht.

Wir überquerten den Nemisee, den die meisten Bergarbeiter Dianas Spiegel nannten. Mir hatten sie eingeschärft, nie hineinzusehen und ja keine Fragen über Dianas Tempel zu stellen, den ich am anderen Ufer auf einem Hügel erspähte. Wieso sollte das gefährlich sein? Es sah so schön hier aus und das Licht der *Bulla* drang sanft zwischen meinen Fingern hindurch. Ich nahm es als Zeichen, dass Diana nichts dagegen hatte.

Während wir dem Ufer entgegenflogen, fragte ich mich erneut, wie viel Zeit wohl vergangen war, seit ich die Höhle betreten hatte, und was in der Zwischenzeit oben geschehen war?

Radulf hatte sicher Sal für den Einsturz des Schachtes verantwortlich gemacht und ihn bestraft. Sal wiederum würde die Bergarbeiter bestrafen, weil sie den Eingang unzureichend befestigt hatten. Man würde Livia von meinem Tod berichten und ihr sagen, sie solle nicht trauern, da sie ohnehin damit hätte rechnen müssen.

Livia.

Wenn sie nicht wäre, hätte ich Fortis gebeten, immer weiterzufliegen. Bis zu einem Ort ohne Mienen, Ketten und Peitschen. Wo ich eine Zukunft hätte. Wenn es auf der Welt so einen Ort noch gab, Fortis würde ihn finden.

Doch ohne Livia würde ich nirgendwohin gehen, das hatte ich meiner Mutter versprochen, und dieses Versprechen würde ich um nichts in der Welt brechen. Allein im Bergwerk, wäre Livia verloren.

Ich nahm die *Bulla* und drückte sie an die Brust. Mir kam es vor, als würde mein Herz bloß schlagen, um ihr näher zu sein. Oder schlug es nur noch, weil es ihr nahe war? Dies war kein normales Amulett. Das hatte ich mittlerweile begriffen, wobei ich noch nicht wusste, was es so besonders machte. Hätte ich den Steinhagel in der Höhle ohne die *Bulla* nicht überlebt?

Als Erstes musste ich zurück ins Bergwerk, um Livia zu holen. Nur, wenn ich dort auf Radulf träfe, müsste ich ihm das Amulett aushändigen, und das machte mich rasend. Radulf könnte es mir einfach wegnehmen, denn er war ein General und ich ein Nichts.

Im Lager würde ich Radulf die *Bulla* überreichen und ihn anflehen, sein Wort zu halten und mich und Livia mit nach Rom zu nehmen. Seine Umsturzpläne würde ich für mich behalten und auch vergessen, dass er gelächelt hatte, als ich sagte, dass ich aus der Höhle vielleicht nicht wiederkäme. Selbst als seine Sklaven in Rom hätten wir es besser als im Bergwerk.

Inzwischen flogen wir auf der Westseite des Sees über Grashügel. Die grauen Gruben schienen in weiter Ferne, als wären sie bloß eine Erinnerung an ein anderes Leben, einen anderen Nic. Wenn ich nicht schon so fest entschlossen wäre, für meine Schwester umzukehren, hätten mich wohl keine zehn Pferde wieder zurückgebracht.

Plötzlich merkte ich, wie hungrig ich war, und fing an, mich im Tal nach etwas Essbaren umzuschauen. Und als hätten mir die Götter den Wunsch erfüllt, entdeckte ich Felder mit

Wilderdbeeren, die so dick und rot waren, dass sie mir selbst auf diese Entfernung noch ins Auge stachen. Warum speiste man uns jeden Tag mit faden Brotkanten ab, wenn es hier in der Nähe so viel frisches Obst gab?

»Setz mich ab, Fortis.« Ich zeigte auf die Erdbeeren. »Da hinten.«

Statt meiner Anweisung zu folgen, neigte er sich zur Seite und warf mich einfach ab. Zum Glück flogen wir nicht besonders hoch, sonst hätte ich mir bei der Landung sicher wehgetan. Anschließend schoss der Greif davon, wohl selbst auf der Suche nach Futter. Ich war froh – anscheinend wollte Fortis mich nicht fressen. Noch eine gute Nachricht.

Ich lief den Hügel hinunter und stürzte mich auf die Erdbeeren. Gierig stopfte ich mir gleich eine ganze Handvoll in den Mund und schluckte, ohne zu schmecken. Nicht oft, aber ab und zu, hatte Sal Erdbeeren gehabt und sie direkt vor unseren Augen gegessen. Wir hatten gemurrt, dass er es mit Absicht täte, um uns zu zeigen, wie weit wir unter ihm standen. Da sich mir die Gelegenheit wohl nicht wieder bieten würde, aß ich so viele Beeren, bis mein Bauch fast platzte. Fühlten sich die Reichen nach jeder Mahlzeit so herrlich satt? Nur einen einzigen Tag ohne diesen nagenden Hunger, nicht einmal das vermochte ich mir vorzustellen.

Wenn ich gekonnt hätte, hätte ich den Rest meines Lebens fröhlich in diesem Erdbeerfeld verbracht. Ich streckte mich der Länge nach aus und genoss die Sonne, erholte mich von den Torturen. Neugierig tastete ich nach der Kratzwunde, die Fortis mir verpasst hatte, aber ich kam nicht heran und gab schließlich auf.

Während meine Lider immer schwerer wurden, kam mir

eine Idee, wie ich die *Bulla* vielleicht doch behalten könnte. Schließlich hatte *ich* den Greif besiegt, nicht Radulf, und dafür wäre ich fast gestorben. Das Amulett war mein einziger Besitz. Ich könnte behaupten, es nie gefunden zu haben, und selbst wenn es mal in der Höhle gelegen hatte, war es jetzt eben verschollen. Mit diesem Gedanken schob ich die *Bulla* in die Tunika unter meine Achsel. Das Amulett schmiegte sich vertraut an meine Haut, als hätte es schon immer zu mir gehört. Und wenn ich es erfolgreich verbarg, würde es auch so bleiben.

Der Versuch, die *Bulla* zu verstecken, war so dumm, dass er nur scheitern konnte. Wenn ich sie am Ende doch zurückgeben musste, war sie hoffentlich wenigstens verflucht, wie mir Cäsars Geist in der Höhle zugeflüstert hatte. Nur so würde ich den Verlust verschmerzen.

Irgendwann kehrte Fortis zurück, und kaum hatte er es sich neben mir im Gebüsch gemütlich gemacht, war er schon eingeschlafen. Ich kuschelte mich an sein Gefieder und wunderte mich, wie entspannt ich in seiner Nähe war. Bergarbeiter werden mit allem kurzgehalten, besonders mit Schlaf; und mit dem Geschmack reifer Beeren auf der Zunge, der warmen Sonne und dem vollen Bauch fielen mir schon bald die Augen zu.

Und so fanden sie mich dann auch.

SECHS

Es dauerte einen Augenblick, bis mich die Wächter in die Realität zurückgeholt hatten. Ich rief sofort nach Fortis, aber die Männer hatten ihn bereits mit Seilen gefesselt und versuchten, den rasenden Vogel zu bändigen.

Insgeheim ärgerte ich mich, dass ich eingeschlafen war. Hatte ich immer noch nicht begriffen, dass Schlaf gefährlich war? Wer nur einen Moment lang unvorsichtig blieb, von dem hörte man nie wieder. Und trotzdem war mir genau das passiert.

Ich hätte von den Wagengeräuschen aufwachen müssen. Hätte hören müssen, wie die Männer vom Karren gesprungen waren, ihre Stimmen. Hatte ich wirklich so tief und fest geschlafen? Oder waren diese Männer so listig, dass ich ohnehin keine Chance hatte?

So gerissen waren sie aber nicht. Als mich der erste Wächter zu Boden schlug, erkannte ich ihn wieder. Er gehörte zum Bergwerk und war so brutal, dass Sal daneben wie eine Amme wirkte. Die Wächter waren Ratten. Sie waren hässlich und gemein und das machte es noch schlimmer.

»Wolltest du fliehen?«, fragte mich einer der Männer. »Hältst dich wohl für besonders schlau.«

Hätte ich tatsächlich fliehen wollen, hätte ich es mir wohl

kaum im Erdbeerfeld gemütlich gemacht. Und nein, für schlau hielt ich mich im Moment überhaupt nicht.

»Ich habe General Radulf geholfen.« Ich wischte mir über den Mund, wo mich sein Schlag getroffen hatte, doch ich wusste nicht, ob das Rote an meiner Hand Blut oder Erdbeersaft war. Meine Lippe brannte, also blieb ich lieber sitzen. Ich hatte keine Lust auf weitere Prügel.

»Der Greif entkommt!«, brüllte einer der Männer. In dem Moment drehte sich Fortis und streckte den Mann mit seinem langen Schwanz nieder.

»Dann tötet ihn«, befahl der Wächter, der über mir stand.

»Nein!«, schrie ich und erntete einen Tritt in die Rippen.

Aber der Mann, den Fortis umgeworfen hatte, machte sich bereit. Er holte Bogen und eine Handvoll Pfeile vom Karren.

Ich stand auf und rief dem vor Wut kreischenden Fortis zu: »Hör auf, dich zu wehren! Du hast keine Chance, sonst töten sie dich nur!«

Entweder hörte der Greif mich nicht oder es war ihm egal. Der Mann legte einen Pfeil ein.

Ohne mich um die Drohungen der Wächter zu kümmern, stellte ich mich schützend vor Fortis und tätschelte ihn.

»Du musst aufhören, dich zu wehren«, sagte ich. »Bitte, Fortis, du kannst hier nicht gewinnen.«

Der Greif senkte sich auf alle viere und sah mich an. Ich wusste, dass er mich verstand, schließlich hatte er einst den Göttern gehört. Bloß, Verstehen war nicht das Gleiche wie Gehorchen. Fortis warf den Wächtern einen bösen Blick zu und kreischte dann so laut, dass meine Ohren klingelten. Doch dann gab der Greif den Widerstand auf. Der Mann ließ den Bogen sinken und die restlichen Wächter umringten ihn mit Seilen. Hoffentlich ließ er sich friedlich gefangen nehmen. Als Nächstes packten sie mich, dabei waren sie unnötig brutal, schließlich wehrte ich mich nicht einmal.

»Vorsichtig, ihr Barbaren!«, erklang eine Stimme hinter mir. »Tut ihm nicht weh.«

Zunächst musste ich mich halb verrenken, um zu sehen, wer da sprach. Es war ein Junge, kaum älter als ich. Er trat neben mich und zwang die Wächter, meine Arme loszulassen. Der Junge war hochgewachsen, goldblonde Locken rahmten sein Gesicht. Während ich gar keine Schuhe trug, hatte er ein Paar aus feinem Leder, meine Tunika war schlicht, auf Zuwachs genäht und von der Attacke des Greifs am Rücken zerrissen. Die edlen Gewänder des Jungen waren weiß mit einem Pupurstreifen, als Talisman trug er eine goldene *Bulla* um den Hals. Sie unterschied sich kaum von der, die ich unter meiner Tunika verbarg, wobei seine sicher nicht leuchtete.

»Crispus, du hättest nicht einfach losstürmen sollen! Halt dich von dem Tier fern!« Ein Mann in einer ähnlichen weiß-purpurnen Toga trat dazu. Nur Senatoren und ihren Söhnen war es erlaubt, solche Gewänder zu tragen. Aber was machte ein Senator so weit entfernt von Rom? Als Nächstes stachen mir seine Schuhe ins Auge. Statt der roten Stiefel oder schlichten Sandalen der einfachen Bürger trug er hohe schwarze Hirschlederstiefel. Er hatte einen freundlichen Blick, sein schütteres blondes Haar war vorzeitig ergraut. Sein Gesicht war von Sorgenfalten durchzogen, dennoch war ihm anzusehen, dass er auch gerne lachte.

Crispus deutete mit dem Kopf auf mich. »Habe ich dir nicht gesagt, dass ich einen Greif gesehen habe? Und er gehorcht dem Jungen hier. Das hättet Ihr sehen sollen, Vater!«

Der Wächter neben mir machte eine Verbeugung. »Dieser Junge ist ein entlaufener Sklave und muss bestraft werden, Senator … ähm …«

»Valerius.« Der Senator trat auf mich zu. »Bist du deinem Herrn davongelaufen?«

»Nein.« Diesmal nicht.

Ein Wächter packte mich beim Arm, doch Valerius griff ein und befahl den Wächtern, zurückzutreten. »Was machst du denn hier?« Ich wich seinem Blick aus. »Haben sie dir wehgetan?«

Ich sah hinüber zu Crispus, der ehrlich besorgt wirkte, und fragte mich, wie anders sein Leben wohl war. Noch nie war ich jemandem seines Standes begegnet, der sich um einen wie mich sorgte. Vielleicht waren nicht alle Patrizier gleich.

Verletzt war ich nicht, dennoch zwang Valerius mich aufzuschauen. Als er mich herumdrehte, um mich genauer zu inspizieren, fiel ihm der Riss in meiner Tunika auf. »Wie ist das denn passiert?«, fragte er.

»Nur ein Kratzer«, murmelte ich. Warum verschwanden er und sein Sohn nicht endlich?

Als er den Stoff beiseitezog, um die Wunde in Augenschein zu nehmen, holte er tief Luft und flüsterte: »Crispus, komm und schau dir das an.«

Crispus stockte der Atem. »Was ist das?«

Nur ein Kratzer, wollte ich sagen. Der Senator und sein Sohn waren Weichlinge, die wahrscheinlich schon das eigene Ankleiden als harte körperliche Arbeit empfanden. Das war nicht mein erster Kratzer und würde auch nicht mein letzter sein. Vielleicht waren blaue Flecken, Schnitte und dergleichen in Patrizierkreisen unbekannt.

Valerius begann mich auszufragen, aber ich senkte den Blick, weil ich ihm nichts sagen wollte. Es war unschwer zu erraten, dass Fortis mir die Wunde zugefügt hatte, und dann stellte sich die Frage, warum. Und als wollte mich die *Bulla* warnen, ja keine Geheimnisse auszuplaudern, brannte sie wärmer als zuvor auf meiner Haut.

Bevor Valerius dazu kam, seinen Satz zu beenden, drängte sich hinter ihm ein weiterer Senator vor, auch in weiß-purpurner Toga. Er war ein rundlicher Mann mit Glupschaugen und einer dicken Nase. Sicher verschwanden täglich mehrere Kuchen in seinem Bauch. Valerius begrüßte ihn als Horatio und wandte sich wieder mir zu. Er legte mir eine Hand auf den Rücken, um den Riss in meiner Tunika zu verdecken. Mir versetzte es einen schmerzhaften Stich, als er seine Hand auf die Wunde presste, doch gleichzeitig drückte er mit der anderen Hand meinen Arm, um mir zu signalisieren, ich möge mich nicht rühren.

»Was kostet der Junge?«, fragte Valerius. »Wem gehört er?«

»Den wollt ihr nicht«, sagte Horatio. »Der Junge ist schmutzig. Zeig uns deine Zähne.«

Ich hatte schon gehört, wie Sklaven bei Auktionen behandelt wurden, das gab mir einen kleinen Vorgeschmack darauf. Anstatt mit mir zu sprechen, redeten sie über mich, als stünde ich nicht direkt vor ihnen und hörte jedes Wort. Ich presste die Lippen aufeinander und wollte mich abwenden, doch Valerius hielt mich zurück. Ich wünschte, er würde nicht so fest zupacken, denn die Wunde brannte immer schlimmer, aber er ließ mir keine Möglichkeit, mich loszumachen.

Ein Wächter trat vor. »Der Sklave gehört ins Bergwerk. Dort bringen wir ihn hin, damit er bestraft wird.«

Senator Horatios einziges Interesse schien nun auch darin zu bestehen, mich zu bestrafen. »Zeig mir deine Zähne!«, verlangte er.

»Wenn Ihr mir Eure zeigt«, murmelte ich. Sobald wir zurück im Bergwerk waren, würde Sal mich bestrafen, doch das war mir noch tausendmal lieber, als Hilfe von diesem aufgedunsenen Schwein anzunehmen.

Senator Horatio wurde immer wütender, obwohl Valerius und Crispus alles taten, um ihn zum Weitergehen zu bewegen. »Ich bin Roms oberster Senator«, sagte er. »Du gehorchst mir gefälligst.«

»Der ist den Ärger nicht wert«, sagte Crispus mit einer wegwerfenden Handbewegung. »Wenn der Junge gehorsam wäre, wäre er jetzt nicht hier.«

Das gab Horatio zu denken und ich freute mich still und heimlich. Wenn ihn mein Ungehorsam abschreckte, dann war das soeben mein bester Charakterzug geworden.

Ohne mich eines weiteren Blickes zu würdigen, warf Horatio den Kopf in den Nacken. »Senator Valerius, der gesamte Tag war Zeitverschwendung. Die Gerüchte über Cäsars Schatz waren offenkundig falsch. Ich werde auf der Stelle nach Rom zurückkehren.«

»Gewiss.« Valerius verneigte sich vor ihm, hielt mich aber nach wie vor fest. Nachdem Horatio gegangen war, wandte sich Valerius an die Wächter. »Vielleicht können wir ins Geschäft kommen. Ich gebe Euch Geld, und Ihr vergesst, dass Ihr den Jungen und mich hier gesehen habt.«

Die Wächter sahen sich an, als würden sie sich das Angebot durch den Kopf gehen lassen.

Nicht dass mich jemand gefragt hätte, dennoch spielte ich

meine Möglichkeiten durch. Sal war im Bergwerk. Aber Livia eben auch.

Schließlich schob einer der Wächter die Hand des Senators beiseite. »Wir bringen den Sklaven zurück ins Bergwerk, wo er bestraft wird. Sonst sind wir selbst dran. Ihr könnt dort um ihn feilschen.«

»Also gut.« Senator Valerius flüsterte mir ins Ohr: »Ich bin dein Freund, bloß verlass dich nicht darauf, dass man dir in Rom wohlgesonnen ist. Ich werde versuchen, noch vor Einbruch der Dunkelheit im Bergwerk zu sein. Du musst wissen, dass das Mal auf deinem Rücken kein Kratzer ist. Ganz gleich, woher du es hast, es gibt Leute, die dich dafür töten würden.«

Obwohl es unhöflich war, jemanden direkt anzusehen, suchte ich seinen Blick. »Warum?«, fragte ich. »Was ist denn da?«

Ihm blieb keine Zeit mehr, mir zu antworten, denn die Wächter zerrten mich weg und hievten mich auf den Karren. Bevor wir um die Ecke bogen, sah ich Crispus, der entschuldigend die Hände hob. Vielleicht wegen Horatios groben Verhaltens. Doch wahrscheinlich eher, weil er mitbekommen hatte, dass sein Vater mich kaufen wollte, um mir das Leben zu retten. Und gescheitert war.

SIEBEN

Auf dem Rückweg hatten die Wächter ihren Spaß damit, sich auszumalen, wie Sal mich wohl für den Fluchtversuch bestrafen würde. Hoffentlich war es nur Spaß. Sal wusste ja, warum es mich so weit verschlagen hatte. Aber ob ihn die Wahrheit interessierte, war eine andere Frage.

Sobald wir angekommen waren, riefen die Männer nach Sal. Mein Name schallte wie ein Echo durch das Lager und nur Minuten später hörte ich Livia hinter mir. Ich wandte mich zu ihr um.

Livia sah aus wie eine jüngere Version unserer Mutter. An Tagen, an denen ich meine Mutter besonders vermisste, fiel es mir deshalb nicht leicht, meine Schwester anzusehen. Für ihr Alter war Livia hochgewachsen und hatte sanfte Züge und liebe Augen. Ihr rundes Gesicht war von goldblonden Locken gerahmt, die sie meistens im Nacken zu einem Knoten zusammenband, damit sie ihr bei der Arbeit nicht im Weg waren. Genau wie meine Mutter früher. Trotz des harten Lebens im Bergwerk war Livia ausgesprochen hübsch. Was auf eine Art auch ein Fluch war, denn dadurch war Sal auf sie aufmerksam geworden, was ihr beinahe so zu schaffen machte wie mir.

Ihr liefen die Tränen über das Gesicht, und als sie mich sah, weinte sie nur noch heftiger. Mir tat es weh, sie so zu sehen, und ich wünschte, sie würde ihre Gefühle besser verbergen. Denn wenn uns nicht doch noch die Flucht gelang, würde ich im Bergwerk sterben, und dann wäre das letzte Bild, was ich vor Augen hätte, das meiner unglücklichen Schwester.

Als Sal von der anderen Seite kam, stießen mich die Wächter vom Karren und zwangen mich auf die Knie. Mir fiel sofort auf, dass Sal humpelte und sein Gesicht übel zugerichtet war. Hatte sich Radulf an ihm gerächt, weil er mich in der Höhle verloren hatte?

Sal begrüßte mich mit einem Tritt in die Magengrube. Damit hatte ich gerechnet und ehrlich gesagt war ich heilfroh, dass er nicht noch Schlimmeres tat. Ich hielt den Blick gesenkt und versuchte, Atem zu schöpfen, ohne umzufallen. Die *Bulla* wog so schwer wie bei meinem Fluchtversuch in der Höhle, ungewöhnlich schwer für Gold. Wenn ich dafür Prügel einstecken würde, hatte ich einmal mehr das Recht, sie zu behalten. Als ich mich aufrichtete, drehte ich mich so, dass sie gut verborgen war.

Livia war noch näher gekommen. Ich konnte bloß einen Blick auf ihren Rocksaum erhaschen, aber ihr Weinen klang mir in den Ohren. Gerne hätte ich ihr zugerufen, sie sollte weggehen, bloß dafür fehlte mir die Luft. Ich musste einfach nur erklären, was passiert war. Dann würde alles wieder seinen gewohnten Gang gehen.

»Du lebst also?« Erfreut klang Sal nicht gerade.

»Er hat versucht zu fliehen«, sagte ein Wächter. »Wir haben ihn am See gefunden.« Die Begegnung mit den Senatoren erwähnten sie nicht. Ich würde es auch nicht tun.

»Ich habe nur Beeren gegessen!« Nun schaute ich auf. Sals Gesicht sah von Nahem noch schlimmer aus. Obwohl ich ihn nicht ausstehen konnte, hatte ich nicht gewollt, dass er für meine Missetaten bestraft wird. »Als der Schacht eingestürzt ist, musste ich einen anderen Ausgang finden. Und das ist mir gelungen. Ich wäre zurückgekommen.«

»Als ob irgendjemand hier freiwillig zurückkommen würde«, sagte Sal. »Du bist nicht nur ein Flüchtling, sondern auch ein Lügner.«

Meine Augen wanderten zu Livia, die kalkweiß geworden war. Immer wieder hatte sie mich gebeten, jede Chance zur Flucht zu nutzen, selbst ohne sie. Ich hatte dann jedes Mal geantwortet, dass ich sie nicht zurücklassen würde.

»Ich gehöre ins Bergwerk«, sagte ich. »Das ist mein Leben.«

»Das ist doch kein Leben hier, Nic! Wann wirst du das endlich begreifen?« Inzwischen schrie Sal nur noch, aber ich ließ ihn gewähren. Sobald er sich beruhigt hatte, würde er mich zurücknehmen.

Mit dem Kopf deutete ich auf die Wächter. »Die sollen mich losbinden, dann mache ich mich gleich wieder an die Arbeit.«

»Soll ich etwa über deinen Ungehorsam zuvor hinwegsehen? Oder deinen Fluchtversuch?«

So direkt danach fragen wollte ich eigentlich nicht. Gelegen käme es mir schon.

Doch Sal war noch nicht fertig. »Und was ist mit den anderen Sklaven, wenn du mit deiner Geschichte über einen Ausgang im Berg und einem Bauch voller Beeren anfängst? Was denken die dann? Die rechnen sich dann selbst gute Chancen auf eine Flucht aus!«

Ich hätte ihm natürlich versprechen können, dass ich den Mund halten würde, aber das hätte er mir nicht geglaubt, und außerdem würde sich die Geschichte ohnehin herumsprechen. Wahrscheinlich ging schon das Gerücht im Bergwerk um, dass ich den Einsturz der Höhle überlebt hatte.

»Brenn ihm ein Mal auf die Stirn«, sagte der Wächter hinter mir. »Als abschreckendes Beispiel für die anderen.«

»Nein!«, rief ich. »Bitte nicht, Sal!« Mit einem Brandmal wäre ich für alle Zeit als entlaufener Sklave geächtet und hätte nie eine Chance auf ein Leben in Freiheit. Ein Mal auf der Stirn würde mir alle Hoffnung rauben. Vielleicht wollte Sal ja genau das.

Sal fasste sich an die verletzte Wange, als würde er sich den Gedanken durch den Kopf gehen lassen. Dann hockte er sich vor mich und strich mir das Haar aus der Stirn. Lächelnd tippte er mit dem Finger auf meine Stirn. »Genau hier kommt es hin. In großen schwarzen, verbrannten Buchstaben.«

»Tut mir das nicht an, Sal.« Mein Herz schlug so wild, dass mir selbst die Hände zitterten. »Ihr wisst, dass ich nicht fliehen wollte. Wenn ich es gewollt hätte, wäre es mir auch gelungen.«

»Das weiß ich.« Er ließ von meiner Stirn ab. »General Radulf war außer sich, als du verschwunden warst. Ich habe ihm gesagt, dass wir in ein paar Wochen, wenn sich alles beruhigt hat, einen neuen Eingang graben würden und jemand anderes hinunterschicken würden. Aber deshalb war er gar nicht so ungehalten. Er war aufgebracht, weil du dann tot sein würdest. Sag, Nic, was kümmert es einen römischen General, ob du noch lebst?«

Das erstaunte mich ehrlich. »Ich weiß es nicht. Da müsst Ihr ihn missverstanden haben.«

»Und hast du gefunden, was du für ihn suchen solltest?«

Der Gedanke, dass Sal die *Bulla* auch nur berühren würde, war unerträglich. Mit seinen fettigen Fingern und seiner korrupten Art würde er das Amulett nur beflecken. »Nein, Herr«, sagte ich und sah ihn dabei direkt an. Selbst wenn es sich nicht gehörte, seinen Herren anzulügen, konnte ich ihm die *Bulla* nicht überlassen. Niemandem.

Sal suchte in meinem Gesicht nach Anzeichen, dass ich log, und sicher hatte er mich gleich durchschaut. Auch egal. Statt Schuldgefühlen verspürte ich nur eine unbändige Wut in mir, dass er die Wahrheit aus mir herauspressen wollte. So oder so würde er mir das Gefühlschaos anmerken und wissen, dass ich etwas vor ihm verbarg.

Doch er kam nicht drauf. Und seiner düsteren Miene nach zu urteilen, war es wohl ein Fehler, ihm nicht die Wahrheit zu sagen. Denn ohne die *Bulla* hatte er keinen Grund, Radulf zu berichten, dass ich noch am Leben war.

Ein hämisches Grinsen breitete sich über sein Gesicht. »Die anderen Sklaven dürfen nicht erfahren, dass es einen Weg aus dem Bergwerk gibt. Und wenn, dann sollen sie auch wissen, was passiert, wenn man versucht zu fliehen. Ein Brandmal auf der Stirn reicht nicht. Wir müssen ihn töten.«

ACHT

Obwohl ich mich heftig wehrte, zogen die Wächter mich zurück auf den Karren und hielten mich fest. Hier vor aller Augen würden sie es nicht tun. Eher würden sie mich wieder den Hügel hinunterbringen und meine Leiche den Aasgeiern überlassen. Dieser Gedanke machte mir mehr Angst als alles andere. Wenn ich ohne Bestattung in die andere Welt überging, würde meine Seele nie Ruhe finden.

»Nein!«, schrie Livia. »Bitte lasst ihn am Leben, Sal. Sonst habe ich doch keine Familie mehr!«

»Sklaven steht keine Familie zu!«, entgegnete Sal. »Wegen deines dreckigen Bruders hätte mich der General gestern fast hinrichten lassen. Er lohnt den Ärger nicht, nicht einmal für dich. Er ist ein Fluch.«

»Bin ich nicht!«, brüllte ich aus Leibeskräften, dabei wusste ich, dass ich eigentlich schon wieder log. Womöglich hatte mir Cäsars Geist gar nicht sagen wollen, dass die *Bulla* verflucht war. Womöglich wollte er mir sagen, dass ich mit dem Amulett um den Hals zum Fluch würde.

In der Zwischenzeit war der zweite Karren mit Fortis eingetroffen, dessen Beine und Flügel unnötig fest zusammengeschnürt waren. Bei seinem Anblick kamen mir die Tränen, ein solch majestätisches Tier in Gefangenschaft! Ich wusste nicht, was man mit mir machen würde, und um Fortis stand es nicht besser.

Jedenfalls waren Sal und die Wächter vorerst abgelenkt, denn sie liefen zum Wagen, um sich den Greif genauer anzusehen. Ich nutzte die Gelegenheit, sprang vom Karren und rannte davon. Mit den gefesselten Händen war das schwierig, aber mir blieb nichts anderes übrig.

Ich rief Livia zu, sie sollte mir folgen, und eine Weile hielt sie auch mit. Dann verloren sich ihre Schritte allmählich, und als ich mich zu ihr umdrehte, packte mich jemand und riss mich zu Boden.

Sal.

Es gelang ihm, mich auf den Rücken zu wälzen und sich auf meine gefesselten Unterarme zu knien, dann zog er ein Messer heraus. Livia lag nicht weit entfernt ebenfalls am Boden.

»Ich warne Euch«, sagte ich voller Wut. »Wenn Ihr mich tötet, kehre ich als Schatten zurück. Ich werde Euch keinen Tag in Ruhe lassen. Und es wird mir Freude bereiten, Euch zu quälen.«

Sal sah mich ungläubig an. »Ich lass dich in den See werfen und ertränk deine Seele. Ich werde alles vernichten, was an dich erinnert.« Er hob das Messer und ich schloss die Augen.

»Ich gebe Euch, was Ihr wollt, Sal!«, brüllte Livia. »Ich heirate Euch.«

Ich riss die Augen auf und versuchte, mich unter Sal herauszuwinden. »Nein!«, schrie ich. In meinen Augen war Sal nichts weiter als eine Kakerlake, die aus der Unterwelt hervorgekrochen war und menschliche Gestalt angenommen hatte. Und dabei war ihm die Verwandlung nicht mal besonders gelungen. Wenn Livia ihn heiratete, wäre sie noch schlechter dran, und ich würde ihn nie, nie im Leben als Familienmitglied akzeptieren.

Doch Sal war hellhörig geworden und ließ das Messer sinken. Livia ging zu Sal und kniete sich neben ihn. »Lasst meinen Bruder am Leben«, sagte sie und legte die Hand auf den Arm, in dem er das Messer hielt. »Und wenn ich nächstes Jahr volljährig bin, werde ich Euch gehören.«

Sal legte die Hand auf ihre und mir drehte sich der Magen um. Als sich die beiden erhoben, bekam ich endlich Luft, doch die war von Sal verpestet und löste einen Würgereiz aus. Die Wächter, die sich Fortis angeschaut hatten, kamen zurück und zerrten mich hoch. Warteten auf weitere Befehle.

»Nein!«, sagte ich wieder zu Livia. »Du musst ihn nicht heiraten.«

»Wenn es dir doch das Leben rettet.« Ihre Augen füllten sich mit Tränen. »Eine andere Möglichkeit gibt es nicht.«

Sals Lächeln wurde immer breiter und das machte mich misstrauisch. Mit einem Seitenblick auf Livia sagte er: »Der Vogel im Wagen geht nach Rom. Er ist mein persönliches Geschenk an den Kaiser. Nic wird ihn begleiten, in ein paar Tagen beginnen die Spiele.« Nun heftete er den Blick auf mich. »Ich werde dich nicht töten, aber ich werde zu den Spielen fahren und mir anschauen, wie sich das Reich mit dir amüsiert. Du wirst keine zehn Minuten in der Arena überleben.«

Livia flehte Sal an, seine Meinung zu ändern, doch der hatte sein Versprechen gehalten und mich am Leben gelassen. Zu weiteren Zugeständnissen war er nicht bereit. Empört schrie ich auf und schlug wild um mich, aber die Wächter warfen mich auf den Wagen und ketteten mich fest.

»Lasst mich noch einmal mit ihm sprechen!«, schluchzte Livia. »Mutter wollte, dass er weiß …«

Aber da waren wir schon losgefahren und ihre Worte gingen in dem Lärm unter. Danach wehrte ich mich nicht mehr. Meine Schulter pochte, ich war gelähmt vor Sorge um meine Schwester und blickte mit Schrecken meinem eigenen Schicksal entgegen.

Als wir in der Dämmerung davonfuhren, sah ich einen Wagen mit der Flagge aus dem Hause Valerius nahen. Crispus' blondes Haar war weithin sichtbar. Der Senator hatte sein Versprechen gehalten und war gekommen. Leider zu spät.

NEUN

Die ganze Nacht über war es warm gewesen, in den frühen Morgenstunden zeigten sich dunkle Wolken am Himmel und es sah nach Regen aus. Ich hatte nichts gegen Regen, vor allem nicht in den heißen Sommermonaten, nur vor einem schweren Gewitter fürchtete ich mich. Das war wohl das Einzige, was mir an der Arbeit im Bergwerk gefiel, dass man unter Tage bleiben konnte, während es draußen blitzte.

Kurz vor den Toren Roms hielt unser Wagen dann endlich. Die Wächter hatten einen Reiter vorgeschickt, der meinen Verkauf und einen Treffpunkt vereinbaren sollte, nur konnte ich nicht sehen, wer mich gekauft hatte, bis er zu mir hinter den Wagen trat.

Mein neuer Herr war ein gut aussehender Araber mit dunklem Haar und dunklen Augen, er wirkte intelligent, also war ich auf der Hut. Ich beobachtete ihn genau, um herauszufinden, was für ein Herr er wohl sein würde. Hohe Ansprüche hatte ich nicht. Nach der Warnung von Valerius reichte mir schon jemand, der mich am Leben ließ. Kaum hatte mein neuer Herr den Handel per Handschlag besiegelt, kam er auf mich zu und begutachtete mich wie ein frisch erworbenes Pferd. So ging es beim Kauf eines Sklaven zu, das wusste ich, dennoch kam ich mir vor wie ein Stück Vieh. Wenigstens löste er die Fesseln um meine Handgelenke. Etwas Anstand hatte er also im Leib.

»Ich heiße Felix«, sagte er. »Ich bin dein Herr, aber ich bin auch ein Diener von Kaiser Tacitus, dem Herrscher des Römischen Reiches. Was du für mich tust, tust du auch für ihn.«

Das war mir egal. Ich fühlte mich dem Kaiser nicht verpflichtet. Und diesem Felix ebenso wenig. Aber wenn ich den Löwen nicht zum Fraß vorgeworfen werden wollte, musste ich mich als nützlich erweisen.

»Und du bist Nic?«

»Nicolas Calva.«

Er kicherte. »Wie kommt ein Sklave zu einem so schönen Namen? Wirst du dir in Rom zu deinem Titel noch einen *Cognomen* zulegen? Nicolas Calva Magnus vielleicht? Bist du groß genug für einen solchen Titel?«

»Nein, Herr.« Selbstbewusst schaute ich zu ihm auf. »Noch nicht.«

»Nun, Nicolas Calva, du siehst hungrig aus.«

Eigentlich war ich immer hungrig, aber erst einmal sagte ich: »Ich bin durstig.« Ich weiß nicht, wann ich zuletzt etwas getrunken hatte. In meinem Mund fühlte sich alles sandig an.

»Wir brechen gleich auf, dann bekommst du Wasser.«

Ich nickte. Meine Achtung für Felix wuchs.

Sals Wächter halfen einem Mädchen, Fortis in einen geschlossenen Holzwagen zu überführen. Noch bevor er losgebunden war, begann der Greif, ungehalten zu kreischen. Das beunruhigte mich, doch im ersten Moment war ich von dem Anblick des Mädchens abgelenkt.

So seltsam es klingen mag, außer meiner Schwester hatte

ich kaum Mädchen in meinem Alter zu Gesicht bekommen. Mädchen, die im Lager zur Welt kamen, wurden schnell verkauft, und die paar Frauen, die für uns kochten und uns verarzteten, waren meist Bergarbeiterwitwen. Livia war nur geblieben, weil Sal ihr so zugetan war. Obwohl ich mir große Mühe gab, das Mädchen nicht anzustarren, gelang es mir nicht so recht.

Ihr langes hellbraunes Haar trug sie zurückgebunden. Ihre Tunika war schlicht wie meine, nur etwas länger und in einem besseren Zustand. Um ihren Hals hing eine *Crepundia* mit kleinen Anhängern und Holzschnitzereien, die wohl als Baby für sie gemacht worden waren. Seltsam, dass sie die Kette noch nicht abgelegt hatte. Das Mädchen arbeitete für Felix und konnte somit keine Patrizierin sein, doch an ihrem Gürtel baumelte ein Messer, eine Sklavin war sie also genauso wenig. Dann musste sie eine Plebejerin sein. So würde ich eines Tages selbst gerne leben: keinen Herren zu haben, aber auch niemandes Herr zu sein.

»Sie heißt Aurelia und ist so kuschelig wie ein tollwütiger Bär«, sagte Felix, der meinem Blick gefolgt war. »Sie wird dich auf dem Weg nach Rom bewachen, leg dich mit der lieber nicht an.«

Ich hatte mich schon mit einem Greif angelegt und, dem brennenden Schmerz in meiner Schulter nach zu urteilen, den Kürzeren gezogen. Da brauchte ich mir nicht noch Ärger mit jemandem einzuhandeln, der mit einem Bären verglichen wurde.

Als hätte sie uns gehört, hielt Aurelia inne und funkelte mich an. Ich tat so, als bemerkte ich es nicht, denn das hätte sie sicher erst recht aufgebracht.

»Ich arbeite beim *Venatio*«, sagte Felix. »Du hast bestimmt schon davon gehört.«

Vor den Gladiatorenkämpfen wurden auch Tiere gezeigt. Einige der Bergarbeiter hatten sich die Spiele angesehen und mir davon erzählt. Manche Tiere wurden ausgestellt oder führten Kunststücke vor, und da ein Greif wie Fortis so selten war, hoffte ich, dass man das mit ihm ebenfalls vorhatte. Doch die meisten Tiere wurden wie die Gladiatoren aufeinander losgehetzt, das nannte sich dann *Venatio*. Je brutaler die Kämpfe, je mehr Blut floss, desto lauter jubelten die Römer.

»Unsere nächsten Spiele sind in zwei Tagen, aber ich frage mich, ob ich den Greif überhaupt nur zwei Minuten halten kann«, meinte Felix.

Die Wächter versuchten, Fortis vom Karren zu zerren, während Aurelia die Wagentür aufhielt. Fortis stemmte sich gegen die Männer, die an seinen Stricken zerrten, kreischte plötzlich auf, breitete die Flügel aus und machte sich los. Aurelia zückte ihr Messer und rannte auf den Vogel zu, doch Fortis warf sie zu Boden und sprang vom Karren. Sals armselige Wächter suchten panisch das Weite und waren in null Komma nichts verschwunden, nur Aurelia saß in der Falle.

Ich stürzte los und schwenkte die Arme, um Fortis zu beruhigen. Der Greif kreischte Aurelia an, die immer noch das Messer umklammerte.

»Steck das weg!«, rief ich. »Du machst den Vogel wütend.«

»Ich mache ihn wütend?«, fragte Aurelia. »Er hat mich angegriffen!«

Da brüllte ich: »Dann schau nicht so kampflustig. Steck das Messer ein. Um den Greif kümmere ich mich!«

Aurelia machte den Mund auf, um zu widersprechen, schob dann aber das Messer in die Scheide und zog sich zurück. Mit sanfter Stimme wandte ich mich an Fortis und zeigte auf Felix' Wagen. »Der ist für uns beide. Ich komme mit dir.«

Fortis scharrte mit den Läufen, folgte mir dann über die kleine Rampe ins Innere. Kaum waren wir drinnen, sagte Felix: »Komm da wieder raus, Nic.«

»Ich bleib lieber bei dem Greif.«

»Nein, du kommst da sofort raus.«

Misstrauisch beäugte er mich, was mich verunsicherte. Felix hatte mir Wasser versprochen, und ich würde nichts tun, was ihn umstimmen könnte. Also kam ich die Rampe herunter und stellte mich vor ihn hin.

»Deine Tunika hat einen Riss.«

Ich strich mit der Hand über die *Bulla*, die seitlich unter dem Stoff verborgen war. »Meine Tunika ist überall kaputt. Vielleicht könnt Ihr mir eine neue besorgen.«

»Das muss ich vielleicht auch, denn ich habe gesehen …« Er legte mir die Hand auf die Schulter, genau dort, wo das Lederband hing. Ich senkte den Blick, in der Hoffnung, dass er sich nichts weiter dabei denken würde, was natürlich seine Neugier umso mehr weckte. Er griff unter den Stoff und nahm stirnrunzelnd das Lederband zwischen Daumen und Zeigefinger. »Dreh dich um.«

Das wollte ich nicht. Valerius' Warnung war mir noch frisch im Gedächtnis. Ich sollte niemandem den Kratzer – oder das Mal – zeigen. Keine Ahnung, was genau es war.

Doch Widerstand gegen Herren wurde mit Peitschenhieben auf den bloßen Rücken bestraft, da würde die *Bulla* sofort entdeckt. Auf das Schlimmste gefasst, drehte ich mich herum. Felix zog den Riss weiter auf und fuhr mit dem Finger über den Kratzer. Ich zuckte zusammen. Es tat nicht richtig weh, aber sobald er mich berührte, schoss es wie Feuerfunken durch meine Brust.

»War das der Greif?«, fragte er.

Ich antwortete nicht. Er sollte nicht denken, dass Fortis gefährlich war, sonst würde er vielleicht nicht als Geschenk für den Kaiser infrage kommen. Und was dann mit ihm passieren würde, war klar.

Felix gab ein Grunzen von sich und drehte mich wieder herum. »Dein Herr hat gesagt, du würdest mir keine Scherereien machen, aber das bezweifle ich langsam.«

»Ich mache Euch bestimmt keinen Ärger.« Obwohl ich es ehrlich meinte, klang es falsch. Besonders, da das Problem schon an einem Band um meine Schulter hing und meinen Rücken ein Kratzer zierte, für den Menschen morden würden.

Felix verzog das Gesicht und packte mich am Arm, als ein Händler vorbeilief und ihm scherzend zurief: »Dein neuer Sklave ist jung. Hoffentlich wird der nicht auch von den Tigern gefressen.«

Obwohl der Mann dabei laut lachte, war mir klar, dass das kein Witz war. Ich fuhr hoch. »Auch?«

»Die Tiger sind im Moment nicht dein größtes Problem.« Felix schob mich die Rampe hoch und drängte mich in eine Ecke des Wagens, wo er mir eine Fessel um das Fußgelenk anlegte. »Wenn du schlau bist, verhältst du dich ruhig.«

»Ihr habt mir Wasser versprochen!«, sagte ich laut. »Bitte.«

Felix rief nach Aurelia. »Komm ihm nicht zu nah, aber behalte ihn im Auge.«

Sobald sie eingestiegen war, verriegelte er die Wagentür von außen.

»Ihr habt mir Wasser versprochen!«, brüllte ich. Und als er nicht antwortete, schlug ich mit dem Ellenbogen gegen die Wand, um ihm zu zeigen, wie wütend ich war. Und verzweifelt durstig.

Aurelia schnappte nach Luft, und ich sah auch, warum. Mein Ellenbogen hatte eine tiefe Beule im Metall hinterlassen. Wie das gekommen war, wusste ich selbst nicht.

Sie zückte ihr Messer und sah mich an, aber in dem Moment setzte sich der Wagen in Bewegung. »Bleib mir bloß vom Leib«, murmelte sie. »Du bist verflucht.«

»Bin ich nicht«, antwortete ich, doch selbst mir kam die Lüge nicht glaubhaft vor. Aurelia hatte vollkommen recht. Vielleicht war ich Cäsars Geist in der Höhle nicht entkommen.

ZEHN

Im Wagen schwappte das Wasser in Aurelias Schlauch hin und her und draußen hatte es angefangen zu regnen. Davon wurde mein Durst nur noch schlimmer und ich fühlte mich verspottet. Seit unserer Abreise hatte mich Aurelia nicht aus dem Auge gelassen, nur hin und wieder riskierte sie einen Blick auf die Delle in der Wand. Dann erschauderte sie jedes Mal und ihre Miene verfinsterte sich.

»Ich brauche Wasser«, sagte ich.

»Felix hat dich nicht ohne Grund angekettet«, antwortete sie. »Vielleicht verrätst du mir, warum.«

Vielleicht auch nicht. In der Hand hielt sie noch immer das Messer umklammert, mit ihr wollte ich nicht aneinandergeraten. »Die Ketten sind überflüssig. Ich bin nicht gefährlich.«

»Klar, du bist so harmlos wie ein Schmetterling. Vorausgesetzt, ein Schmetterling kann Metall eindrücken.«

»Heute Morgen war es warm. Das Metall muss weich geworden sein.«

»Und wenn es so heiß wäre wie Apollos Sonne, wäre es trotzdem nicht weich geworden.«

»Gib mir das Wasser.«

Aurelia nahm den Schlauch ab, entkorkte ihn und trank einen Schluck.

»Bitte, Aurelia.«

Als sie ihn wieder zudrehen wollte, schnellte ich vor, um ihn ihr aus der Hand zu reißen. Die Kette um mein Fußgelenk spannte, dann knackte es leise und ich bekam noch eine Handbreit Spiel. Hinter mir hatte sich die Kette aus der Verankerung am Boden gelöst. Doch ich war immer noch nicht nah genug an Aurelia.

»Ich wollte es dir ja geben. Und jetzt drohst du mir?«, fragte sie.

»Dir drohen? Nein, ich brauche bloß Wasser!«

»Dann nimm es!« Als sie mir den Schlauch zuwarf, fiel ihr Blick auf den losen Bolzen.

Ich hatte keine Lust, darüber nachzudenken, wie ich mich so leicht hatte befreien können. Stattdessen stürzte ich das Wasser in großen Zügen hinunter und viel zu schnell war es leer.

Aurelia starrte mich die ganze Zeit an und spielte dabei mit der *Crepundia*. Daran hingen mindestens ein Dutzend geschnitzter Miniaturen, alle an einer Lederschnur. Ein Weizenbündel und Weintrauben stellten die Ernte dar. Mir fielen auch eine alte römische Münze und ein geschnitzter Chronometer auf, aber der größte Anhänger bestand aus einer Sichel, die von einem Messer gekreuzt wurde, das an Aurelias eigenes Messer erinnerte. Mittendrin hing ein Lederbeutel, der nur etwas kleiner war als die *Bulla*. Vielleicht enthielt er genauso Edelsteine.

Warum hing Aurelia nur an etwas, das doch für Kinder gedacht war? In dem Moment spürte ich die *Bulla* deutlich auf der Haut. Auch sie war für Kinder.

Ich verschloss den Schlauch und warf ihn ihr zu. »Danke.«

»Irgendwas stimmt nicht mit dir«, sagte sie. »Ich traue dir immer noch nicht.«

Das störte mich nicht, ich mochte sie ebenfalls nicht. Mit den Fingern fuhr ich die Umrisse der *Bulla* nach; am liebsten hätte ich sie vorgeholt und genauer betrachtet. Keine Ahnung, was Felix mit mir vorhatte, aber er wusste Bescheid über das Mal und vielleicht auch über die *Bulla*. Wenn ich sie ihm erst zeigen müsste, würde er mir vorwerfen, sie gestohlen zu haben, was ich ja auch irgendwie getan hatte. Dafür würde man mich auf der Stelle töten.

Fortis wälzte sich im Schlaf, dabei landete eine Klaue direkt neben Aurelias Hand. Als Aurelia Fortis' Bein von den verbliebenen Stricken befreien wollte, wachte der Vogel auf und hackte nach ihr. »Gut!«, sagte Aurelia. »Dann helfe ich dir eben nicht!«

Ich musste lachen, woraufhin Aurelias böse Blicke nun mir galten. Ich rückte so weit wie möglich von der Wand ab, um Fortis zu streicheln, einfach so.

»Der Greif hat dir das Leben gerettet«, meinte Aurelia.

Zuerst wunderte ich mich, wie sie von unserer Flucht aus der Höhle wissen konnte, und suchte fieberhaft nach einer Erklärung.

Doch dann sagte sie weiter: »Felix wollte dich morgen mit den anderen Verbrechern in die Arena werfen, aber nun braucht er dich für den Greif.«

»Ich bin kein Verbrecher.«

»Ja, und gefährlich bist du auch nicht, das weiß ich ja schon.«

Über uns ging ein Donnerschlag los und ich duckte mich weg. Nun lachte Aurelia. »Ist doch nur Krach.«

»Der Blitz danach ist kein Krach.«

»Der trifft uns schon nicht.«

»Erzähl das mal meinem Vater.«

»Ist er vom …?« Sie beantwortete sich die Frage selbst. »Oh, wie furchtbar.«

Als ich stumm blieb, wanderten ihre Augen zum Fenster über mir. »Bist du schon mal in der Stadt gewesen?«

»Nein.«

»Rom ist unglaublich. Hin und wieder helfe ich Felix im Amphitheater. Dort haben 50 000 Römer Platz, und alle können sich umsonst die Spiele ansehen, sogar die Sklaven.«

»Ich bleibe nicht für immer Sklave.«

Aurelia zuckte nur die Achseln. »Was würdest du dann machen? Ich glaube nicht, dass du irgendetwas kannst, um dich in Rom über Wasser zu halten.«

»Vielleicht fahre ich in Wagen umher und bewache Dinge, die nicht gefährlich sind.« Ein Lächeln spielte um meine Mundwinkel. »Kann ja nicht so schwer sein.«

Sie kniff die Augen zusammen. »Ich werde dafür bezahlt, den Greif zu bändigen! Im ganzen Reich gäbe es nicht genug Gold, was mich dazu bringen könnte, dich zu bewachen.«

Wahrscheinlich hatte sie keine Ahnung, wie viel Gold in Cäsars Höhle steckte. Mir schmeichelte es, dass nicht einmal all dieser Reichtum sie entschädigen konnte.

»Warum brauchst du überhaupt Geld?«, fragte ich. »Kümmert sich deine Familie nicht um dich? Von der musst du doch die *Crepundia* haben.«

»Mein Vater hat mir die *Crepundia* geschenkt, als ich noch ein Säugling war. Bevor man mich ausgesetzt hat.«

»Oh.« Davon hatte ich auch schon gehört. Im Bergwerk

waren so etliche Arbeiter in der Sklaverei gelandet. Wenn das Oberhaupt einer Familie ein Kind nicht wollte, setzte er es einfach aus. Unter günstigen Umständen wurde das Kind von einer Familie gefunden, die es gerne bei sich aufnahm. Aber oft geriet es in die Finger von Sklavenhändlern. Aurelias Geschichte kannte ich nicht, wahrscheinlich hoffte sie, ihre Familie ausfindig zu machen und zu ihr zurückzukehren, sonst hätte sie das Amulett sicher nicht behalten.

»Tut mir leid«, murmelte ich.

»Halt einfach die Klappe«, sagte sie.

Das war mir nur recht. Fortis schüttelte den Kopf, als wollte er widersprechen. Was wusste so ein Vogel schon von Mädchen? Wie ich hatte er sein ganzes Leben in einer Höhle verbracht.

Nur eines wusste ich mit Sicherheit, nämlich dass ich nichts mit Aurelia zu tun haben wollte. Der Vergleich mit einem Bären war noch geschmeichelt. Hätte ich es mir aussuchen können, wäre ich lieber mit einem Bären gereist. Denn Aurelia und ich würden nie im Leben Freunde werden.

ELF

Der Sturm zog rasch vorbei und bald kam auch der Wagen zum Halten und die Türen wurden geöffnet. Mit einer Hand hielt ich Fortis fest, damit er sich nicht gleich auf den nächstbesten Fremden stürzte, doch es war nur Felix.

»Wir sind vor den Toren Roms«, sagte er. »Du kannst jetzt herauskommen, wenn du zusammen mit mir in die Stadt einfahren willst.«

Mir hüpfte das Herz vor Freude.

Ich hatte nicht erwartet, die Stadt wie ein Freigeborener zu begrüßen.

Dann ermahnte ich Fortis noch, artig zu sein, wobei mir klar war, dass der Vogel ohnehin tat, was er wollte.

Aurelia kletterte hinter mir aus dem Wagen, aber Felix winkte ab. »Du wirst dafür bezahlt, dass du den Greif hütest.«

Sie schüttelte den Kopf. »Allein bleibe ich da nicht drin, der mag mich nicht.«

Ich grinste, hielt jedoch den Mund. Der Witz lag auf der Hand.

Felix stöhnte. »Dann fährst du aber hinten mit. Nic und ich haben vorne noch was zu bereden.«

Mein Grinsen wurde immer breiter, schließlich konnte ich

es mir nicht verkneifen. »Und mach hinterher den Wagen sauber, wenn der Greif sein Geschäft erledigt hat.«

Als Antwort ließ sie so etwas wie ein Brummen vernehmen, was mich noch fröhlicher stimmte. Felix nahm wieder vorne auf dem Kutschbock Platz und forderte mich auf, mich neben ihn zu setzen. Ich konnte gar nicht schnell genug hinaufklettern. Sobald ich saß, reichte er mir einen Beutel mit Oliven. Ich hatte schon fünf aufgegessen, als mir der Gedanke kam, dass vielleicht gar nicht alle für mich gedacht waren. Nun waren nur noch ein paar übrig. Bevor ich mich fragen konnte, ob das besonders schlau war, hatte ich auch schon den Rest aufgefuttert.

Da wir nun allein waren, wollte ich Felix gerne nach dem Kratzer oder Mal fragen. Unter Aurelias wachsamem Blick hatte ich mich nicht getraut, meine Schulter abzutasten, aber daneben hatte ich noch ein weiteres Problem. Die *Bulla* unter meiner Tunika wurde sofort warm, wenn ich an das Mal dachte. Jetzt gerade passierte es wieder. Das konnte kein Zufall sein.

»Danke für die Oliven«, sagte ich zu Felix. Mir schien es ein harmloser Einstieg für unser Gespräch.

»Wo hast du die *Bulla* her?« Offenbar war Felix direkter als ich.

Ich kratzte mich am Kopf, während ich mir eine Antwort überlegte. »Habe ich gefunden.« Das war jetzt vielleicht nicht die ganze Wahrheit, aber völlig gelogen war es auch nicht.

»Wie lange hast du das Amulett schon?«

»Erst seit ein paar Tagen.«

»Und das Mal auf deiner Schulter hat dir der Greif beigebracht?«

»Vor seinem Angriff war da nichts. Wie sieht es denn aus?«

Felix seufzte. »Wie ein Feuerkreis mit einem Rauchschweif. Noch dazu blutrot.«

»Und was heißt das?«

»Es kommt mehr Ärger auf dich zu, als du ahnst.« Felix zeigte vor uns auf die dicken Mauern, die ganz Rom umgaben. »Damit will man die Barbaren fernhalten. Aber manchmal frage ich mich, ob die wirklichen Barbaren nicht längst schon innerhalb der Mauern leben.«

Durch den hölzernen Torbogen, durch den wir gleich fahren würden, hätte selbst ein Riese gepasst, außerdem konnte man darüber hinweggehen, so breit war er.

Alle hundert Fuß standen eckige Wachtürme, dahinter konnten sich die römischen Soldaten bei einem Angriff verschanzen.

Als wir näher kamen, stellten sich uns Männer in den Weg und bedeuteten uns anzuhalten. Sie trugen die gleichen roten Uniformen wie der Soldat, der Radulf ins Bergwerk begleitet hatte, und mir wurde mulmig. Steckten sie mit Radulf unter einer Decke? Waren sie Kumpane seines Verrats?

Nervös fühlte ich nach der *Bulla*, die zu pulsieren schien.

Felix entging das nicht. »Hör auf damit«, sagte er. »Leg die Hände ganz locker in den Schoß.« Ich gehorchte und dann setzte er hinterher: »Wenn wir allein sind, zeigst du mir das Amulett mal.«

Vielleicht. Eigentlich wollte ich es ihm nicht zeigen, aber er wusste offenbar mehr darüber als ich. Und wenn ich wirklich so in der Klemme steckte, konnte ich Hilfe gut gebrauchen.

Als wir vor den Soldaten hielten, erzählte Felix, wer er war und dass er einen Greif brachte.

Einer der Soldaten fasste mich ins Auge. »Und neue Sklaven habt Ihr auch.«

»Nur diesen einen.« Felix klang entspannt. Daraufhin versuchte ich, weniger schuldbewusst dreinzuschauen. Mit einer geschickten Armbewegung schob er meine Hand herunter, die schon wieder zur *Bulla* gewandert war. »Viel wert ist er nicht, aber er kann mir mit den Tieren helfen.«

»Seit wann sitzt ein wertloser Sklave mit seinem Herrn vorne auf dem Kutschbock?« Der Soldat zückte das Schwert und richtete es auf mich. »Steig ab.«

Was, wenn Radulf ihnen den Befehl gegeben hatte, nach einem Sklaven mit einer *Bulla* Ausschau zu halten? Wenn sie den Riss in meiner Tunika bemerkten? Mit klopfendem Herzen ging ich verschiedene Möglichkeiten durch, die alle darauf hinausliefen, dass ich auf Fortis' Rücken vor den Pfeilen der Soldaten floh. Oder vor Aurelias Messer, keine Ahnung, auf wessen Seite sie sich stellen würde. So oder so müsste sich Fortis selbst befreien.

Und als könnte der Vogel meine Gedanken lesen, drang plötzlich so heftiges Gepolter aus dem Inneren des Wagens, dass er jeden Moment umzukippen drohte. Die Soldaten machten einen Satz zurück, und Felix brüllte, sie sollten uns endlich passieren lassen, bevor unsere Fracht noch richtig wütend würde. Doch ich war mehr auf den brennenden Schmerz in meiner Schulter konzentriert, der mit Fortis' Kreischen verbunden schien. Er hatte meine Gedanken gelesen. Wie die *Bulla* und das Mal war er ein Teil von mir geworden.

»Weiterfahren!«, rief der Soldat und winkte uns durch. »Seht zu, dass ihr das Vieh hinter Gitter bringt, wo es hingehört!« Das ließ sich Felix nicht zweimal sagen, und als wir durch die Tore fuhren, nahm er meine Hand einmal mehr von dem Amulett.

»Alles wieder gut«, ließ ich den Vogel wissen. »Beruhig dich.« Und sobald sich Fortis abgeregt hatte, ließ auch der Schmerz in meinem Mal nach.

»Kannst du mir erklären, was gerade passiert ist?«, fragte Felix.

»Nein.« Könnte ich vielleicht, wollte ich aber nicht. Nicht, solange ich es selbst nicht richtig verstand.

Als wir endlich über den Tiber fuhren, konnte ich aufatmen, und Felix hielt die Zügel nicht mehr so fest, dass die Knöchel unter der Haut weiß hervortraten. Der Fluss war breit und hatte eine starke Strömung. Wie tief er war, wollte ich lieber nicht herausfinden. Am gegenüberliegenden Ufer floss eine dunkle Brühe durch einen gemauerten Tunnel in den Fluss.

»Das ist die *Cloaka Maxima*«, sagte Felix, als ich ihn danach fragte. »In Rom bekommen wir frisches Wasser aus dem Umland, das in Aquädukten über unsere Köpfe hinwegfließt. Das alte Wasser wird über unterirdische Abwasserkanäle in den Fluss entsorgt.«

Allein der Gedanke an unterirdische Kanäle war unglaublich. Auch wenn ich mich an Gallien nicht mehr besonders gut erinnern konnte, wusste ich noch, dass mir auf der Straße einmal aus Versehen Abwasser auf den Kopf geschüttet wurde. Dass Wasser hier überall verfügbar war und man nicht jeden Tag mit Durst zu kämpfen hatte, konnte ich mir kaum vorstellen.

Während wir uns Rom näherten, galt meine Aufmerksamkeit von nun an den Aquädukten, die so riesig waren, dass nur die Götter sie gebaut haben konnten. Ihre mächtigen Bögen erhoben sich über hohen Bauten – Wohnhäusern, Geschäften und eindrucksvollen öffentlichen Versammlungsorten. Die schlichteren Wasserleitungen waren aus Holz und hatten an vielen Stellen Brandlöcher. Was würde wohl passieren, wenn hier in der Stadt mal ein Feuer wütete?

In den Straßen ringsum herrschte ein geschäftiges Treiben aus Menschen, Karren und Wagen. Jeder schien dringend irgendwohin zu müssen. Noch nie im Leben hatte ich so viele Menschen gesehen. Ich wusste gar nicht, dass es überhaupt so viele gab.

Je näher wir dem Stadtkern kamen, desto vornehmer und prächtiger wurden die Gebäude.

Mir blieb fast die Luft weg.

Palastgleich reihten sich die Häuser aneinander. Säulen und Mauern aus weißem Marmor oder dicken Granitklötzen, verziert mit Kupfer, Silber oder Gold. Genau nach diesen Metallen hatte ich die letzten fünf Jahre geschürft. Ohne es zu wissen, hatte auch ich einen Beitrag zum Aufbau von Rom geleistet.

»Sind wir im Elysium?«, raunte ich, denn so viel Schönheit konnte es nur im Nachleben geben.

Felix lachte. »Nein, du siehst hier alles ganz quicklebendig. Die Stadt ist in Hunderten von Jahren errichtet worden und wird immer nur noch prächtiger. Inzwischen leben eine Million Menschen hier, die alle bestrebt sind, das zu erfüllen, was ihnen als Bürger Roms verheißen ist. Du bist jetzt einer von ihnen. Teil der Verheißung.«

Als wir um die nächste Ecke bogen, gingen mir fast die

Augen über. Vor uns ragte ein majestätischer Bau in den Himmel.

»Es steht schon seit zweihundert Jahren dort und wird wohl bis in die Ewigkeit überdauern«, sagte Felix leise. »Das ist das Flavische Amphitheater.«

Natürlich hatte ich schon davon gehört, doch keine der Beschreibungen wurde diesem Anblick gerecht.

Das Amphitheater war mit seinen vier Stockwerken wohl das höchste Gebäude überhaupt. Die unteren drei Geschosse bestanden aus Rundbögen. Zu ebener Erde konnte man durch sie hindurchgehen, doch in den Stockwerken darüber boten sie nur den Rahmen für Marmorstatuen von Göttern und früheren Herrschern, die sich ebenfalls für unsterblich gehalten hatten. Im obersten Geschoss waren die Nischen abwechselnd mit Bronzeschilden oder rechteckigen Fenstern ausgestattet. Es war im wahrsten Sinne des Wortes atemberaubend.

Als wir uns dem Amphitheater näherten, kam eine kolossale Bronzestatue in Sicht, die so hoch war wie zwanzig ausgewachsene Männer. Mir blieb der Mund offen stehen.

Felix lachte. »Das ist Kaiser Nero, möge er in Frieden rotten. Unter seiner Herrschaft wäre das Reich fast untergegangen und dafür hat er sich dann auch noch ein Denkmal gesetzt. Vierundzwanzig Elefanten waren nötig, um die Statue nach seinem Tod hierherschaffen zu lassen.«

Bei der Vorstellung musste ich auflachen, aber ich verstummte sofort wieder, um die Sehenswürdigkeiten rechts und links in mich aufzusaugen.

Schließlich hielten wir direkt vor dem Amphitheater. Felix sah mich an. »Und, Nic, was meinst du?«

Ich lächelte nur. Ganz egal, was ich von Rom ansonsten hielt, ich war in der großartigsten Stadt der Welt gelandet. Und irgendwie fühlte es sich auch an, als wäre ich nach Hause gekommen.

ZWÖLF

Um uns herrschte reges Treiben, und ich hätte zu gerne die Stadt erkundet und ihre Geheimnisse für mich entdeckt, aber das stand einem Sklaven nicht zu. Sobald wir den Hintereingang des Amphitheaters erreicht hatten, wandte sich Felix an mich. »Du allein kümmerst dich um den Greif. Da vorne führt eine Rampe unter die Arena ins *Hypogeum*. Sein Käfig ist gleich vorne der erste.«

»Da wird er nicht reingehen«, sagte ich.

»Der wird reinrasen«, entgegnete Felix. »Meine Leute haben einen großen Goldklumpen in den Käfig gelegt. Ein Greif wird nie sein Gold im Stich lassen.«

Nun verstand ich auch, warum Fortis Cäsars Gold so heftig verteidigt hatte. Für ihn wollte er es gar nicht, sondern für sich selbst. Mit Ausnahme der *Bulla,* zu der Cäsar eine sehr viel persönlichere Beziehung gehabt haben musste. Kaum hatte ich das Amulett umgelegt, war unser Kampf vorbei. Fortis hing an seinem Gold, aber vor der *Bulla* hatte er Respekt.

Ich sprang vom Wagen, und Felix scheuchte die Männer weg, die Anstalten machten, die Tür zu öffnen.

»Nic ist der Einzige, der sich um dieses Tier kümmern wird«, verkündete Felix. »Seht zu, dass alle Bescheid wissen.«

Von den Männern erntete ich böse Blicke, doch das störte mich nicht weiter. Ich hatte das Gefühl, dass sich hier niemand groß um die Tiere scherte. Die Männer hatten es nicht verdient, Fortis zu versorgen. Er war ein Geschenk für den Kaiser.

Als Aurelia mich erblickte, kletterte sie hinten vom Wagen. »Dein Vogel ist genauso gefährlich wie du«, sagte sie. »Hast du mitbekommen, wie sich der Vogel aufgeführt hat, als die Soldaten dich mitnehmen wollten?«

Ich grinste. »Oh, ich dachte, du hättest so einen Wirbel um mich gemacht!«

Sie wurde rot. »Um dich. Nie.«

Obwohl ich wusste, dass ich sie nur noch wütender machen würde, oder vielleicht auch gerade deshalb, sagte ich mit einem noch breiteren Grinsen: »Machst du das nicht gerade?«

Aurelia schnitt mir eine Grimasse und marschierte zu Felix, um sich ihren Lohn abzuholen. Er legte ihr nur eine einzige Münze in die Hand. Und als sie widersprach und meinte, sie müsste noch andere miternähren, sagte er, sie sollte verschwinden, sonst würde er beim nächsten Mal jemand anderes anheuern. Bevor Aurelia ging, warf sie mir noch einen Blick zu. Dabei wirkte sie so traurig, dass ich mich fragte, ob ich ihr vielleicht unrecht getan hatte.

Als ich die Türen aufriss und helles Tageslicht in den Wagen flutete, kreischte Fortis so laut, dass ich erschrak. Aber ich konnte es ihm nicht verdenken. Wenn er schon lange in Cäsars Höhle gelebt hatte, dann war er wie ich die vielen Menschen und die Hektik einer so großen Stadt nicht gewohnt.

Im Großen und Ganzen hatte ich keine Schwierigkeiten,

Fortis zum Amphitheater zu führen. Nur einmal, als ein Patrizier auf einem Pferd vorbeigeritten kam, wäre es fast schiefgegangen. Fortis schlug mit den Flügeln und stieß einen heiseren Warnschrei aus. Damit er sich nicht auf das Pferd stürzte, stellte ich mich dazwischen. Fortis krächzte verärgert, ließ sich aber von mir zurückhalten. Ansonsten ließ er sich durch nichts weiter aus der Ruhe bringen, nur dieses Pferd konnte er offenbar nicht leiden.

»Du bringst uns noch beide in Schwierigkeiten«, schimpfte ich, während Fortis sich weiterhin den Hals nach dem Gaul verrenkte. Beim Weitergehen spürte ich seinen Schnabel in meinem Haar und lächelte. Fortis putzte mich. Vielleicht wollte er sich damit entschuldigen. Und fairerweise muss man sagen, dass ich das Putzen bitter nötig hatte.

Durch einen der riesigen Rundbögen gelangten wir ins Amphitheater und fanden gleich die Rampe, die ins *Hypogeum* führte, das ein unterirdischer Irrgarten zu sein schien. Anfangs zögerte ich noch und Fortis ebenso. Mir war unwohl bei dem Gedanken, mich unter einen solch massiven Bau zu begeben.

Im Bergwerk hatte ich Einbrüche erlebt, auch ohne dass irgendetwas auf der Erde darüber lastete, und in meinen Augen könnten nicht einmal die Götter verhindern, dass dieser Koloss von Arena auf uns niederging. Ich spürte die Hitze, die von unten aufstieg. Ein Sommertag in der Unterwelt. In den Minen war es sonst immer kühl gewesen, nicht so ein Backofen wie hier.

Als Nächstes haute mich der Gestank um. Wo es heiß ist, wird geschwitzt, und die aberhundert Männer um mich herum rochen nach Verwesung. Noch schlimmer waren die

Tiere in ihren übereinandergestapelten Käfigen. Ich hatte ja keine Ahnung, dass es so viele sein würden. Wo kamen die bloß alle her? Alles hier unten war unmenschlich, auch die Menschen. Nun war ich einer von ihnen.

Fortis machte ein paar Schritte zurück, doch hinter uns drängten sich schon die Nächsten. »Nein«, sagte ich und streichelte ihn. »Du bist ein Geschenk für den Kaiser. Er will dich nur anschauen, dir geschieht nichts.«

Sobald wir das Ende der Rampe erreicht hatten, war klar, welcher Käfig für Fortis reserviert war. Ein massiver Goldklumpen war an die Gitterstäbe gekettet. Ich wusste um Fortis' Kraft – wenn er ans Gold wollte, würden ihn die Ketten nicht abhalten.

Fortis vergaß alles um sich herum und stürzte in den Käfig. Zwei Männer schlugen die Käfigtür zu und verriegelten sie. Ich stellte mich vor die Stäbe, tröstete ihn, dass alles gut werden würde, aber seine Aufmerksamkeit galt allein dem Gold. Mich hatte er darüber vergessen.

Ich hatte ein schlechtes Gewissen, dass ich Fortis hier einsperren ließ. So als hätte ich ihn verraten. Doch ich hatte ja keine Wahl, sonst hätten sie den Vogel getötet. Und wenn der Kaiser ihn erst sah, würde er endlich gebührend behandelt werden.

Als Felix später kam, saß ich noch immer vor Fortis' Käfig. Ich wusste auch nicht, wo ich sonst hätte hingehen sollen, und den anderen helfen, diese armen Tiere einzupferchen, wollte ich erst recht nicht.

»Hast du Hunger?«, fragte Felix und schüttelte gleich darauf den Kopf. »So wie du aussiehst, muss ich wohl gar nicht erst fragen.«

»Was ist mit Fortis?«, wollte ich wissen. »Der Greif, wird er auch gefüttert?«

Felix runzelte die Stirn. »Noch nicht. Er bekommt noch früh genug Gelegenheit zu fressen.«

Also stand ich auf und folgte Felix über die Rampe nach draußen.

Ich war so froh, dieser stinkenden Hitze zu entkommen, dass ich mich damit begnügt hätte, einfach hier draußen zu bleiben, aber er hatte mir ja etwas zu essen versprochen.

Unterwegs zeigte Felix auf einen Pulk von Menschen, die sich an einer Straßenecke versammelt hatten und laut gestikulierend Geldbeutel in die Höhe hielten. Er fragte, ob ich wüsste, was es damit auf sich hätte, doch ich zuckte nur mit den Schultern.

»Die schließen Wetten auf die Spiele ab«, sagte er. »Meistens geht es darum, welcher Gladiator gewinnt. Am Ende des Tages hat ein reicher Mann alles verloren, während ein glücklicher Plebejer mit seiner Toga und seinem Besitz davonspaziert.«

Blinzelnd schaute ich zu den Männern hinüber. »Das ist ja ein richtiger Mob.«

»Ja, das ist ein Mob.« Er blieb stehen und sah mich an. »Ganz Rom ist ein einziger Mob. Der Kaiser und seine Senatoren führen sich auf wie stolze Herrscher, im Grunde wissen sie aber, wie schwach Rom ist. Ohne die Prätoren wäre schon alles längst zusammengebrochen.«

»Prätoren?«, fragte ich.

Felix deutete ringsum. »Eigentlich regieren die Prätoren das Reich als Richter, Statthalter und Verwalter. Sie versorgen das Volk mit Brot und Spielen. So stellen sie sich jedenfalls in der Öffentlichkeit dar. Aber privat sind sie …« Er hielt inne, als würden ihm die weiteren Worte im Halse stecken bleiben.

»Sind sie was?«

»Sind sie gefährlich!« Felix schnappte nach Luft. »Doch Rom braucht die Prätoren. Ohne sie wird der Mob … zum Mob.«

Ich musste an Radulfs Drohung denken, das Reich zu Staub zu zermalmen. Ob er dabei auch auf die Prätoren setzte?

Schweigend liefen wir weiter, bis Felix zu einem stattlichen Hügel zeigte. »Weißt du, wie das hier heißt?«

Woher sollte ich das denn wissen? Ich zuckte die Achseln und schwieg.

»Das ist der Palatin, einer der sieben Hügel Roms. Der Kaiser hat dort seinen Palast, aber deshalb zeige ich ihn dir nicht. Das hier ist der heiligste Ort in Rom. Und weißt du auch, warum?«

Wahrscheinlich hatte es mit den Göttern zu tun, denn im Römischen Reich lief alles irgendwie auf die Götter hinaus. Mehr wusste ich darüber nicht.

»Vor tausend Jahren haben Romulus und Remus, die Zwillingssöhne des Kriegsgottes Mars, beschlossen, genau hier eine neue Stadt zu gründen. Romulus stand auf dem Palatin und Remus auf dem Aventin. Wer zuerst einen Vogel sah, sollte der rechtmäßige Herrscher sein.«

Ich stellte mir Fortis vor. Schöner als jeder Vogel, als jedes Landtier.

»Der Sage nach erblickte Remus als Erster einen Vogel«, fuhr Felix fort. »Doch kurz darauf sah Romulus einen Schwarm mit zehn Vögeln. Welches Zeichen galt nun mehr? Jeder Bruder nahm für sich den Thron in Anspruch. Romulus und Remus kämpften um die Herrschaft. Romulus tötete seinen Bruder und gründete die Stadt Rom auf diesem Hügel.« Felix warf mir einen Seitenblick zu. »Bevor du Rom verstehst, musst du die Anfänge unserer Stadt begreifen. Wir sind das Ergebnis einer Geschichte aus Gewalt, Verrat und Blutvergießen.«

Ich musste immer noch an Fortis denken und dass ich ihn ganz allein in dem Käfig zurückgelassen hatte. »Bei den Spielen kämpfen Gladiatoren gegeneinander und Verbrecher werden hingerichtet«, sagte ich vorsichtig. »Ich weiß, manche der Tiere werden mit den Kämpfern in die Arena geschickt, aber was passiert mit dem Greif? Er macht doch nicht bei der *Venatio* mit. Fortis ist doch ein Geschenk für den Kaiser, nicht wahr?«

Felix seufzte. »In zwei Tagen wird der Kaiser den Spielen beiwohnen. Dann will er sehen, wer stärker ist, seine mächtigen Gladiatoren oder der von den Göttern geschaffene Greif.«

Entsetzt schloss ich die Augen. Nie im Leben wäre ich darauf gekommen, dass Fortis bei den Tierhetzen auftreten sollte. In meinem Wunsch, Felix zu gefallen, hatte ich Fortis ganz ahnungslos in einen Käfig sperren lassen, wo er nun auf den Tod wartete. Ich hatte nur diesen einen Freund auf der Welt und mit dem Verrat war ich selbst schon Teil von Rom geworden.

DREIZEHN

Felix wohnte hinter einer lauten Taverne in einem kleinen Bretterverschlag, direkt gegenüber lag ein weitaus größeres und nobleres Gebäude, das Ludus Magnus, wo die Gladiatoren ausgebildet wurden. Felix sah sich in seinem spärlich möblierten Zimmer um. »Viel ist es nicht, was man mir zugedacht hat.«

Vielleicht war es für ihn nicht viel, aber ich konnte kaum glauben, dass ein ganzes Zimmer für nur eine Person sein sollte. Eines Tages würde ich es ebenso weit bringen. Dann hätte ich auch meine eigenen vier Wände.

Felix nahm eine Tunika vom Tisch und reichte sie mir. Sie war ebenso schlicht wie meine, allerdings sauber und unversehrt, und würde mein Mal verbergen.

»Danke«, sagte ich und zog mich sofort um. Ich konnte es kaum abwarten, die alte Tunika loszuwerden.

Als Nächstes holte Felix Brot und Käse aus dem Schrank und goss mir was zu trinken ein. Er stellte alles auf einen flachen Tisch und forderte mich auf, neben ihm auf dem Boden Platz zu nehmen. »Bedien dich«, sagte er. »Iss so viel du willst.«

So viel, wie ich wollte – da hätte ich alles auf dem Tisch verputzt und noch mehr. Aber ich hielt mich zurück. Fürs Erste.

»Warum helft Ihr mir?« Ich gab mir Mühe, nicht allzu misstrauisch zu klingen. »Keiner der anderen Sklaven ist hier.«

»Siehst du dich als Sklaven, Nic?«

»Was spielt das für eine Rolle, wie ich mich selbst sehe?« Ich faltete die Hände. »Ihr habt mich gekauft. Ihr habt mir befohlen, den Greif in einen Käfig zu sperren, wo ihn in zwei Tagen der Tod erwartet. Ich habe Euch gehorcht, weil ich Euch gehöre.«

Felix zögerte, bevor er eine Scheibe Käse abschnitt, die er mir dann hinhielt. Ich warf mir ein Stück davon in den Mund. So etwas Leckeres hatte ich noch nie gekostet und ich aß schnell den Rest auf. Felix schnitt mir eine weitere, dickere Scheibe ab und bot sie mir an, aber diese hielt ich bloß in der Hand. Für mich ergab das alles keinen Sinn. Sklaven wurden von ihren Herren nie so gut behandelt.

Dann ging mir ein Licht auf. Felix legte das Messer beiseite und sagte: »Ich möchte jetzt die *Bulla* sehen.«

Um Zeit zu gewinnen, aß ich erst einmal die zweite Käsescheibe. Ich konnte nicht zulassen, dass er mir das Amulett wegnahm. Und womöglich Radulf gab, der weit mehr darüber zu wissen schien als ich. Wäre ich Felix gewachsen, wenn er die *Bulla* an sich reißen wollte?

Aber mich ihm zu widersetzen, würde mich nicht weiterbringen. Vielleicht hätte ich das Amulett nie stehlen sollen, wenigstens besaß ich nun genug gesunden Menschenverstand, um einzusehen, dass mir die Sache über den Kopf wuchs. Ich brauchte Felix' Hilfe. Ich griff unter meine Achsel, zog die *Bulla* unter der Tunika hervor und hielt sie ihm hin. Seit ich das Amuelett verborgen trug, hatte ich es nicht mehr angeschaut. Nach wie vor leuchtete es schwach. Erst wollte ich es abnehmen, dann jedoch ließ ich es um den Hals, nur um klarzustellen, dass es mir gehörte. Was ja nicht stimmte.

Felix beugte sich vor und ergriff die *Bulla*. Jeden Moment rechnete ich damit, dass er sich darüber äußern würde, wie warm das Amulett war und wie es in der Hand vibrierte, aber er sagte nichts. Für ihn schien es sich anzufühlen wie alle anderen Dinge auch. Nicht einmal das Leuchten nahm er wahr. Er fuhr kurz mit dem Finger über die Initialen auf der Vorderseite und den Greif auf der Rückseite, dann ließ er die *Bulla* zurück auf meine Brust gleiten.

»Weißt du, wem sie mal gehört hat?«, fragte er.

»Cäsar«, murmelte ich. »Es war seine *Bulla*.«

»Und hast du auch gewusst, dass Cäsar behauptet hat, er sei ein Nachfahre der Göttin Venus?«

Irgendwie fand ich das lustig. »Solch ein mächtiger Herrscher will von der Göttin der Liebe abstammen?«

»Venus ist auch die Göttin militärischer Siege. Wenn Cäsar die Wahrheit gesagt hat, dann war er mehr als nur ein Mensch. Vielleicht verfügte er sogar über einen Teil ihrer göttlichen Kräfte. Glaubst du das?«

Es stand mir nicht zu, ein Urteil darüber zu fällen. Und was spielte das überhaupt für eine Rolle? Cäsar war seit fast dreihundert Jahren tot. Es sei denn … er war ein Gott geworden, ein Unsterblicher. Es sei denn, er war lebendig genug, mir in einer versiegelten Höhle Warnungen ins Ohr zu flüstern. Nicht Radulf, sondern Cäsar hatte ich die *Bulla* gestohlen.

Ich nickte und stieß die Worte hervor, die mir die Kehle zuschnürten. »Ja, das glaube ich.«

»Gut, denn es stimmt. Venus ist die Mutter aller Römer. Cäsar war sie freundlicher gesonnen als allen anderen Herrschern. Und in jungen Jahren gab Venus ihm die Möglichkeit, sich göttlicher Kräfte zu bedienen.«

Meine Finger schlossen sich um das Amulett. Ich begriff kaum die volle Bedeutung seiner Worte. »Das war ein Geschenk der Götter?«

»Von Venus höchstpersönlich. Zu Lebzeiten hat ihm die *Bulla* Reichtum, militärische Überlegenheit und Kraft gegeben, Rom zu vereinen und der mächtigste Herrscher überhaupt zu werden. Doch irgendwann hat er mehr an sich selbst als an Venus' Stärke geglaubt. In den Tagebüchern prahlt er nur mit seinen eigenen Leistungen. In seinem Hochmut legte er die *Bulla* ab, die daraufhin verloren ging. Ohne den Glücksbringer stand er nicht länger unter Venus' Schutz. Kurz darauf wurde er von seinen eigenen Senatoren ermordet.«

»Meine Mutter hat mir davon erzählt, Herr. Und wenige Monate nach dem Mordkomplott tauchte ein Komet am Himmel auf. Eine Woche lang schien er so hell, dass man ihn selbst tagsüber sehen konnte. Die Menschen glaubten, es sei Cäsars Seele, die zu den Göttern aufsteigt.«

»Man nannte ihn den Göttlichen Stern. Doch die Reise endete nicht mit Cäsars Tod.« Felix zeigte auf meine Schulter. »Der Göttliche Stern ist das Mal auf deinem Rücken.«

Ich lehnte mich vor, ich hatte mich wohl verhört. Wollte Felix etwa behaupten, dass Cäsar mich gezeichnet hatte? Warum?

Felix beugte sich vor und sah mir direkt ins Gesicht. »Als ich die *Bulla* in der Hand hatte, habe ich nichts gespürt. Aber du kannst kaum die Finger davon lassen, selbst jetzt nicht. Sag, ist noch Magie in dem Amulett?«

Mein Herz klopfte wie verrückt. Gerne hätte ich gelogen. Mit einer überzeugenden Lüge könnte ich das restliche Essen verspeisen und zu Fortis zurückkehren. Mit der richtigen Lüge wären das Gespräch und auch das besondere Interesse an mir beendet. Leider hatte ich mehr Fragen als zuvor, und nur, wenn ich jetzt ehrlich war, würde ich Antworten erhalten.

Also nickte ich. »Etwas Magie steckt noch darin. Ich spüre sie, aber viel ist es nicht. Vielleicht hat die *Bulla* ihre Kraft verloren, als Cäsar sie abgelegt hat.«

»Oder die Götter haben dreihundert Jahre gewartet, bis jemand anderes das Amulett findet. Jemand mit Cäsars Zeichen auf dem Rücken. Hat nicht der Greif dir das Mal verpasst? Er ist eine göttliche Kreatur. Nur jemand, der von den Göttern abstammt, kann dir seine Magie verleihen. Sie wird immer stärker, nicht wahr?«

Das konnte ich nicht leugnen. Bloß, stärker war nicht unbedingt gut. Von dem Geflüster in der Höhle und dem Fluch wusste er auch noch nichts.

Felix faltete die Hände und sagte: »Du hast dir eine gefährliche Zeit ausgesucht. Das Fundament unseres Reiches bröckelt und bei unserer Größe stürzen wir womöglich den Rest der Welt mit ins Verderben. Jahrzehntelang haben die Barbaren vor Angst vor uns gezittert, doch nun sehen sie die Risse in unseren Mauern. Wir sind nicht mehr so stark wie früher.«

Ich runzelte angestrengt die Stirn und versuchte, alles in mir aufzunehmen. Nachdem ich gesehen hatte, wie großartig Rom war, konnte ich mir nicht vorstellen, dass es jemals stürzen würde. Und wenn, könnte nur Finsternis folgen.

»Kaiser Tacitus sieht zwar die Risse im Reich, weiß aber nicht, wie er sie kitten soll. Hätte er doch nur den Beistand der Götter, aber die rühren sich nicht. Vielleicht, wenn er mit ihrer Macht in Kontakt käme ...«

Felix verstummte, sein Blick fiel auf die *Bulla*. Ich schloss die Finger noch fester darum, ließ die Vibration hoch in den Arm steigen.

»Ihr glaubt, mir stünden irgendwelche geheimen Kräfte zur Verfügung, das stimmt aber nicht. Jedenfalls kann ich damit nicht das Reich retten.«

»Kannst du dich selbst retten? Denn nach diesem Gegenstand suchen die Leute schon seit Cäsars Tod. Manche wollen damit das Reich vergrößern, andere wollen es zerstören. Und wenn sie erst erfahren, dass du es benutzen kannst ...«

»Aber ich kann es nicht benutzen! Ich bin ein Nichts. Bloß ein Sklave ...«

»Ein Sklave, der ganz zufällig den mächtigsten magischen Gegenstand im Reich in den Händen hält! Und du hast recht, Nic. Hier bist du ein Nichts. Niemand wird einen Krieg anzetteln, um dich zu beschützen. Niemanden wird es kümmern, wenn du stirbst. Und wenn dich unsere Feinde einkesseln, dann hast du auch mit der *Bulla* allein keine Chance.«

Mir wurde schwindelig. »Es weiß doch keiner, dass ich die *Bulla* habe. Oder dass sie wiederaufgetaucht ist.«

»Noch nicht. Nur, wie lange kann so etwas geheim bleiben? Meinst du, irgendjemand würde zögern, dich dafür umzubringen?«

Obwohl sich in meinem Magen schon alles drehte, krächzte ich noch: »Dann schmeiße ich das Amulett eben weg. Zerstör es!«

»Was die Götter geschaffen haben, kann ein Mensch nicht vernichten. Und kannst du auch Roms Feinde davon überzeugen, dass es vernichtet ist, bevor sie dich zu Tode gefoltert haben?«

Valerius hatte mich bereits gewarnt, dass auf mich Ärger zukommen würde. Behielt ich das Amulett, wäre mein Leben dahin; zerstörte ich es, konnte ich es genauso wenig retten.

»Was soll ich machen?«, fragte ich.

Felix lächelte. »Gib es Kaiser Tacitus. Lass ihn die Last tragen. Er kann die *Bulla* schützen und unsere Feinde niederschlagen.«

»Wie denn? Ihr konntet die Magie nicht spüren. Und wenn es ihm genauso ergeht, nützt ihm das Amulett nichts.«

»Tacitus glaubt, dass General Radulf, der Anführer seiner Legionen, weiß, was zu tun ist.«

»Radulf?« Ich schüttelte den Kopf. »Er ist der Feind, Felix. Er will die *Bulla* für sich selbst. Radulf würde sie gegen den Kaiser, gegen das Reich einsetzen!«

Felix beugte sich über den Tisch. »Woher weißt du das?«

»Ich habe gehört, wie er mit einem seiner Männer darüber gesprochen hat. Radulf will das Reich zerstören!«

Mit einer unwirschen Geste tat er meine Behauptung ab. »Dann hoffen wir mal, dass du dich verhört hast, denn General Radulf ist überaus mächtig. Wenn er sich gegen Kaiser Tacitus wenden würde, hätten wir Grund zur Sorge. Bislang hat er sich aber loyal verhalten.«

»Er hat gesagt, er würde das Reich zu Staub zermalmen. Hört sich das loyal an?«

Felix presste die Lippen aufeinander. »Also, unser Plan sieht so aus: Du behältst die *Bulla*, bis die Spiele in zwei Tagen vorbei sind, da wirst du sie nämlich brauchen, um den Greif zu kontrollieren. Aber anschließend musst du sie dem Kaiser vorlegen. Damit rettest du dein Leben und Rom dazu.«

Ich krallte die Finger noch fester um das Amulett. Ich hatte es einem Kaiser gestohlen und es sollte an einen Kaiser zurückgegeben werden. Doch wenn in der *Bulla* wirklich Magie steckte, dann war sie bereits in mich übergegangen. Wie meine zwei Körperhälften gehörte das Amulett untrennbar zu mir.

Für Felix schien alles schon beschlossene Sache zu sein. Er sah aus dem schmalen Fenster und sagte: »Es wird spät. Wir bringen dich mal lieber zurück zum *Venatio,* bevor noch jemand Verdacht schöpft.«

Er führte mich bis zur Rampe und schlenderte davon, als wäre nichts gewesen. Als hätten wir nicht gerade ein Gespräch geführt, dass mein Leben verändern und vielleicht sogar das Schicksal des gesamten Römischen Reiches beeinflussen würde.

Obwohl ich hundemüde war, wusste ich, dass ich in der Nacht kaum schlafen würde.

VIERZEHN

Es wurde tatsächlich eine lange Nacht. Ich blieb vor Fortis' Käfig, und wenn er sich regte, sprach ich beruhigend auf ihn ein, versicherte ihm, dass alles gut werden würde, obwohl ich es mittlerweile besser wusste. Während der Greif schlief, entwarf ich einen Fluchtplan, der für alle eine Lösung bot. Wenn ich Rom mit der *Bulla* verließ, hätte Radulf keine Möglichkeit, sie vom Kaiser zu bekommen, und der Kaiser könnte sie mir nicht wegnehmen. Und dabei würde ich auch Fortis' Leben retten.

Allerdings blieben noch ein paar Kleinigkeiten offen. Ich musste zurück zu Livia gelangen, was gefährlich wäre. Und wie sollte ich überhaupt Fortis aus dem verriegelten Käfig befreien? Zwar hatte er den Goldklumpen schon aus der Verankerung gerissen, aber für die dicken Metallstäbe würden selbst Fortis' Kräfte nicht ausreichen.

Am Morgen war ich mit meinem Plan kein Stück weiter gekommen. Mir wurde aufgetragen, Fortis zu füttern und anschließend noch ein paar der anderen Tiere. Wenngleich es so gut wie unmöglich schien, stank es hier unten noch schlimmer als gestern.

Als ich fragte, ob ich vielleicht einige der Käfige ausmisten sollte, meinten die älteren Arbeiter nur, nach den Spielen wäre es leichter. Ich wusste genau, was sie meinten, und mir drehte sich der Magen um.

Während der Fütterung sprach ich mit jedem Tier und zu meiner Überraschung blickten sie mich direkt an. Ich hatte so ein Verhalten noch nie erlebt. Jedenfalls hatten sich Tiere mir gegenüber noch nie so verhalten. Viel zu fressen bekamen sie nicht, denn sie sollten hungrig und aggressiv in die Arena gebracht werden. Immer wenn niemand hinsah, gab ich ihnen eine Extraportion. Besonders Fortis bekam mehr. Denn auf einen hungrigen Greif hatte ich wirklich keine Lust.

Nachdem ich meine morgendlichen Arbeiten erledigt hatte, kam Felix und winkte mich aufgebracht heran. Er glühte vor Wut. »Woher weiß der Senat von dir?«, stieß er hervor. »Ich habe nur mit dem Kaiser darüber gesprochen und der behält es für sich. Wem hast du's gesagt?«

»Niemandem!« Und was sollte die Anschuldigung überhaupt, schließlich ging es mir doch an den Kragen, wenn jemand von der *Bulla* erfuhr. »Was ist passiert?«

Felix atmete aus. »Der Sohn von Senator Valerius steht draußen. Er hat sich namentlich nach dir erkundigt.«

Crispus? Damit hätte ich nicht gerechnet, aber ich war erleichtert, denn es hätte auch jemand anders sein können. »Ich habe ihn kennengelernt, kurz bevor ich aus dem Bergwerk weggebracht wurde«, antwortete ich. »Von ihm geht keine Gefahr aus.«

Felix verzog das Gesicht. »Solange du das Ding um den Hals trägst, ist niemand ungefährlich. Verwahr es sicher für den Kaiser.«

»Warum die Mühe?«, fragte ich. »Radulf wird es sich schnappen und dann ist Rom ohnehin verloren.«

Felix blickte sich verstohlen um, ob uns auch keiner belauscht hatte, und presste mich gegen die Wand. »Du möchtest den General nicht verärgern, Nic. Niemand möchte das.«

Das hätte man mir vielleicht sagen sollen, bevor ich ihm die *Bulla* vor der Nase weggeschnappt hatte. »Ihr habt ebenfalls Angst vor ihm.« Als Felix die Augen aufriss, wusste ich, dass ich recht hatte. »Warum?«

»Radulf ist mächtig«, flüsterte Felix. »Mächtiger, als du dir vorstellen kannst.«

»Gibt es hier ein Problem?«

Wir drehten uns um. Groß und stolz stand Crispus unten an der Rampe, die Hände in die Hüften gestemmt. Er trug die Autorität wie einen Mantel, fühlte sich wohl mit der Macht, die er besaß.

Felix entschuldigte sich bei Crispus, obwohl er mir die ganze Zeit mit dem Arm die Luft abgedrückt hatte. Bevor er mich freigab, packte mich Felix noch einmal bei der Schulter und warf mir einen warnenden Blick zu. Als wenn ich irgendjemandem von der *Bulla* erzählen würde. Niemand begriff die möglichen Konsequenzen besser als ich.

Ich ging zu Crispus und verbeugte mich, was er mit einer Handbewegung abtat. »Spar dir das für meinen Vater.«

Also richtete ich mich auf, sah ihn aber nicht direkt an. Zu gerne hätte ich gefragt, was er denn von mir wollte, nur, hier konnten wir nicht offen reden.

»Komm mit.« Crispus machte ein paar Schritte die Rampe hoch. Ich wollte hinter ihm laufen, doch er bedeutete mir, neben ihm zu gehen. Das verwirrte mich, ja beunruhigte mich sogar. Er würde mich doch nicht wie seinesgleichen behandeln … es sei denn, er wollte etwas von mir.

»Wie gefällt dir der *Venatio*?«, fragte er.

»Ich bin noch nicht einmal einen Tag hier«, antwortete ich.

»Mein Vater war enttäuscht, dass er nicht die Gelegenheit bekommen hatte, dich zu kaufen.« Ich musste mir auf die Zunge beißen, um ja nichts Falsches zu sagen. Was erwartete er eigentlich? Sollte ich mich entschuldigen, dass ich an dem Tag nicht im Angebot war? Crispus bemerkte nichts von meinem Ärger. Nach ein paar Schritten setzte er das Gespräch fort. »Und mein Vater wäre auch gerne selbst gekommen, aber er hielt es für unklug. Schließlich ist er Senator und …«

»Und Senatoren sprechen nicht mit Sklaven«, sagte ich. »Verstehe.«

Ich war davon ausgegangen, dass wir das Amphitheater verlassen würden, doch Crispus führte mich stattdessen durch einen überdachten Gang, in dem Händler in Vorbereitung für die kommenden Spiele ihre Stände aufbauten.

»Jedes Jahr werden die Spiele größer«, meinte Crispus. »Heftigere Kämpfe, mehr Blut, mehr Tote. Sobald ein Kaiser versucht, die Spiele einzudämmen, regt sich das Volk auf. Und ein Aufstand in den eigenen Reihen ist das Letzte, was ein Kaiser möchte. Also bietet er ihnen das Spektakel, das sie wollen.«

Crispus ging vor und sprach mit einem Mann, der eine unbeschreiblich große Auswahl an Obst vor sich liegen hatte. Je mehr ich von Rom sah, desto deutlicher wurde mir, wie abgeschottet ich im Bergwerk gelebt hatte. Mir gefiel es ja schon hier in diesem großartigen Rom und was würde Livia erst sagen! Ich konnte es kaum abwarten, ihr alles darüber zu erzählen.

Der Obsthändler schien von Crispus' Vorschlag nicht begeistert, aber Crispus setzte sich wie immer durch, und dem Mann blieb nichts anderes übrig, als sich untertänigst zu verbeugen. Dann befahl er auch den anderen zu verschwinden und uns allein zu lassen.

Crispus winkte mich heran. »Sohn eines Senators zu sein, hat so seine Vorteile«, sagte er lächelnd. Das lag ja wohl auf der Hand.

Crispus war gebildet, reich und bekam wahrscheinlich so viel zu essen, wie er wollte. Aus meiner Sicht hatte er sämtliche Vorteile.

Hinter dem Obststand befand sich eine kleine Kammer mit einem Bett darin. Crispus schloss die Tür und bedeutete mir, Platz zu nehmen. Ich setzte mich auf den Boden. Er wollte widersprechen, ließ es dann aber sein.

Crispus sagte: »Ich weiß nicht so recht, wie ich anfangen soll, mein Vater möchte mehr über das Mal auf deinem Rücken wissen.«

Ich setzte mich aufrechter, presste die Schulterblätter gegen die Zementwand und wandte den Blick ab, als hätte ich ihn nicht richtig gehört. Was natürlich Blödsinn war. Ich hatte ja nichts an den Ohren.

»Mir kannst du es doch sagen«, meinte er. »Erst durch meinen Vater hast du erfahren, dass es mehr als ein Kratzer ist.«

»Und dann hat er mir auch gleich verboten, darüber zu sprechen«, entgegnete ich.

»Ich weiß.« Crispus stand vom Bett auf und setzte sich zu mir auf den Boden. Mit gesenkter Stimme fuhr er fort: »Aber du musst wissen, was es ist.«

»Der Göttliche Stern«, raunte ich. »Cäsars Zeichen.«

Er wirkte überrascht. »Ja! Der Greif hat dich markiert,

nicht wahr? Nur so bekommt man das Mal, durch den Kontakt mit einem göttlichen Wesen.«

Mit der Hand fuhr ich über die *Bulla*. Auch sie war ein Geschenk der Götter.

»Der Göttliche Stern ist sehr selten.« Crispus beugte sich vor. »Und sehr gefährlich.«

»Warum?«

»Weil er magische Kräfte verleiht. Der Greif hat dir seine Magie gegeben.«

Langsam ergab alles einen Sinn. Fortis hatte in der Höhle so lange gegen mich gekämpft, bis ich mir die *Bulla* umlegte. Von dem Moment an hatte sich der Greif der Macht des Amuletts gebeugt und mich mit dem Mal befähigt, es zu nutzen. Für alle anderen war die *Bulla* nichts weiter als ein Andenken aus Cäsars Jugend. Aber mir, und vielleicht nur mir, verlieh es göttliche Kräfte.

»Und ich bin hier, um dich zu bitten, mir deine Magie zu zeigen«, fuhr Crispus fort. »Ich möchte sehen, was du kannst.«

FÜNFZEHN

Crispus wusste nicht, worum er bat. Ich spürte keinerlei Energie in dem Mal und von der *Bulla* durfte ich ihm nichts sagen. Also schüttelte ich bloß den Kopf. »Ich habe keine magischen Kräfte!«

Offenbar war er es nicht gewohnt, dass man ihm einen Wunsch abschlug. Er klang leicht verärgert. »Kannst oder willst du es mir nicht zeigen?«

Ehrlich gestanden traf beides zu, aber ich sagte bloß: »Es gibt da nichts zu zeigen.« Ich streckte meine Hand aus. »Nichts passiert. Und es wird auch nichts passieren, weil ich keine magischen Kräfte habe.«

»Das heißt nur, dass du noch nicht gelernt hast, damit umzugehen.«

Ich stand auf und entfernte mich ein paar Schritte. »Selbst wenn, warum sollte ich sie dir zeigen? Wenn es stimmt, was dein Vater sagt, dann kann ich keinem trauen. Weder ihm noch dir.«

Crispus stellte sich neben mich. »Mein Vater kann dich beschützen!«

»Vor wem?«

»General Radulf.« Crispus' Stimme war ein kaum hörbares Flüstern. »Er ist nicht der Mann, für den man ihn in Rom hält.

Radulf hat mehr Macht als der Kaiser, ihm untersteht das gesamte Heer. Und er ist rücksichtslos in seinem Ehrgeiz, doch das wissen nur die, die direkt mit ihm zu tun haben. Sobald Radulf von deinen magischen Fähigkeiten erfährt, macht er kurzen Prozess mit dir. Der lässt sich sicher nicht von einem Sklavenjungen herausfordern.«

»Ich habe ja gar nicht vor, ihn herauszufordern!« Ich bin vielleicht manchmal etwas dämlich, aber nicht dumm. Jedenfalls nicht so dumm.

»Dir bleibt wahrscheinlich nichts anderes übrig«, sagte Crispus. »Irgendwann wird er das mit deinem Mal doch herausfinden und dann holt er dich. Andere mussten schon die gleiche Erfahrung machen.«

Mein Herz setzte einen Schlag aus, das klang ja unheimlich. »Was soll das heißen?«

»Das heißt, dass du nicht der Erste mit dem Göttlichen Stern bist. Früher oder später hat Radulf sie alle gefunden. Er nimmt ihnen ihre magischen Kräfte, um sich selbst zu stärken, und dabei saugt er ihnen das Leben aus. Das hat er mit allen so gemacht, Nic. Und mit dir wird er es auch tun.«

Wusste Felix davon? Denn selbst wenn ich dem Kaiser die *Bulla* gab, das Mal könnte ich nicht von meiner Schulter löschen.

Und wenn Radulf es auf mich abgesehen hatte, brauchte ich die *Bulla*. Meine einzige Überlebenschance bestand darin, herauszufinden, wie ich die wenige Magie in dem Amulett verwenden könnte.

»Wie will dein Vater mich denn beschützen?«, fragte ich.

»Er könnte dir beibringen, die Kraft des Mals zu nutzen.«

»Da ist nichts, das habe ich dir doch schon gesagt! Du hast

kein Mal, also vermutest du es bloß. Was, wenn keine Magie drinsteckt?«

»Und wenn doch? Du brauchst unsere Hilfe.«

Ich nickte. »Wenn dein Vater mir wirklich helfen will, soll er meine Schwester aus dem Bergwerk befreien. Das würde mir am meisten helfen.«

Crispus kaute nachdenklich auf der Unterlippe. »Wenn er das tut, wird er aber eine Gegenleistung erwarten.«

Daran zweifelte ich keinen Moment. Und einfach würde es nicht werden. »Und was?«

Crispus zuckte die Achseln. »Lass mich erst mal mit ihm reden, dann sehen wir weiter. Und fürs Erste solltest du Radulf aus dem Weg gehen.«

Auch wenn sich das von selbst verstand, lächelte ich. »Meinen Teil der Vereinbarung kann ich sicher einhalten.«

Beim Gehen schnappte sich Crispus noch einen Apfel vom Stand und reichte ihn mir. Ich gab ihn sofort wieder zurück, daraufhin sagte er nur: »Die machen mir schon keinen Ärger. Iss einfach.«

Ich biss hinein und genoss die knackige Süße. »Mir würden sie dafür die Hand abschlagen.«

Crispus lachte. »Und wem sollten sie es melden? Den Prätoren? Die verhaften doch nicht den Sohn eines Senators.«

Laut Felix war mit den Prätoren nicht zu spaßen. Ob Crispus gleicher Meinung war?

Oben an der Rampe verabschiedete er sich von mir. Ich lief hinunter ins *Hypogeum*, wo Felix unruhig auf und ab tigerte.

»Was wollte er?«, fragte Felix.

»Modetipps.« Er grunzte, und ich sagte: »Er weiß nichts von der *Bulla*.«

Felix atmete erleichtert auf, doch auch er hatte offensichtlich die letzte halbe Stunde genutzt, um einen Plan zu schmieden. Gegenüber am nächsten Gewölbebogen stand Aurelia, die mit uns nach Rom gefahren war. Höhnisch blickte sie zu mir herüber. Mir ging es genauso. Ich hatte auch keine Lust auf sie. Ich verschränkte die Arme vor der Brust und stellte mich so, dass ich nur Felix im Blick hatte.

»Mit dem Sohn des Senators hätte es schiefgehen können«, sagte Felix. »Du brauchst jemanden, der dich beschützt.«

»Die?« Für mich war das wie ein Schlag ins Gesicht. »Ein Kätzchen könnte besser auf mich aufpassen.«

»Er hat nur keines gefunden, das dumm genug gewesen wäre«, gab Aurelia zurück. »Wenn ich nicht so dringend Geld bräuchte, würde ich es auch nicht tun.«

Ich nahm Felix beim Arm und zog ihn ein Stück weiter weg. »Der Senator und sein Sohn können mir nicht gefährlich werden. Doch wenn wirklich Gefahr droht, was soll ich dann mit diesem Mädchen?«

»Na, die Prätorianergarde kann ich ja schlecht anheuern«, konterte Felix. Die Leibwache des Kaisers? Nein, wahrscheinlich nicht. »Unterschätz Aurelia nicht, sie ist stärker, als sie aussieht. Und niemand wird sich hier über sie wundern. Außerdem traue ich ihr.«

Aber traute ich Felix? Über Fortis' Rolle bei den Spielen hatte er mich in die Irre geführt. Möglich, dass er wieder log, wahrscheinlich sogar. Und selbst wenn ich Hilfe bräuchte, war Aurelia sicher nicht die Richtige, und ich sah nicht ein, warum ich ihr das Leben leicht machen sollte.

Ich stampfte davon und hörte, wie sie mir folgte. Keine Ahnung, wie viel Felix ihr dafür zahlte, dass sie mich wie eine Amme bewachte, doch ich würde dafür sorgen, dass sie sich jede Münze redlich verdiente. Also suchte ich mir Arbeit, bei der es so schlimm roch, dass ihr die Galle hochkam. Ich flitzte von einem Ende des *Hypogeums* zum anderen, drückte mich hinter Ecken und kletterte hoch hinauf, um sie abzuschütteln. Am liebsten wäre es mir gewesen, sie wäre zu Felix gekrochen und hätte klein beigegeben, aber Stunde um Stunde blieb sie mir auf den Fersen und kletterte einfach noch höher als ich. Aurelia sprach kein Wort, nur ab und zu rollte sie mit den Augen.

Schließlich fand ich ein stilles Örtchen und verkündete, wie ich es zu nutzen gedachte.

»Das ist widerlich«, sagte sie. »Es gibt doch hier irgendwo Latrinen.«

»Nicht für Sklaven«, entgegnete ich grinsend. »Willst du mich immer noch beschützen?«

»Willst du denn meine Hilfe nicht?«, fragte sie.

»Wollte ich von Anfang an nicht! Und offensichtlich habe ich es nicht nötig.«

»Du meinst, bloß weil du die Wagenwand eingedellt hast, kannst du dich selbst verteidigen? Kannst kämpfen?«

Im Bergwerk war ich in etliche Kämpfe verwickelt gewesen. Ehrlich gesagt hatte ich die meisten verloren, aber nicht alle, und die anderen Männer waren viel größer als ich. Da hätte Aurelia auch nichts ausrichten können.

»Wenn es zu einem Kampf kommt, dann bitte ich lieber eine bettlägerige Witwe um Hilfe als dich.«

Mit einem Satz stürzte sie sich auf mich und presste mich gegen die Wand, der Unterarm an meiner Kehle, das Knie in meinem Unterleib. Ich hätte mich ja gewehrt, nur wusste ich, dass sie in der anderen Hand ein Messer hielt, was wahrscheinlich scharf war. Im Augenblick war sie diejenige, vor der ich Schutz brauchte.

»Vor ein paar Jahren haben sie versucht, mich in die Sklaverei zu verkaufen, aber ich habe sie niedergerungen. Und weißt du, warum? Weil ich es konnte. Weil ich nicht aufgebe. Ich bin nicht wie du, Nic. Für ein paar mickrige Brotkrumen lass ich mich nicht herumkommandieren.«

»Tust du wohl«, sagte ich. »Warum rennst du mir denn sonst hinterher?«

Sie wurde rot. »Ich tue, was ich tun muss.«

»Und ich auch!« Nun ging das Temperament mit mir durch, und ich musste mich beherrschen, nicht herumzuschreien. »Ausreißer werden getötet.« An meinen Entschluss von gestern Nacht, mit Fortis zu fliehen, dachte ich lieber nicht.

»Wenigstens sind Ausreißer bereit, den Preis für ihre Freiheit zu zahlen. Und das bist du nicht«, konterte sie ebenso heftig.

»Meine Schwester ist noch im Bergwerk!« Nun brüllte ich doch. »Ohne sie haue ich nicht ab.«

»Oh.« Aurelia ließ mich los und wandte sich ab. Als sie mich wieder ansah, war ihre Wut verraucht, und sie wirkte nur noch traurig, was sie aber zu überspielen versuchte. »Ich habe niemanden.«

Das gab mir Zeit zu verschnaufen. Auch wenn mir der Gedanke an Livia einen Stich versetzte, war es tröstlich, dass wir einander hatten. Aurelia blieb nur eine *Crepundia* als Erinnerung, dass sie einst zu einer Familie gehört hatte.

Ich sah ihr unverwandt in die Augen, während sie mit den Tränen rang. Eigentlich hatte sie schöne Augen, wenn sie nicht so böse guckte. Mit dem Schutzwall, den sie um sich errichtet hatte, verbarg sie ihr wahres Wesen. Im Grunde war sie gar nicht so unnahbar und schwierig, wie sie vorgab.

Ich hätte mich gerne nach ihrer Familie erkundigt, aber damit hätte ich sicher nur wieder einen Streit vom Zaun gebrochen. Stattdessen fragte ich: »Hat Felix dich wirklich angeheuert, um mich zu beschützen, oder sollst du aufpassen, dass ich nicht abhaue?« Denn diesem Plan stand sie im Weg.

Aurelia wartete, bis ein paar Arbeiter vorübergegangen waren, und sagte mit gesenkter Stimme: »Felix arbeitet zwar hier beim *Venatio*, aber er ist Kaiser Tacitus direkt unterstellt. Was immer du verbirgst, er will es für den Kaiser.«

Ich schaute zu Boden. Wenn Crispus recht hatte, dann würde Radulf mich holen kommen. Die *Bulla* war meine einzige Waffe.

Aurelia stieß mich an. »Also hast du dich noch nicht bereit erklärt, es ihm zu geben.«

Ich lief los, doch sie folgte mir. Nicht mal mein eigener Schatten klebte so nah an mir.

»Für wen hältst du dich?«, fragte sie. »Die töten dich, wenn du dich dem Befehl des Kaisers widersetzt. Andererseits …« Sie zögerte, kniff die Augen zusammen. »Ah, verstehe.«

Ich drehte mich zu ihr um und verschränkte die Arme vor der Brust. »Was verstehst du?«

»Selbst wenn du es dem Kaiser gibst, töten sie dich.«

»Warum? Wenn ich es doch gar nicht mehr habe …«

»Das Ding, das du hast … ist was ganz Besonderes, oder?«

»Ja … kann sein … weiß nicht.« Innerlich stöhnte ich auf. Was war ich nur für ein armseliger Lügner!

»Felix meinte, er könnte es nicht verwenden, aber du.«

»Ja.« Jedenfalls stimmte es teilweise. Ich spürte die Magie, konnte sie bloß nicht nutzen.

Aurelias Blick wurde weicher. »Du bist in Rom. Hier läuft alles anders, und du musst lernen, wie das Reich zu denken. Die wollen keine Sklaven, die Macht haben, und der Kaiser will ganz gewiss keinen Sklavenjungen, der etwas kann, was er nicht kann. Warum sollte Tacitus dich am Leben lassen, nachdem du ihm dieses … Ding gegeben hast?«

Seit meiner Ankunft im *Venatio* spürte ich, wie eine Frage von Tag zu Tag schwerer auf mir lastete. Aurelia hatte recht. Wenn ich mich weigerte, dem Kaiser die *Bulla* zu übergeben, war das mein Todesurteil. Das er allerdings auch fällen würde, wenn ich sie ihm freiwillig aushändigte. Und ganz egal, für welchen Weg ich mich entschied, sobald General Radulf erfuhr, dass sich das Amulett in meinem Besitz befand, würde er alles daransetzen, mich ausfindig zu machen. Ich konnte mich nur falsch entscheiden, also hatte ich gar keine Wahl. Es gab keinen Ausweg. Keine Chance.

Cäsars Fluch würde mich treffen, es sein denn, mir fiel noch etwas ein, um den Hals aus der Schlinge zu ziehen.

SECHZEHN

Kurz nach unserem Gespräch verließ Aurelia mich. Sie meinte, sie wäre die Zeit geblieben, für die Felix sie bezahlt hätte, und ich würde ja ohnehin keine Notiz von ihr nehmen. Vielleicht stimmte das anfänglich, aber nachdem sie gehen wollte, änderte ich meine Meinung auf einmal. Vielleicht war sie etwas unfreundlich und schwierig, doch das war ich manchmal auch, und ich fand, sie hatte ebenso einen Grund dafür wie ich. Hätte ich sie mal gebeten, zu bleiben. Irgendwie konnte Aurelia mich nicht leiden, was aber auch sein Gutes hatte, denn dadurch hatte sie kein Problem, mir die Wahrheit zu sagen, selbst wenn sie unschön war. Ich brauchte hier unten einen Freund. Ich brauchte sie.

»Morgen um diese Zeit bist du bestimmt schon tot«, sagte sie beim Gehen. »Lass dich ja nicht in der Stadt beerdigen. Ich wohne nämlich unter der Erde, da habe ich keine Lust, dass deine Leiche urplötzlich bei mir auftaucht.«

Ich würde am Leben sein. Nur wäre ich nicht mehr hier. Fortis und ich würden heute Nacht fliehen. Blieb nur noch zu klären, wie wir das anstellen wollten. Ich war mit meinem Plan von voriger Nacht noch kein Stück weiter.

Als es Abend wurde, begann leider unsere eigentliche Arbeit. All die Tiere, die bislang im Osten der Stadt untergebracht waren, wurden nun auch zu uns gebracht, womit sich Lärm und Gestank noch mehrten. »Und dann ist es zudem noch gefährlich«, meinte ein Sklave, der neben mir Dienst tat und sich an einen Vorfall vor ein paar Jahren erinnerte, wo mehrere hungrige Löwen aus dem Käfig ausgebrochen waren und fast dreißig Menschen töteten, bevor man sie wieder eingefangen hatte. »Aber das Gemetzel hier unten war nichts im Vergleich zu dem, was sich an dem Tag bei der Tierhetze abspielte.« Mich schauderte es bei der Vorstellung, und ich verdrückte mich, um woanders zu arbeiten.

In Vorbereitung auf die Spiele wurde die Arena in einen künstlichen Dschungel verwandelt, wo viele der Tiere ihre Heimat hatten. Also verbrachten wir die ganze Nacht damit, Bäume und Gras zu verteilen, Sandbänke anzulegen und die Senken mit Wasser zu füllen. Manche Männer fanden es unheimlich, dass sich die Arena in solch einen fremden Schauplatz verwandelte, aber in den Minen war es immer schaurig und in Cäsars Höhle erst recht. Im Vergleich dazu war ein künstlicher Dschungel nichts.

Während wir in der Arena arbeiteten, hatten die anderen Sklaven im *Hypogeum* weitergeschuftet. Als wir nach unten kamen, hatte man vor lauter eingepferchten Tieren kaum noch Platz, und die Luft war faul und abgestanden.

»Sind sämtliche Tiere für die *Venatio* bestimmt?«, fragte ich einen Mann, der im Vorbeigehen nur grunzte. Bei diesem Verschleiß gäbe es bald keine wilden Tiere mehr auf der Welt, und alles nur, damit Rom sich amüsierte. Ekelhaft.

Ehe wir uns versahen, dämmerte es schon, und ich hatte keine Möglichkeit, auch nur in die Nähe von Fortis' Käfig zu gelangen, geschweige denn, das Schloss zu knacken. Ich wusste nicht einmal, ob er mitgehen würde. Er schien vollkommen zufrieden mit seinem Goldklumpen.

Wir waren gerade eben mit unseren Vorbereitungen fertig, da gab Felix den Befehl, dass wir alle zu essen und trinken bekommen sollten. Den Tieren gab man nichts. Die *Venatio* war das erste Ereignis des Tages und dafür sollten sie mordshungrig sein.

Ich ließ die Mahlzeit ausfallen und verschaffte mir einen Überblick über mögliche Fluchtrouten. Am einfachsten wäre natürlich die Rampe, die hoch zum Amphitheater führte, zumal Fortis' Käfig in der Nähe lag. Leider bewachten römische Soldaten den Zugang oben, damit keine Schaulustigen nach unten gelangten, also würden wir auf diesem Weg nicht weit kommen. Es gab natürlich noch weitere Ausgänge, einschließlich der größeren Aufzüge, mit denen man direkt in der Arena landete, aber da würde ich zurückbleiben müssen, denn einer musste den Aufzug ja betätigen. Doch einen Ausgang zu finden war nicht das einzige Problem. Ich hatte das Gefühl, jeder Sklave in Rom war hergekommen, um bei den Spielen auszuhelfen. Selbst wenn es mir gelänge, Fortis aus dem Käfig zu befreien, gegen so viele Männer könnten wir nicht kämpfen.

Vielleicht hatte sich Aurelia getäuscht. Am Ende brauchte mich der Kaiser lebend, weil die *Bulla* nur mir Kräfte verlieh. Außerdem behandelte man mich wie jeden anderen Sklaven auch. Felix behielt mich im Blick, doch er hatte kein Problem, mir Kommandos zuzubrüllen. Wie im Bergwerk arbeitete ich fleißig und gehorchte allen Befehlen, die mir sinnvoll erschienen. Es gab also viele gute Gründe, mich am Leben zu lassen.

Und aus Sicht des Kaisers einen noch besseren, mich zu töten. Die *Bulla* wog schwerer als sonst. Die Magie wurde immer stärker. Ich musste hier weg, und zwar mit Fortis.

Von den Geräuschen über uns zu urteilen, füllte sich das Amphitheater. Mir lief die Zeit davon. Ich sah mich um, wer die Schlüssel zu Fortis' Käfig haben könnte. Wenn ich die in die Finger bekäme, könnte ich ihn vielleicht aus dem Käfig locken und den anderen weismachen, ich würde den Greif für die Hetze vorbereiten.

Wahrscheinlich würde niemand darauf reinfallen, denn Felix hatte ganz klar gesagt, dass Fortis erst nach der ersten Hälfte zum Einsatz kommen sollte. Außerdem hingen die Schlüssel an einem Seil um den Hals der Aufpasser. Wie sollte ich da herankommen?

Kaum waren die Spiele in Gang, erwachten die Tunnel unter dem Theater zum Leben. Es war noch Morgen, doch bei den vielen Menschen und Tieren kochte bald die feuchte Luft. Meine Hoffnungen auf Flucht wurden weiter zunichtegemacht, indem man mir auch noch eine Arbeit im oberen Teil eines zweistöckigen Aufzuges zuteilte, mit dem die Tiere in die Arena gebracht wurden. Unsere Aufgabe war es, den Tierkäfig mithilfe einer Winde nach oben zu befördern. Sobald das Tier auf der richtigen Höhe angelangt war, riss eine andere Gruppe von Sklaven die Tür auf. Instinktiv lief das Tier über die schmale Planke ins Helle, wo es nichts ahnend in die Kampfarena trabte.

Anfangs weigerte ich mich zu helfen. Natürlich konnte ich damit nicht die Tierhetzen verhindern, aber zumindest würde ich mich nicht mitschuldig machen. Dann hörte ich ein Knallen und spürte einen stechenden Schmerz im Bein.

Ich fiel auf die Knie, und als ich mich umsah, stand einer der Aufseher unter uns mit einer Peitsche in der Hand.

»Steh auf, du Idiot!«, zischte mir ein Sklave zu. »Meinst du, die zögern, dich umzubringen?«

Im Gegenteil, ich war davon überzeugt, dass sie es versuchen würden. Mir fiel Fortis wieder ein und ich stand auf und nahm meinen Platz an der Winde ein. Mit mir schoben drei Männer und unter uns betrieben noch mal vier Männer die gleiche Winde. Trotz ihrer Warnung kam mir die Arbeit nicht sonderlich anstrengend vor und nach und nach ließen die anderen Männer in ihrer Kraft nach. Ohne sie wurde es schwerer und es ging nur noch langsamer voran.

Einer sagte zu mir: »Wie kann ein Junge in deinem Alter so stark sein, dass er die Arbeit von acht Männern übernimmt?«

Darauf hatte ich keine Antwort. Von der jahrelangen Arbeit im Bergwerk war ich bestimmt kräftig geworden, kräftiger als viele andere. Aber sicherlich nicht so wie acht Männer. Von der *Bulla* ging Wärme aus, die mir in Arme und Rücken strömte. Wenn ich dadurch Kraft bekam, dann spürte ich die Magie nicht nur, sondern nutzte sie auch! Ich stemmte mich erneut gegen die Windenstange, überrascht von der Energie, die mich durchflutete. Womöglich war es nur geborgte Kraft – oder gestohlene, denn die *Bulla* gehörte mir nicht –, dennoch war es ein schönes Gefühl.

Neben unserem gab es noch ein Dutzend anderer Aufzüge, alle arbeiteten im gleichen Tempo, versorgten die Arena beständig mit neuen Tieren. Ich versuchte, nicht auf die Geräusche von oben zu achten. Mit jeder Sekunde hasste ich die Arbeit mehr.

Ich verrichtete meinen Dienst, bis verkündet wurde, dass

die *Venatio* beendet sei. Die Tiere, die noch am Leben waren, durften bis zur nächsten Runde in der Arena bleiben, in der nun auch Fortis teilnehmen würde. Uns lief die Zeit davon.

Ich wandte mich an meinen Nebenmann. »Was passiert jetzt?«

»Für die Zuschauer ist Mittagspause«, antwortete er lächelnd. »Jetzt werden die Verbrecher hingerichtet. Schade, dass du nicht oben bist, um die nächste Attraktion mitanzusehen. Wir haben einen Elefanten, der auf einem Seil tanzt. Es …«

Eigentlich wollte ich es gar nicht so genau wissen, aber ich fragte trotzdem. »Wie werden die Verbrecher hingerichtet?«

Er zuckte die Achseln. »Kommt darauf an. Manchmal geht es ganz schnell, dann werden sie geköpft. Doch die Zuschauer mögen es am liebsten, wenn ihr Tod Teil der Unterhaltung ist. Heute nutzen sie den Dschungel für noch mehr Spaß und die Verbrecher werden unbewaffnet rausgeschickt. Manche Tiere greifen sie vielleicht zuerst an, aber ich habe auch einen *Bestiarius* gesehen. Der wird dann nach den Überlebenden jagen.«

»Was ist mit dem Greif?«, fragte ich. »Welche Rolle spielt er?«

Der Mann lächelte wieder. »Der kommt ganz zum Schluss, als edelstes aller Tiere tritt er gegen den stärksten Jäger an. Dein Greif wird natürlich verlieren, dafür werden die schon sorgen, doch es wird ein ausgezeichneter Kampf werden.«

Nein, denn es würde erst gar keinen Kampf geben. Ich wollte alles daransetzen, Fortis zu befreien.

Allein konnte ich gar nichts für ihn tun. Aber ich hatte die *Bulla*, verfügte über Magie. Nun musste ich nur noch herausfinden, wie ich sie nutzen konnte. Leider blieb mir kaum noch Zeit, und ich wusste nicht, wo ich anfangen sollte.

»Wie viele Verbrecher werden heute hingerichtet?«, fragte ich.

»Nur eine Handvoll. Die werden gerade hereingebracht.« Der Mann deutete zur Rampe, auf der Soldaten ein kleines Grüppchen vorwärtstrieben. Ich zählte zwei Männer, eine Frau und … mir fiel die Kinnlade herunter.

Der letzte Mann war Sal.

SIEBZEHN

Selbst auf die Entfernung entdeckte Sal mich sofort. Er brüllte so laut, dass ich jedes Wort verstand. Mit einer in Ketten gelegten Hand zeigte er auf mich. »Habe ich nicht gesagt, dass ich den Sklavenjungen nicht umgebracht habe!«, schrie er. »Ich habe ihn an den *Venatio* verkauft. Da drüben steht er doch!«

Der Soldat schlug ihm ins Gesicht. »Du bist hier, weil General Radulf dich bestrafen will.«

Aus Sals Mundwinkel lief Blut. »Radulf kann den Jungen haben. Holt ihn euch, da ist er!«

Inzwischen war ich schnell verschwunden.

Sal durfte mich auf keinen Fall noch einmal sehen. Er würde so lange auf die Soldaten einreden, bis die mich in die Mangel nähmen, und dann könnte Sal ganz leicht beweisen, dass ich der Gesuchte war.

Sal war eine Kakerlake und hatte jeden einzelnen Sklaven im Bergwerk misshandelt, einfach nur, weil er konnte. Wie oft hatte ich schon die Götter gebeten, ihm seine gerechte Strafe zukommen zu lassen.

Nur nicht heute. Sal hätte mich töten können, weil ich aus dem Bergwerk geflohen war, aber er hatte es nicht getan. Und vorher hatte ich ihm sicher auch schon genügend

Gründe dafür gegeben. Auf seltsame Weise fühlte ich mich verpflichtet, ihm zu helfen.

Die Verbrecher wurden losgebunden und zügig nach oben in die Arena gebracht. Von dem Publikum waren Pfiffe zu hören, und einer der Männer musste sofort von einem Tier angegriffen worden sein, denn direkt über mir erklangen seine Hilferufe und anschließend Jubelgeschrei. Es war schrecklich, aber wenigstens war es nicht Sals Stimme.

Wenn Fortis und ich nicht innerhalb der nächsten fünf Minuten verschwanden, würde man ihn in die Arena bringen und erlegen. Dann würde Felix kommen und mir die *Bulla* wegnehmen. Wenn wir uns jetzt aus dem Staub machten, hatten wir beide eine Überlebenschance, doch ich konnte nicht einfach abhauen und Sal seinem Tod überlassen.

Fortis müsste mir helfen, ihn zu retten. Keine Ahnung, wie ich den Greif davon überzeugen sollte, aber ich musste es versuchen. Ich eilte auf Fortis' Käfig zu, aber da stellten sich zwei Soldaten mir in den Weg. Felix war auch dabei.

»Tut mir leid«, sagte Felix. »So wollte ich das wirklich nicht.«

»Wovon redet Ihr?«, fragte ich.

»Davon!« Ein Soldat packte meine Arme, während der andere mir mit der stumpfen Seite des Schwerts die Beine wegschlug. Am Boden liegend, fluchte ich und verpasste ihm noch einen Haken, bevor er mir auf den Mund schlug und mich überwältigte.

Als sie mir die Hände auf dem Rücken zusammenbanden, meinte Felix: »Für die *Bulla* bekomme ich keine Belohnung, falls dich das tröstet. Der Kaiser wünscht, dass das Volk sieht, wie der *Bestiarius* dir das Amulett nach dem Tod abnimmt und ihm überreicht. Wenn Roms Feinde im Publikum sitzen, erfahren sie dadurch, dass Tacitus die Macht hat.«

»Ich habe überhaupt nichts verbrochen«, sagte ich und riss an den Seilen. Ein Soldat nahm Anstoß daran und schlug mir auf den Rücken, dass mir die Luft wegblieb.

»Du hast dir einiges zuschulden kommen lassen«, sagte Felix. »Du hast die *Bulla* gestohlen und versucht, deinem Herrn zu entfliehen. Und erst gestern hat dich jemand dabei gesehen, wie du einen gestohlenen Apfel gegessen hast.«

Noch immer wehrte ich mich, wobei ich gegen die Soldaten keine Chance hatte. »Das sind alles Lügen, Felix. Und das wisst Ihr auch!«

»Nicht alle«, entgegnete er. »Ein Sklave, der aus der Schatzkammer des Kaisers stiehlt, begeht Landesverrat. Und wenn dieser Kaiser auch noch ein Halbgott ist, dann ist es Ketzerei. Ich kann dir nicht helfen.«

»Was ist mit Fortis? Der Greif hört nur auf mich.«

»Darauf zählen wir«, sagte Felix.

Ein schönes braunes Pferd wurde von einem Sklaven gebracht, und obwohl Fortis' Käfig in einiger Entfernung stand, hörte ich ihn kreischen.

Von einem der Arbeiter am Aufzug hatte ich erfahren, warum Greife Menschen und Pferde hassten.

Menschen, weil sie es immer auf ihr Gold abgesehen hatten. Pferde, weil sie die Menschen zu den verbrecherischen Taten trugen.

Unter lautem Protest hoben mich die Soldaten auf das Pferd und banden meine Füße am Sattel fest.

»Rutsch ja nicht vom Pferd, sonst schleift es dich zu Tode«, sagte Felix.

Der Soldat neben mir lachte. »Und wenn nicht, kümmert sich der Greif darum. Der ist jetzt schon rasend.«

Man führte uns zu einem größeren Aufzug, mit dem normalerweise Bühnenteile in die Arena gehoben wurden, und befahl den Sklaven, uns nach oben zu ziehen. Auf halber Strecke öffnete jemand Fortis' Käfigtür.

Fortis stürmte heraus und schoss auf den nächsten Eingang zu. Damit verschreckte er das Pferd, und sobald es die Möglichkeit hatte, galoppierte es in den künstlichen Dschungel hinein.

Noch bevor ich das Publikum sah, hörte ich ihr ohrenbetäubendes Gebrüll. Solch eine ungeheure Menge Menschen an einem Ort! Ich fand es unglaublich, dass es so viele Menschen auf der Welt gab, und dabei war das ja nur ein kleiner Teil der Römer. Die Arena war bis auf den letzten Winkel gefüllt, dicht gedrängt saßen die Zuschauer wie in einem Bienenstock. Zwischen uns befand sich nur eine Mauer aus poliertem Marmor mit einem Kranz von Stoßzähnen, die auch der geschickteste Kletterer nicht überwinden konnte, überall sonst spannte sich Metalldraht. Dahinter streiften Aufpasser umher, um die Tiere abzuhalten und zurück in die Arena zu treiben, notfalls zu töten. In der Arena spielte sich noch viel mehr ab, aber das dichte Grün des Dschungels versperrte mir die Sicht, also hatte ich keine Ahnung, was das Publikum zu Jubel, Geschrei oder Buhrufen veranlasste. Wahrscheinlich war es auch besser so, denn ob das Publikum wütend oder glücklich war, spielte für mich keine Rolle, alles war schlecht. Die Sonnenstrahlen wurden durch einen riesigen Baldachin gefiltert, der fast das gesamte Amphitheater überspannte. Der rote Wollstoff hielt einen Teil der Hitze fern und tauchte die Arena in rötliches Licht. So konnte das Volk in aller Gemütlichkeit der Barbarei frönen. Wenn ich gekonnt hätte, hätte ich den Baldachin fortgerissen, damit es genauso unter der Hitze litt wie ich.

Das Pferd nahm die nächste Biegung, und ich versuchte, mich zu orientieren. Gestern Nacht beim Aufbauen war es in der Arena so still, dunkel und leer wie im Bergwerk gewesen. Nun war es beinahe unmöglich, sich hier zu konzentrieren.

Wir preschten durch das Dickicht, und ich musste alle Kraft aufbieten, um mich auf dem Pferd zu halten, besonders, weil meine Hände noch gefesselt waren. Ich wollte so überhaupt nicht auf diesem Pferd sitzen und seinen Ängsten und Instinkten ausgeliefert sein, aber weil ich mit den Füßen am Sattel festgebunden war, hatte ich keine Chance abzusteigen.

Vielleicht war es ohnehin ein ganz dummer Gedanke. Als wir eine kleine Lichtung erreichten, sprang ein Tiger aus dem Gebüsch. Wäre ich allein gewesen, hätte er mich erwischt. Stattdessen schnappte er nach den Hinterläufen des Pferdes, was es weiter antrieb. Die Zuschauer brüllten vor Enttäuschung. Daran sollten sie sich mal lieber gewöhnen, denn ich war längst noch nicht fertig. Ich hatte noch nicht mal richtig angefangen.

Sobald wir offenes Gelände erreichten, erhaschte ich einen ersten Blick auf Fortis. Er machte Anstalten zu fliegen, doch kaum hatte er sich vom Boden erhoben, warfen die Aufpasser hinter dem Draht mit Steinen nach ihm. Fortis hielt den Goldklumpen in einer Klaue und schützte ihn mit dem Körper vor den Steinen. Sein Geschrei klang fast wie Löwengebrüll und verängstigte mein Pferd noch mehr.

»*Bestiarius, Bestiarius*«, erklangen Sprechchöre aus dem

Publikum. Der *Bestiarius* war der Jäger, also hatte er wohl gerade die Arena betreten. Mir schnürte sich die Kehle zusammen. Durch die Arbeit im Bergwerk und Sals Strafen war mein Leben schon häufiger in Gefahr gewesen, aber nicht so. Zum ersten Mal war ich Beute.

Auf einer Seite der Arena, kurz vor den Sitzreihen, hockten neben den Aufpassern Bogenschützen mit gespannten Bögen. Zuerst verstand ich das nicht, denn schließlich lief hier irgendwo der *Bestiarius* herum und war an sich schon tödlich. Aber dann sah ich die Leute, die hinter den Bogenschützen saßen: Senatoren und Prätoren mit ihren Frauen und Kindern. Die Bogenschützen sollten sicherstellen, dass nichts und niemand lebend die Arena verließ. Weder die Tiere noch die Verbrecher, noch Fortis. Oder ich. Der Einzige, der hier lebend herausspazieren würde, war der *Bestiarius*, nachdem er mir die *Bulla* abgenommen und dem Kaiser überreicht hatte.

Genau davor hatte Aurelia mich warnen wollen. Sie meinte, ich sollte wie ein Römer denken.

Genau das musste ich jetzt auch tun. Ich musste nachdenken. Mich konzentrieren. Fliehen.

Die *Bulla* hatte mir die Kraft gegeben, den Aufzug nach oben zu befördern. Wenn ich dafür stark genug war, könnte ich vielleicht meine Handfesseln zerreißen. Schon beim ersten Versuch zerbrachen sie wie trockene Zweige. Das ging beinahe zu leicht. War es immer so mit der Magie, reichte da schon der Gedanke?

Ich schüttelte die Fesseln ab, gerade noch rechtzeitig, denn in dem Moment schoss ein Wildschwein aus dem Unterholz und das Pferd bäumte sich auf.

»Rechts rum!«, brüllte ich. »Schnell.«

Und das Pferd gehorchte, als würde es mich verstehen.

Ich tätschelte ihm den Hals und beugte mich über sein Ohr. »Ich versuche, dir zu helfen, aber du musst ruhig bleiben.«

Ganz in unserer Nähe ertönte ein grässlicher Schrei. Die Zuschauer brüllten vor Begeisterung, ein Verbrecher war angegriffen worden. Ich weiß nicht, wer oder was ihn erwischt hatte, nur musste ich so schnell wie möglich wegreiten. Der Schweiß rann mir übers Gesicht, brannte in den Augen. Mit der Hand wischte ich ihn fort. Ich hatte keine Zeit, anzuhalten.

Fortis befand sich irgendwo hinter mir im dichten Dschungel, sein Raubkatzeninstinkt hatte übernommen. Die Flugversuche hatte er aufgegeben. Der Greif würde nun irgendwo sprungbereit lauern.

Das Pferd führte uns zu einer Lichtung am Rande der Arena. Aus den unteren Sitzreihen erhob sich ein Mann und durchbohrte mich mit seinem Blick.

Radulf.

Radulf wusste nun, dass ich am Leben war, und konnte sich bestimmt denken, dass ich die *Bulla* hatte. Seiner Miene nach zu urteilen, machte ihn keine dieser Tatsachen besonders froh.

ACHTZEHN

Vom Sitz aus zeigte Radulf auf mich und brüllte den Soldaten im Gang Befehle zu. Sie zückten ihre Schwerter und liefen zu den Türen. In ein paar Minuten wären sie bei mir. Mit jeder Sekunde, die verstrich, sanken meine Hoffnungen auf Flucht. Rasch trieb ich das Pferd zurück in den dichten Dschungel, vorher sah ich mich noch einmal zu Radulf um. Sein Gesicht war fast so rot wie seine Uniform.

Das nächste Gesicht, das ich sah, war sogar noch vertrauter. Sal stürzte hinter einem Baum hervor, den ich in der Nacht eigenhändig aufgestellt hatte, und versuchte, auf das Pferd aufzuspringen. Aber er verfehlte uns und landete auf dem Boden. Wenn er mich heruntergerissen hätte, hätte das bei meinen festgebundenen Füßen den Tod bedeutet.

Also konzentrierte ich mich wieder. Und sobald ich an die Kraft dachte, die ich brauchte, zerriss ich spielend die Seile um meine Füße.

Sofort ritt ich zu Sal zurück. Von seinem verpatzten Versuch, mir das Pferd zu stehlen, hinkte er, und außerdem hatte er eine Wunde an der Schulter, die blutete. »Der *Bestiarius* hat einen Speer«, sagte er. »Er kann nur nicht zielen.«

Ich glitt vom Pferd. »Sitzt auf, aber macht einen großen Bogen um den Greif. Der hasst Pferde und Euch wahrscheinlich auch. Reitet einfach ins Freie, dort seid Ihr vor ihm sicher. Wenn der Kaiser Euch bemerkt, sagt ihm, ich bin am Leben, solange er mich noch sieht. Nur so könnt Ihr Eure Unschuld beweisen.«

Sal stieg aufs Pferd und ritt ein paar Schritte, dann sagte er: »Warum hilfst du mir?«

Statt auf diese unmögliche Frage zu antworten, fragte ich: »Wie geht es meiner Schwester?«

»Ich weiß es nicht.« In seinem Blick las ich so etwas wie Bedauern. »Als sie mich verhaftet haben, wurde sie mitgenommen.«

In einem Anfall aus Angst und Wut stürzte ich vor und schnappte mir die Zügel. »Wer hat sie mitgenommen? Wie konntet Ihr das zulassen?«

Sal trat mit dem Fuß nach mir, sodass ich zu Boden ging. »Zulassen? Meinst du, ich wollte das?« Er zerrte das Pferd weg. »Wo immer deine Schwester ist, es ist deine Schuld. Du hast mit allem angefangen!«

Ich schrie ihm noch hinterher, ich wollte eine genauere Antwort haben, aber da war er auch schon verschwunden. Meine Gedanken überschlugen sich. Wann wurde sie weggebracht? Denn mit Crispus hatte ich erst gestern Morgen über Livia gesprochen. Konnte sein Vater sie so schnell geholt haben? Das war ziemlich knapp, aber so musste es gewesen sein, denn niemand anderes hätte einen Grund, sie zu holen.

Ich redete mir ein, dass sie bei Senator Valerius hier in Rom in Sicherheit war, denn ansonsten könnte sie überall sein … oder auch nicht. Die Gedanken, die mir jetzt in den

Kopf kamen, waren einfach zu schrecklich. Ganz gleich, wo Livia war, mit einer Sache hatte Sal recht: Es war meine Schuld.

Über den Blättern lugte eine Speerspitze hervor. Der *Bestiarius* hatte mich wahrscheinlich brüllen gehört und war dem Geräusch gefolgt. Schnell duckte ich mich hinter einem Baum weg, woraufhin das Publikum versuchte, den Jäger lauthals auf mich aufmerksam zu machen. Also rannte ich zurück und rief nach Fortis. Die Arena erschien mir heute am Tag so viel größer und bei der Hitze und der lärmenden Menge konnte ich kaum zwei Gedanken fassen.

Deshalb konzentrierte ich mich nur auf einen. *Livia*. Ich musste meine Schwester suchen. Und dafür brauchte ich Fortis' Hilfe.

Ich kam an einem getöteten Verbrecher und mehreren Tierkadavern vorbei, die schon am Morgen ihr Leben gelassen hatten, dabei war der Tag erst zur Hälfte vorbei. Das größte Ereignis sollte ja erst am Nachmittag stattfinden, die Gladiatorenkämpfe. Und die Zuschauer jubelten in ihrer unstillbaren Blutgier.

Auf der Fahrt nach Rom konnte ich mich Fortis in Gedanken mitteilen. Vielleicht könnte ich ihn so finden.

Wo bist du?

Ich bekam keine Antwort. Ob er mir noch die Sache mit dem Pferd übel nahm? Dabei hatten wir jetzt wirklich größere Probleme. Ich rief nach ihm, was wahrscheinlich keine gute Idee war, denn der *Bestiarius* war nicht weit entfernt. Schon kurz darauf verfehlte sein Speer meinen Kopf nur um eine Handbreit. Über dem Getöse des Publikums hörte ich ein Zischen in der Luft, und ich war mir ziemlich sicher, dass der Speer meine Wange streifte, denn vorher hatte es dort nicht so gebrannt.

Als ich mich umdrehte, stand ich dem *Bestiarius* gegenüber. Bis auf den Waffengurt war sein Oberkörper nackt und er trug eine Bronzemaske in Form eines Bullenkopfes. Er knurrte wütend, denn er hatte sein Versteck aufgegeben, ohne jemanden getötet zu haben, irgendwie erfüllte mich das mit Genugtuung. Mittlerweile buhte ihn das Publikum aus, völlig zu Recht, wie ich fand, aber mich hätte es gefreut, wenn man mich angefeuert hätte, wo ich doch so knapp dem Tod entronnen war.

»Die halten dich nicht für besonders fähig«, brüllte ich. »Gib lieber gleich auf, sonst blamierst du dich noch mehr!« Und dann schnappte ich mir den dicken Speer, zog Kraft von der *Bulla* und zersplitterte den Griff am Baum. So war die Waffe nutzlos für ihn. Darauf reagierte das Publikum und jubelte mir zu. Ich verbeugte mich umständlich und lief davon.

Endlich fand ich Fortis im dichteren Gebüsch, wo er sich aus Blättern eine Art Nest gebaut hatte. In seinen Klauen lag der Goldklumpen. Er schien nicht sonderlich erfreut, mich zu sehen. Wahrscheinlich roch ich nach Pferd.

Ich war ebenfalls nicht gerade begeistert, ihn hier vorzufinden. Der *Bestiarius* konnte nicht weit sein und Fortis und ich waren seine Hauptziele.

»Das ist jetzt keine gute Zeit für ein Schläfchen!«, schrie ich. Der Greif erhob sich und starrte mich stumm an. Dann wanderten seine Augen nach rechts hinter mir.

Von dort griff der *Bestiarius* an. Er sprang mich von hinten an und riss mich zu Boden, mit dem Gesicht schrammte ich über den gelben Sand. Sein nächster Schlag landete so hart auf dem Göttlichen Stern, dass ich fast die Besinnung verlor, ich spürte, wie er erneut ausholte.

Da ging Fortis auf ihn los. Attackierte ihn mit ausgebreiteten Klauen und verpasste ihm einen gehörigen Tritt mit den Hinterbeinen, sodass der *Bestiarius* ein Stückchen durch die Luft flog. Ich versuchte, auf alle viere zu kommen, konnte aber kaum Luft schöpfen, geschweige denn, mich aufrichten. Fortis kam auf mich zu, als wollte er mir helfen, kreischte dann plötzlich auf vor Schmerz.

Das brachte mich wieder auf die Beine. Der *Bestiarius* musste einen zweiten Speer aufgetrieben haben, der jetzt tief in Fortis' Flanke steckte. Ich stolperte auf den Greif zu und zog die Klinge heraus, Blut spritzte aus der Wunde. Mit einem Schlachtruf stürzte sich der *Bestiarius* auf uns, in den Händen schwang er eine Keule.

»Erst du und dann der Vogel!«, grölte er.

»Keinen Schritt weiter!« Ich streckte ihm die bloßen Hände entgegen, auch wenn er sich davon wohl kaum aufhalten ließe. Da wurde die *Bulla* so heiß, dass sie mir auf der Haut brannte. Ich riss den Arm herunter, um sie beiseitezuschieben, doch durch die abrupte Bewegung erzitterte die Erde, als hätten die Götter mit der Faust auf den Boden geschlagen.

Der *Bestiarius* verlor das Gleichgewicht. Die Keule krachte zu Boden und er brach daneben zusammen, dann stand er langsam wieder auf und sah sich mit wirrem Blick um.

Auch das Publikum war verstummt, neugierig, was als Nächstes geschehen würde.

Ich konnte mir selbst nicht erklären, was gerade passiert war. Durch meine Hände war eine solche Energie geflossen, dass nur ich das Erdbeben ausgelöst haben konnte. Oder die

Bulla, die durch mich agierte. Womöglich bestand kein Unterschied mehr.

Ich hatte das Erdbeben herbeigewünscht – jedenfalls etwas, um den Jäger aufzuhalten. Dieser Gedanke hatte irgendwo in den Tiefen meines Bewusstseins geschlummert, doch die *Bulla* hatte ihn aufgespürt.

Probehalber streckte ich die Hände über den Kopf, noch immer brannte das Amulett auf meiner Haut, dann riss ich sie herunter. So leicht war das gar nicht, es fühlte sich an, als würde ich die Arme durch dicken Schlamm ziehen. Anschließend war ich müder als nach einem Tag im Bergwerk oder nach der Arbeit am Aufzug oder überhaupt irgendetwas.

Und ich hätte mich auch ausgeruht, nur dass mein Versuch nicht ohne Auswirkung geblieben war. Der Boden brach teilweise ein. Unter dem *Bestiarius* rumpelte es erneut, und als er einen Schritt nach vorne machen wollte, gab der Holzboden unter ihm nach. Er rutschte mit den Beinen durch, bekam noch eine Bohle zu fassen und schrie um Hilfe. Ich stürzte los, aber auf dem Weg dahin brach ich kraftlos zusammen.

»Was hast du getan?«, rief er, dann fiel er eine Etage tiefer. Dort unten lag er still und mit gebrochenen Gliedern, umringt von Arbeitern, die mit dem Finger auf mich zeigten und schrien, ich würde noch das ganze Amphitheater zum Einsturz bringen.

Ich stand auf und sah mich um. Wie sollte ich beenden, was ich angefangen hatte? Ich nahm die *Bulla* in die Hand, aber selbst durch den Stoff der Tunika war sie so heiß, dass ich sie loslassen musste. Über mir ertönte ein Krachen wie ein heftiger Donnerschlag. Die Holzstützen für den riesigen Baldachin gaben nach wie Stöckchen und die Taue hielten nicht mehr. Der gesamte Baldachin schwebte zu Boden, ein sinkender roter Himmel. Umso schlimmer, dass ich es mir vorhin gewünscht hatte.

Nach wie vor zitterte die Erde, und als nun auch noch der Baldachin fiel, kreischten einige der Besucher und verließen panisch das Amphitheater. Ich rief nach Fortis, der es sich schon wieder in seinem Nest gemütlich gemacht hatte und mit der verwundeten Klaue den Goldklumpen raffte.

»Jetzt ist aber Schluss, Fortis! Lieber krepierst du hier, als das Gold rauszurücken.« Ich schnappte mir den Klumpen und rannte los, damit er mir folgte.

Fortis krähte vor Wut und nahm die Verfolgung auf. Als er mit der Klaue nach dem Gold griff, blieb ich stehen, hielt mich am Gefieder fest und schwang mich auf seinen Rücken. Sobald ich richtig saß, rief ich: »Flieg, Fortis. Los!«

Der Greif wollte sich in die Luft heben, aber mit nur einem gesunden Flügel gerieten wir in Schieflage und sanken wieder zu Boden. Ich sprach ihm Mut zu und diesmal erwischten wir einen besseren Start.

Unter uns erhaschte ich einen Blick auf Sal, der noch auf dem Pferd saß. Zum nächsten Ausgang war es nicht mehr weit, und bei dem Chaos, das ich veranstaltet hatte, würde er es sicher lebend herausschaffen. Aber ich machte mir Sorgen, dass es nicht allen so gut ergehen würde. Von hier oben sah ich das Ausmaß der Zerstörung, das ich mit einer einzigen Handbewegung angerichtet hatte, und das machte mir Angst.

Fortis schwang sich höher in die Lüfte. Ich duckte mich, als der Baldachin näher kam, doch er schlitzte den Stoff mit der gesunden Klaue auf und wir brachen hindurch. Ich sah nach unten. Die Erde bebte nicht mehr, nur ein Mann stach unter allen heraus. Radulf. Selbst aus dieser Höhe spürte ich seinen bohrenden Blick. Sicher wusste er, dass ich für den Ärger verantwortlich war. Und er wusste auch, wie ich es angestellt hatte.

Felix hatte mich gewarnt, was passieren würde, wenn auch nur eine Menschenseele erführe, dass ich Cäsars *Bulla* hatte. Nach dem, was ich gerade angerichtet hatte, konnte ich wohl mit großer Sicherheit davon ausgehen, dass ganz Rom davon wusste.

NEUNZEHN

Nachdem wir aus dem Amphitheater entkommen waren, wusste ich nicht, wohin ich Fortis steuern sollte. Der Vogel blutete noch, würde also nicht sehr weit fliegen können, und durch den Goldklumpen und mein Gewicht hatten wir Schlagseite und neigten uns nach unten. Vielleicht würden wir es nicht einmal aus der Stadt schaffen.

Ich zeigte zum Tiber, zur Brücke, über die wir nach Rom gekommen waren. Wenn Fortis uns über die Stadtmauer und den Fluss bringen könnte, hätte wir eine Chance, in die Berge zu fliehen.

Unter uns hatten sich bereits römische Soldaten geschart, um unsere Route zu verfolgen. Einer rief, wir sollten sofort landen, sonst würden wir getötet.

Aber so naiv war ich nicht. Korrekterweise hätte der Befehl wohl lauten müssen, nachdem wir gelandet waren, würden wir getötet. Der Kaiser hatte es doch schon so angeordnet. Warum hätte er seine Meinung ändern sollen?

Ich beugte mich vor und tätschelte Fortis. »Halt durch«, sagte ich. »Schau nach unten. Über diese gewaltige Stadt fliegst du jetzt hinweg.«

Wir waren noch immer höher als die größten Gebäude und

hinter dem Amphitheater kam das Forum Romanum mit seinen mächtigen Tempeln und Bauten in Sicht. Rom war so viel schöner als in meiner Vorstellung. Und Fortis verschaffte mir den Blick der Götter.

So eine Stadt hatte es sicher noch nie gegeben. An Größe oder Grausamkeit würde wohl nichts je an dieses Reich herankommen.

Fortis nahm Kurs auf den Fluss. Sobald wir sicher gelandet waren und der Greif sich wieder erholt hatte, mussten wir nach meiner Schwester suchen. Dann würden wir zu dritt ans Ende des Römischen Reiches fliegen, falls es solch einen Ort auf der Welt noch gab.

Plötzlich zischte ein Pfeil an mir vorbei. Soldaten waren auf die Dächer geklettert und zielten von dort auf uns.

»Höher, Fortis!«, befahl ich.

Fortis stieg mühsam weiter auf, aber es gelang ihm nicht, außerhalb der Reichweite der Pfeile zu gelangen. Kurz vor dem Flussufer drehte ich mich um und sah einen Pfeil direkt auf uns zufliegen. Ich hatte keine Zeit zu überlegen. Rasch hob ich den Arm, um Fortis vor weiteren Verletzungen zu schützen. Sofort spürte ich über dem Ellenbogen einen stechenden Schmerz, als würde ich von einem Schwarm wütender Wespen attackiert.

Mit einem Aufschrei verlor ich den Halt und rutschte von Fortis' Rücken. In meiner Panik griff ich wild um mich, aber da war nichts. Nichts außer dem harten Boden unter mir, der viel zu schnell näher kam.

Dann wickelte sich etwas um meine Brust und verlangsamte meinen Fall. Fortis hatte mich in seine Klaue geschlossen und raste auf den Boden zu. Ich brüllte, er sollte das Tempo drosseln, doch der Greif hörte nur, wenn es ihm passte. Obwohl wir uns schon unterhalb der Baumkronen befanden, ging es weiter im Sinkflug. Genauso sanft, wie wir nach unten geglitten waren, ging es nun parallel zum Boden weiter. Als ich die Augen öffnete, entdeckte ich den Goldklumpen in Fortis' anderer Klaue. Ich hatte ihn bei meinem Sturz fallen gelassen.

Und weil Fortis ja nun hatte, was er wollte, warf er mich ab wie einen Haufen Müll. Auch wenn ich nicht sonderlich weit fiel, war es nicht gerade die weichste Landung.

Ich rollte mich auf die Seite und schnappte nach Luft. Meine Hände versanken im Schlamm, und mir wurde klar, dass wir uns immer noch auf der falschen Seite des Flusses befanden. Nicht einmal an guten Tagen hätte ich hinüberschwimmen können. Und so, wie ich mich im Moment fühlte, würde ich keine drei Schritte ins Wasser machen, bevor mich die Strömung in die Unterwelt spülen würde. Unweit der Brücke schlugen Soldaten Alarm und kamen mit erhobenen Speeren in meine Richtung gelaufen. Fortis war wie vom Erdboden verschluckt. So verletzt, wie der Greif war, würde ich ihn womöglich nie wiedersehen.

Mein rechter Arm brannte noch immer wie Feuer. Ich drehte ihn herum, um mir den Schaden anzusehen. Die Pfeilspitze steckte noch in der Haut, doch der Großteil des Schafts war beim Sturz abgebrochen. Mit dem Holzstück im Arm konnte ich nicht laufen, also packte ich den restlichen Schaft mit der anderen Hand und riss die Spitze heraus.

Es tat so weh, dass ich aufschrie und den Soldaten meine genaue Position verriet.

Mit gezückten Schwertern kletterten sie die steile Uferböschung hinunter. Ich musste so schnell wie möglich weg von hier.

Ich rannte los, mir war schwindelig vor Schmerz. Mit der linken Hand hielt ich die Wunde zu, aber das Blut rann zwischen meinen Fingern hindurch. Ich stolperte vorwärts, ohne zu wissen, wohin ich gehen sollte.

Da stieß ich auf einen gemauerten Abwasserkanal. Unter mir strömte Wasser in den Fluss, es stank fürchterlich. Von Felix wusste ich, dass hier die *Cloaka Maxima* in den Tiber floss. Die Abwasserkanäle.

Mir wurde speiübel von dem Geruch, aber ich riss mich zusammen, denn unter dem Amphitheater hatte es auch nicht besser gerochen. Vielleicht war der Gestank hier etwas stärker, doch damit kam ich klar – ich hatte keine andere Wahl. Hoffentlich hielten die Soldaten den Gestank nicht aus.

Als ich den ersten Schritt in den Abwasserkanal tat, sauste ein Pfeil an mir vorbei, prallte jedoch gegen die Wand. Ich musste mich beeilen. Auf allen vieren kroch ich vorwärts und musste mich dabei sogar ducken, um meinen Körper unter dem gemauerten Überhang durchzuquetschen. Ganz knapp passte ich durch.

Im Tunnel war es beinahe so dunkel wie in Cäsars Höhle. Kein besonders tröstlicher Gedanke, denn seit dem Abenteuer war eigentlich alles schiefgelaufen. Auch wenn ich im Abwasserkanal nirgends aufrecht stehen konnte, kam ich auf zwei Beinen immer noch schneller voran als auf allen vieren.

Draußen diskutierten die Soldaten, ob sie mir folgen sollten. Schließlich wurden zwei Männer hereingeschickt, die ausgewählt wurden, weil sie die Kleinsten waren.

Sie hatten eine Fackel dabei, die unheimliche Schatten an die Kanalwände malte. Viel Licht spendete sie nicht, aber besser als gar nichts, und so konnte ich mich schneller vorwärtsbewegen. Neben dem schmalen Abwassergraben führte ein ebenso schmaler Weg entlang. Um nicht ins Wasser zu fallen, schob ich mich an der Mauer entlang. Dabei schrammte ich mir die Knöchel der linken Hand auf, mit der ich nach wie vor die Wunde am Arm hielt.

An manchen Stellen wurde der Tunnel so schmal, dass ich durchs Schmutzwasser waten musste. Wenigstens kam ich mit dem Gestank besser klar als die beiden Soldaten. Der eine war schon zweimal stehen geblieben, um sich zu übergeben.

Ich eilte schneller, bis ich die flackernde Fackel und die hallenden Stimmen hinter mir gelassen hatte. Sicher käme hier bald eine Abflussöffnung. Ich fand auch ein paar, bloß waren die alle vergittert, sodass ich hier festsaß wie die Tiere im *Venatio*. Und die wenigen, die offen waren, führten so viel Wasser, dass ich ertrinken würde, bevor ich an die Oberfläche käme. Je länger ich durch den Tunnel lief, desto mehr schwanden meine Hoffnungen, hier wieder herauszukommen.

Irgendwann wurde der Abwasserkanal breiter und fächerte sich auf wie eine Straßenkreuzung. Ich hatte wirklich keine Ahnung, wo ich war. Ich wusste nicht, welche Wege oder Öffnungen nach draußen führten. Aber ich befand mich unter der Stadt und bei diesen vielen Verzweigungen musste es sich um eine sehr belebte Gegend handeln. Im *Hypogeum* gab es jedenfalls einen breiten Zugang, doch dort würde Felix auf mich warten, um mich gleich an den Kaiser weiterzureichen. Nicht gerade die ideale Lösung meiner Probleme.

Ich bog erst nach links, dann nach rechts und wieder nach links ab. Ich schlug die Richtung ein, die die Soldaten garantiert nicht wählen würden. War der Kanal dunkel, klein und besonders übel riechend, nahm ich ihn. Ich lief und lief, und als ich endlich stehen blieb und lauschte, hörte ich absolut gar nichts mehr. Ich hatte sie abgehängt.

Gleichzeitig hatte ich leider die Orientierung verloren. Ich war eine Ratte in einem endlosen Irrgarten, ohne Nahrung, Licht und einen Ruheplatz. Hier unten hatte ich keine Überlebenschance, und sollte ich je nach oben gelangen, würde man mich auch dort nicht leben lassen.

Ich stolperte über etwas, das ein quietschendes Geräusch von sich gab, und ich versuchte, nicht darüber nachzudenken, wie groß es gewesen war. Als ich die Balance wiederfand, spürte ich die *Bulla* gegen meine Seite schlagen. Das Amulett war so schwer wie immer, nur kalt und leblos. Es hatte mir schon so viel Schlechtes gebracht. Ich konnte mir nicht vorstellen, dass es irgendetwas nützen würde, die *Bulla* weiterhin zu tragen, andererseits konnte ich es nicht über mich bringen, sie abzulegen. War es nun ein Zeichen von Stärke oder Schwäche, das Amulett zu behalten? Ich strich mit der Hand darüber und setzte meinen Weg fort.

Wieder geriet ich ins Stolpern, aber diesmal fiel ich richtig hin. Mir war es egal, wie es roch, und der Dreck ringsum war mir auch egal. Dann nahm ich die Hand von der Wunde und fiel fast in Ohnmacht, als das Schmutzwasser von meinen Fingern in die Wunde tropfte. Noch nie hatte ich solche Schmerzen verspürt!

Wenn ich nicht so verängstigt und erschöpft gewesen wäre, hätte ich laut losgeschrien. Mir traten die Tränen in die Augen, allerdings nicht wegen der Schmerzen. Je mehr ich mich bemühte, es besser zu machen, desto schlimmer wurde alles. Vor ein paar Tagen war ich noch ein Sklave im Bergwerk gewesen, in einer hoffnungslosen Lage, aber zumindest kannte ich dieses Leben.

»Nicolas, jetzt bist du das Oberhaupt der Familie.« Das hatte meine Mutter gerufen, als sie in Ketten abgeführt wurde. »Du musst deine Schwester beschützen, ich verlasse mich auf dich.«

»Das werde ich«, hatte ich ihr unter Tränen versprochen. »Mein Leben lang.«

»Bleibt zusammen. Wir sehen uns wieder, so die Götter wollen.«

Und dann war meine Mutter fort.

Was immer auch mein Schicksal war, ich hatte meine Familie im Stich gelassen.

Und das war der schlimmste Gedanke überhaupt.

Mit wenig Hoffnung und noch weniger Ahnung, welche Richtung ich einschlagen sollte, zwang ich mich aufzustehen. Vielleicht würden mich die Götter hier für immer einsperren und sich über mein Versagen lustig machen. Aber bis dahin blieb mir nichts anderes übrig, als einen Ausweg zu suchen.

ZWANZIG

Irgendwann hörte mein Arm auf zu bluten, doch jedes Mal, wenn ich von dem schmalen Weg abkam und in den Abwasserkanal rutschte, brach der Schmerz von Neuem los. Sobald sich meine Augen an die Lichtverhältnisse gewöhnt hatten, tauchte über mir wieder ein Gitter auf, durch das die Sonne schien und die Dunkelheit rings um mich erneut in tiefes Schwarz hüllte.

Ich irrte schon seit zwei Tagen hier herum und es wurde wieder Nacht. Einmal war ich auf einen Kanal gestoßen, durch den frisches Wasser floss, das ich trinken konnte. Ansonsten hatte ich weder getrunken noch gegessen. Dazu kam noch der ständige Schmerz in meinem Arm, trotzdem quälte mich am meisten, wie dämlich ich gewesen war. Unverzeihlich dumm!

Sal hatte recht gehabt. Ich war von Geburt an verflucht. In Armut geboren, hatte mein Vater den Kampf gegen einen Blitz verloren und meine Mutter viel zu früh die Hoffnung für uns Kinder aufgegeben.

Die *Bulla* – ein Fehler, den ich ganz allein zu verantworten hatte – war der zweite Fluch. Fortis hatte mich im Stich gelassen. Radulf wusste, dass ich am Leben und im Besitz des Amuletts war. Und gerade hatte sich auch noch das ganze

Reich gegen mich gewandt, genau wie Aurelia es vorausgesehen hatte.

Aurelia. Unser letzter Streit kam mir in den Sinn. Hatte sie nicht gesagt, sie würde unter der Erde leben? Ich hatte mir eine Art Bergwerkstollen vorgestellt, aber in Rom gab es keine Minen. Das hier hatte sie gemeint. Aurelia musste irgendwo hier in den unterirdischen Kanälen sein. Wir waren nicht gerade als Freunde auseinandergegangen, dennoch war sie vielleicht meine einzige Überlebenschance.

Ich wanderte weiter, versuchte mir einzureden, dass Aurelia irgendwo hier wäre und sich in diesem Irrgarten selbst mit verbundenen Augen zurechtfände. Wenn sie die Abwasserkanäle als Unterschlupf nutzte, kannte sie alle Ein- und Ausgänge. Sie hätte etwas zu essen und vielleicht eine Idee, was ich gegen die wachsenden Schmerzen in meinem Arm tun könnte. Über die Frage, ob sie das auch mit mir teilen würde, wollte ich lieber nicht nachdenken.

Aus dem Tag wurde Abend und trotz aller Hoffnungen glich ein Kanal dem anderen. Nach Aurelia zu rufen, traute ich mich nicht, aus Angst, oben könnte mich jemand hören und meinen Aufenthaltsort melden. Es hatte ohnehin keinen Sinn. Wenn ich doch nur wüsste, wo ich war. Wahrscheinlich war ich Meile um Meile sinnlos im Kreis gelaufen, hatte ein ums andere Mal die gleichen Wege gekreuzt. Mein Arm pochte, und der Hunger nagte nicht mehr, sondern mahnte, wie ernst es um mich stand.

Schließlich musste ich mich ausruhen, ich fühlte mich in tausend Stücke gerissen. Ich lehnte gegen die Mauer, die über und über mit schleimigem Moos bedeckt war, das nur aus der Unterwelt stammen konnte. Ich tastete nach der *Bulla*, die mir vielleicht etwas Wärme spenden würde, aber sie war nach hinten gerutscht, und ich hatte keine Kraft mehr, nach ihr zu greifen.

Irgendwie muss ich eingeschlafen sein, denn als ich aufwachte, tat mir das Mal auf der Schulter schrecklich weh. Zunächst konnte ich mich vor Schmerz gar nicht rühren, mühsam bewegte ich die Arme und entspannte meinen Kiefer. Im Schlaf hatte ich mich auf die *Bulla* gerollt, die nun die Kraft aus dem Göttlichen Stern selbst zog. Sie raubte mir nicht nur Kraft, sondern auch Magie.

Endlich gelang es mir, das Amulett fortzuschieben. Der Schmerz hörte sofort auf, obwohl es einige Zeit dauerte, bis ich wieder ruhig atmen konnte. Seltsamerweise gab mir die *Bulla* dann die Kraft zurück, die sie mir gerade gestohlen hatte.

Und während ich dort lag, fragte ich mich, wie Radulf wohl den anderen Leuten mit dem Göttlichen Stern die Magie geraubt hatte. Eine *Bulla* besaß er ja nicht, aber Crispus' Schilderungen klangen ähnlich wie das, was ich gerade durchgemacht hatte. Und so schmerzhaft, wie das war, wollte ich es nicht noch einmal erleben.

Als ich mich kräftig genug fühlte, machte ich mich wieder auf den Weg und überlegte, was ich bereits über Radulf und Magie wusste. Es musste doch eine Möglichkeit geben, am Leben zu bleiben. Und sobald ich hier heraus wäre, würde die mir schon einfallen.

Über mir befand sich ein Kanalgitter, von denen ich in den letzten Tagen bereits Hunderte gesehen hatte, die aber alle verschlossen, zu hoch oder zu klein waren. Dieses war auch nicht viel besser, zumindest schien es in einem ruhigen

Stadtteil zu liegen, und ich hatte die Möglichkeit, hochzuklettern. Nun brauchte ich bloß noch die Öffnung zu vergrößern. Vielleicht könnte ich die Steine mithilfe der *Bulla* zum Einsturz bringen.

Weiter kam ich nicht. Zu frisch waren die Erinnerungen an das, was ich in der Arena angerichtet hatte. Der *Bestiarius* musste sich bei seinem Sturz ernsthaft verletzt haben, oder schlimmer noch, daran dachte ich nicht gerne. Irgendwie hatte ich die Magie der *Bulla* angezapft. Ob die Magie nun gut oder schlecht war, wusste ich immer noch nicht, also konnte ich auch nicht sicher sein, ob ich gut oder schlecht war. Aber das Amulett hatte mir schon mal das Leben gerettet und nun war ich wieder darauf angewiesen.

Also hob ich die Hände und versuchte, genug Kraft zu sammeln, um das Gitter auszuheben. Im Grunde mussten ja bloß ein paar Steine weichen. Im Bergwerk hätte mich das mit dem richtigen Werkzeug eine Stunde Arbeit gekostet.

Doch diesmal reichte mein Wille nicht. Die *Bulla* blieb kalt. Vielleicht, weil ich Angst hatte, sie zu benutzen. Ohne es zu wollen, hatte ich im Amphitheater magische Kräfte entfesselt, die ich nicht verstand und nicht kontrollieren konnte. Tausende von Menschen waren zu den Spielen gekommen und mit meinem Leichtsinn hatte ich sie alle in Gefahr gebracht. Wenn ich die Magie hier unten im Tunnel nutzte, würde ich womöglich die gesamte Straße über mir zum Einsturz bringen und alle Bewohner mit ihr.

Magie war den Göttern vorbehalten. Für jemanden wie mich war sie nie bestimmt. Ich griff nach dem Lederband und versuchte, es mir über den verletzten Arm zu ziehen, aber er tat so weh, dass ich ihn nicht heben konnte. Stattdessen fluchte ich so laut, dass es die Götter hören konnten, und trat mit aller Kraft gegen die Kanalwand.

»Launische Sklaven sind immer gefährlich«, sagte jemand. »Aber wenn dieser Sklave auch noch die Macht hat, diese Laune an fünfzigtausend Menschen auszulassen, ist es richtig schlimm.«

Aurelia.

Ich fuhr so schnell herum, dass ich den Halt verlor und auf den Boden knallte. Bei dem brennenden Schmerz im Arm kam ich blitzschnell auf die Füße und stieß mir dabei noch den Kopf an der Tunneldecke.

Aurelia stand mit verschränkten Armen vor mir und starrte mich an, als hätte ich den Verstand verloren. Selbst im Dunkeln konnte ich erkennen, dass sie hier unten bestens bewaffnet war. Über die Schulter hatte sie einen Bogen geschlungen und auf dem Rücken trug sie einen Köcher mit Pfeilen. Am Gürtel hingen zahlreiche kleine Beutel und auch das lange Messer, das ich schon kannte. Garantiert steckten irgendwo noch zwanzig weitere Waffen, die ich gar nicht sah.

»Ich bin nicht launisch, sondern verzweifelt.« Ich ging auf sie zu. »Ich brauche Hilfe.«

Aurelia machte genauso viele Schritte rückwärts und legte die Hand ans Messer. »Bleib, wo du bist, Nic. Ich warne dich.«

Ich blieb stehen und versuchte, in dem schwachen Licht, das durch den Kanaldeckel drang, ihre Mimik zu deuten. Ihre Augen blickten wachsam, ihr Kiefer war angespannt. Sie hatte Angst vor mir, wahrscheinlich zu Recht. Ich hob die Hand, um ihr zu zeigen, dass ich unbewaffnet war, aber sie zuckte zusammen.

»Ich tue dir doch nichts«, sagte ich. »Ich würde dir nie …«

»Ich bin dabei gewesen. Ich habe gesehen, was du getan hast. Viele Menschen wurden verletzt, als sie aus dem Amphitheater geflohen sind. Manche haben es nicht mehr raus geschafft.«

Mit der Hand des verletzten Arms griff ich nach der *Bulla*, die wieder warm wurde. »Ich weiß nicht, wie das passiert ist. Das wollte ich doch gar nicht.«

Mit meiner Erklärung war Aurelia nicht zufrieden. Sie schüttelte den Kopf, garantiert überlegte sie, wie sie mich abschütteln konnte, aber das durfte ich nicht zulassen. Von Minute zu Minute wurde ich kraftloser. Ich würde hier sterben.

»Geht es dir nicht gut?«, fragte sie.

Endlich zog die Wärme in meine Schulter. Mir wurde warm, sogar heiß. Gerade jetzt wollte ich die Magie nicht spüren, denn ich wollte Aurelia ja davon überzeugen, dass von mir keinerlei Gefahr ausging.

»Nein«, murmelte ich, wobei mir selbst nicht klar war, ob ich jetzt auf ihre Frage antwortete oder die *Bulla* kontrollieren wollte. Ich kämpfte gegen die Wärme an, aber ich war geschwächt und die Magie wollte die Kontrolle übernehmen. Nicht hier, nicht jetzt. Überhaupt nie mehr. Plötzlich wurde mir schwindelig. Als ich mich mit einer Hand an der Mauer abstützte, um nicht umzukippen, geriet die ins Wanken, als würde etwas hinter den Steinen hervorbrechen wollen. Auch wenn es nur ganz kurz war, nahm ich vor Schreck gleich die Hand weg.

Aurelia brachte sich in Kampfposition. »Warst du das?«

»Bitte, hilf mir.« Mir wurde schwarz vor Augen. »Ich ertrinke.« Ich machte einen Schritt auf sie zu.

Bevor ich überhaupt reagieren konnte, trat sie direkt in meine Wunde. Ich schrie auf vor Schmerz und fiel ins Dreckwasser, bloß diesmal kam ich nicht wieder hoch. Die *Bulla* wollte mir helfen, das spürte ich ganz deutlich, aber ich hatte keine Kraft mehr.

»Tut mir leid.« Aurelia kniete sich neben mich, um mir zu helfen. »Du hast mich einfach erschreckt.« Sie nahm meine Hand, legte die andere darauf. »Du glühst ja vor Fieber.« Sie tastete sich hoch zu meinem verletzten Ellenbogen, und wie durch einen Nebelschleier nahm ich wahr, dass sie die Luft anhielt. »Das hat sich entzündet.«

»Ich tue dir auch nichts«, sagte ich, bevor alles um mich verschwamm.

EINUNDZWANZIG

Langsam und unwillig öffnete ich die Augen, als ich wieder zu Bewusstsein kam. Eigentlich hätte ich mich lieber umgedreht und weitergeschlafen, aber irgendwann siegte die Neugier, und ich musste wissen, wo ich war.

Bis auf ein paar Kerzen war es dunkel im Raum. Da es hier keine Fenster gab, wusste ich nicht, ob wir Tag oder Nacht hatten und wie viel Zeit inzwischen verstrichen war. Der Raum hatte runde Wände aus dunklen Ziegeln, schwaches Licht strömte von oben in einen Durchgang, der zu einem weiteren Zimmer führte. Also befanden wir uns noch immer unter der Erde. Zunächst schien alles ganz ruhig, doch dann hörte ich in der Nähe ein Summen. Nein, es war kein Summen. Je wacher ich wurde, desto klarer erkannte ich es als Stimmen.

Auf einmal tauchte direkt vor mir ein Gesicht auf, ich schrie überrascht auf. Es war ein kleines Mädchen mit dunkler Haut und großen Augen. Sie war nicht einmal halb so alt wie ich, aber schon ziemlich hübsch.

»Er ist wach«, rief sie. »Aurelia, er ist wach!«

Ich stützte mich auf einen Ellenbogen und sah Aurelia auf mich zukommen. Ihre Lippen waren fest aufeinandergepresst. Sie wirkte überhaupt angespannt, und ich fragte mich, ob es daran lag, dass ich so lange geschlafen hatte. Oder dass ich gerade aufgewacht war.

»Wie geht's dir?«, fragte sie.

»Mies.«

Sie runzelte die Stirn. »Du siehst auch mies aus. Aber das ist schon mal eine Verbesserung.«

»Wie lange war ich ohne Bewusstsein?«

»Zwei Tage. Die Entzündung war so schlimm, dass du fast nicht überlebt hättest. Doch dann haben wir die Wunde ausgewaschen. Zum Glück hast du so tief und fest geschlafen, sonst wärst du gleich wieder in Ohnmacht gefallen.«

»Ich bin nicht in Ohnmacht gefallen«, murmelte ich. Ohnmacht war was für reiche Frauen, die Sklaven hatten, um sie aufzufangen.

»Klar, wenn du das meinst.«

Ja, das meinte ich. Ich war nicht schwach. Obwohl ich mich wieder zurücklegen musste, weil sich mir alles im Kopf drehte.

»Du brauchst was zu essen.« Aurelia förderte hinter sich eine Schüssel zutage und drückte sie mir in die Hand. Keine Ahnung, was darin war, es sah grau und schleimig aus, aber wenigstens war es warm. »Iss.«

»Was ist das?«

»Solche Fragen darf nur jemand stellen, der Geld hat. Es wird dir guttun. Nun iss.«

Vorsichtig schnupperte ich daran und zu meiner Freude roch es nicht nach Abwasserkanal. Nicht dass das Zeug in der Schüssel besonders gut gerochen hätte, sicher war es eine Art Haferbrei, der sauer geworden war. Dennoch aß ich. Und Aurelia hatte recht, wer arm war, konnte nicht wählerisch sein.

»Bevor du ohnmächtig wurdest, hast du gesagt, ich ertrinke.« Aurelia schob die Unterlippe vor.

»Nein, habe ich nicht«, antwortete ich mit vollem Mund. »Stimmte ja nicht.«

»Aber du hast es gesagt.« Aurelia ließ nicht locker. »Was hast du damit gemeint?«

Da fiel mir die *Bulla* ein. Ich fühlte unter der Achsel und suchte das Band um meinen Hals, doch es war weg. Sofort wurde ich wütend. »Wo ist es?«

Sie verschränkte die Arme. »Ich habe es versteckt. Woher kamen deine magischen Kräfte im Amphitheater?«

Das ging sie gar nichts an. Ich stellte die Schüssel beiseite und setzte mich im Bett auf. »Gib mir das Amulett.«

»Erst musst du mir erklären, was da passiert ist. Magie gehört den Göttern. Nicht den Menschen und erst recht keinen Sklavenjungen.«

»Und die *Bulla* gehört dir nicht!«, rief ich. »Gib sie mir und ich verschwinde.«

»Wohin denn? Du bist doch hier unten verloren. Außerdem habe ich die *Bulla* in der Hand gehabt. Die fühlt sich an wie jedes andere Schmuckstück. Du willst nur die Edelsteine darin haben. Ich glaube, die Magie steckt im Mal in deiner Schulter. Das hätten wir dir auch noch weggeschnitten, wenn wir nur gewusst hätten, wie.«

Jetzt reichte es mir. Ich warf die Decke von mir und schwang meine Beine über die Bettkante, doch allein die Anstrengung war schon zu viel für mich. Mein Arm war von der Schulter bis zum Ellenbogen in einen festen Verband gewickelt, der eigentümlich roch. Ich rieb daran und hielt mir die Finger an die Nase. »Was hast du darauf getan?«

»Olivenöl und Oregano gegen die Entzündung.« Sie lächelte. »Anfangs brennt es ordentlich, aber es hilft. Ich glaube, dir ist gar nicht klar, wie schlecht es um dich stand.«

Ihr Lächeln besänftigte mich. Ich griff nach dem Haferbrei und aß noch den Rest auf. Aurelia sagte: »Lass das erst mal sacken. Wenn du das gut verträgst, bekommst du Brot.«

Ich hätte das Brot gerne sofort gehabt, aber noch lieber wollte ich die *Bulla*. Automatisch griff ich mir unter die Achsel, wo das Amulett sonst hing. Es fehlte mir, wie einem sonst nur ein Arm oder ein Bein fehlt, und ich wünschte, ich hätte genug Kraft, um mich gegen Aurelia durchzusetzen. »Gib mir die *Bulla* und erklär mir, wie ich hier rauskomme«, sagte ich müde. »Dann bist du mich los.«

Aurelia legte den Kopf auf die Seite und befahl den kleinen Kindern im Raum, uns allein zu lassen. Dann meinte sie: »Während du geschlafen hast, habe ich mich oben mal nach dir umgehört. Du kannst nirgendwohin, Nic. Nirgendwo. Alle suchen nach dir. Der Kaiser hat seinen Soldaten befohlen, dich sofort umzubringen. Alle Stadttore sind versperrt. Und die Abgeordneten wollen dich vor den Senat bringen, um dich zu befragen. Dann hat General Radulf gestern im Forum Romanum eine Rede gehalten. Dabei hat er versprochen, dich zurück ins Amphitheater zu schleifen, wo du für deine Verbrechen geradestehen sollst. Die ganze Stadt will er umkrempeln, um dich zu finden. In Rom leben ungefähr eine Million Menschen, von denen jeder inzwischen weiß, dass auf deinen Kopf eine Belohnung ausgesetzt ist.«

Ich senkte den Blick und trat nach dem Boden. Mittlerweile sollte ich mich ja an schlechte Nachrichten gewöhnt haben, aber das übertraf noch meine Befürchtungen.

Aurelia stand von ihrem Stuhl auf und setzte sich neben mir aufs Bett, legte mir die Hand auf den Arm. »Radulf hat gestern behauptet, du hättest ihm etwas gestohlen, die *Bulla* wahrscheinlich, und dass du das Reich stürzen willst.«

»Stimmt doch gar nicht!«, rief ich und schnalzte mit der Zunge. »Jedenfalls das mit dem Umsturz stimmt nicht. Und ich wollte das Amulett gar nicht stehlen, aber als ich es hatte, war mir klar, dass ich es Radulf nicht geben darf.«

»Also bist du wirklich ein Dieb?«, fragte Aurelia. »Radulf sagt also die Wahrheit?«

»Ja«, murmelte ich. »Das bin ich wohl.«

So laut ausgesprochen klang das furchtbar. Ganz gleich, was sonst noch verloren ginge, ich sollte immer meine Ehre behalten, hatte meine Mutter mir noch als eines der letzten Dinge eingeschärft. Die war jetzt auch dahin.

Aurelia nickte und im selben Moment spürte ich ihre kalte Messerklinge im Nacken. Ihre Hand, die auf meinem Arm gelegen hatte, umklammerte nun mein Handgelenk, und sie rief nach den anderen Kindern, sie sollten mit Ketten kommen.

Ich fluchte leise. Und dann fluchte ich noch einmal, falls Aurelia mich nicht gehört hatte.

»Das ist nichts Persönliches«, sagte sie, als zwei Mädchen herbeigeeilt kamen. Erst legten sie mir Handfesseln an und machten sich anschließend an meinen Füßen zu schaffen. »Ich habe auch schon geklaut. Jeder von uns hier hat es schon getan, um zu überleben. Aber bei dir ging es nicht ums Überleben, also ist es ein Unterschied.«

»Es geht doch gar nicht darum, was ich gestohlen habe«, sagte ich wütend. »Du willst nur die Belohnung.«

»Ich brauche sie«, antwortete Aurelia. »Mit dem Geld kann ich zu meiner Familie zurück.«

Ich schüttelte den Kopf, versuchte ihr verständlich zu machen, was auf dem Spiel stand. »Wenn du mich zu Radulf bringst, tötet er mich.«

»Im Moment bietet Senator Horatio die höchste Belohnung. Ich bringe dich zu ihm.«

»Was? Nein!« Das war dieser aufgeblasene Senator, der meine Zähne hatte sehen wollen. Außer, dass ich nicht die gleiche Luft atmen wollte wie dieser Horatio, war er kein Stück besser als Radulf.

»Es ist das Beste«, sagte Aurelia. »Der Senat will dich befragen.«

»Und mich dann hinrichten!«

»Vielleicht hören sie ja auf deine Erklärungen.«

»Welche Erklärungen?«, versetzte ich. »Es ist nicht meine *Bulla*, jedenfalls sollte sie es nicht sein. Wie soll ich das erklären?«

»Weiß ich doch nicht!«, rief sie. »Aber das ist auch nicht mein Problem.«

Nein, Aurelia war mein Problem. Ich wünschte mir jetzt bestimmt schon zum zwanzigsten Mal, dass ich ihr nie begegnet wäre. Von allen Flüchen erwies sie sich als der schlimmste.

Sobald meine Füße zusammengekettet waren, steckte Aurelia das Messer zurück in die Scheide. Ich versuchte, meine Kräfte zu sammeln, aber ich war geschwächt von der Verletzung und weil ich fast nichts im Magen hatte. Ohne die *Bulla* war ich kaum stärker als zuvor. Das Mal auf der Schulter prickelte, als wollte es meinem Hilferuf Folge leisten, doch es verflog rasch. Ich riss an den Ketten, vielleicht gab es ja ein rostiges Glied oder ein Schloss war nicht richtig verriegelt, aber die Ketten hielten. Dann trat ich nach einem der Mädchen, einfach nur so. Aurelia schlug mir aufs Bein und befahl den beiden Mädchen, zurück zu den anderen in das vordere Zimmer zu gehen.

»Du hast versprochen, niemanden zu verletzen«, sagte Aurelia.

»Ich habe nicht mal getroffen. Außerdem hast du versprochen, mir zu helfen«, konterte ich.

»Da wusste ich noch nicht, dass du ein Dieb bist.«

»Du bist eine Lügnerin«, sagte ich, »das ist noch schlimmer.«

Das stimmte eigentlich nicht, nur irgendetwas musste ich ja entgegnen. Daraufhin schwieg sie, was ich damit auch bezwecken wollte.

Aurelia stand auf und zog mich hoch, dabei hielt sie die Ketten fest in der Hand.

»Du machst einen Riesenfehler«, sagte ich. »Radulf darf die *Bulla* nicht in die Finger kriegen.«

»Radulf ist ein bedeutender Mann. Wenn Horatio dich ihm übergibt, dann ist es bestimmt das Richtige.«

»Wie naiv bist du eigentlich?«, fragte ich.

Aurelias Lippen bewegten sich, als würde sie sprechen, aber ich hörte keinen Laut. Stattdessen dröhnten Schritte an mein Ohr. Schwere Schritte. Männer marschierten durch Wasser, viele Männer. Es war so klar und deutlich, dass ich mich nach dem Geräusch umsah. Nichts. Aurelia schien davon nichts mitzubekommen, denn sie redete einfach weiter. Warum hörte ich es und sie nicht?

Hier lief irgendetwas ganz gewaltig schief.

ZWEIUNDZWANZIG

Die Schritte in meinem Kopf wurden immer lauter und das Spritzen war so vernehmlich, dass mir eigentlich schon Wasser aus den Ohren laufen müsste. Wurde ich jetzt verrückt?

Aurelia stieß mich an, um meine Aufmerksamkeit auf sich zu lenken, dabei verstummten die Geräusche in meinem Kopf. »Hörst du mir überhaupt zu? Ich habe dich gefragt …«

»Wo sind wir hier?« Die Ketten spannten, als ich vorwärtsschlurfte. »Gehört das auch noch zur Kanalisation?«

»Es ist eine alte Zisterne, aber wir haben die Leitungen zum Abwassersystem gekappt und nutzen das Frischwasser zum Waschen. Kommen und gehen tun wir durch die Abwasserkanäle. Warum?«

»Wir müssen abhauen. Soldaten sind im Anmarsch.« Ich setzte mich in Bewegung, aber Aurelia riss mich zurück.

»Kann nicht sein. Die kommen nie her.«

Sie kniff die Augen zusammen. »Woher weißt du das überhaupt?«

»Ich weiß es einfach!«

Aurelia verzog das Gesicht. »Ich mache dich nicht los. Auf so einen dämlichen Trick falle ich nicht rein …«

Den Rest hörte ich nicht mehr, denn in meinem Kopf

dröhnte es so laut, dass ich mir die Ohren zuhalten wollte, nur dass meine Hände an die Fußeisen gekettet waren.

»Nicolas Calva!« Radulf sprach direkt in meinem Kopf. Ich konnte mir nicht erklären, wie das überhaupt möglich war, aber außer seiner Stimme vernahm ich nicht einmal mehr meine eigenen Gedanken.

Aurelia schien nichts zu hören. »Was ist los mit dir?«

»Kannst du das denn nicht ...«, fing ich an, doch dann sprach Radulf wieder.

»Ich habe dich gefunden, Nic. Indem du dich diesen Kindern angeschlossen hast, hast du ihr Todesurteil gefällt.«

»Nein!« Ich warf mich auf die Knie und senkte den Kopf, damit ich mir die Ohren zuhalten konnte. Dadurch wurde Radulfs Stimme nur noch lauter.

»Wenn du dich jetzt freiwillig stellst, verschone ich die Kinder. Wenn nicht, kommt keiner von euch mit dem Leben davon.«

Ich schaute zu Aurelia auf, die mich anstarrte, als wäre mir auf der Stirn ein Horn gewachsen. Ich zeigte zur Tür. »Wie viele Verbindungen gibt es von hier zum Hauptabwassersystem?«

»Nur eine«, sagte sie. »Aber sonst weiß niemand ...«

Das Mädchen, das mir die Fußketten angelegt hatte, kam hereingerannt. »Aurelia, ich höre was in den Tunneln. Männerstimmen. Viele.«

Aurelia warf mir einen panischen Blick zu. »Wie weit sind sie weg?«

Das Mädchen zuckte die Achseln.

»Sie sind deinetwegen hier, oder?« Es war eigentlich keine richtige Frage und Aurelia hätte auf mein Nicken auch verzichten können. Kurz presste sie die Lippen zusammen. »Tut mir leid, Nic. Ich muss dich denen ausliefern.«

»Die töten mich!«

»Sonst töten sie uns alle. Dich eingeschlossen!« Sie zerrte an meinen Ketten.

Aber ich rührte mich nicht vom Fleck. »Ich kann uns hier rausbringen.«

Aurelia drehte sich einmal um die eigene Achse. »Ich habe dir doch schon gesagt, dass es nur einen Ausgang über den vorderen Raum gibt. Und der führt uns direkt in die Arme der Männer.«

»Was ist über uns?«

»Erde«, antwortet sie augenrollend.

Ach, was! »Nein, darüber!«

Aurelia zuckte mit den Schultern. »Ein Olivenhain oder so.« Ihre Augen verengten sich zu schmalen Schlitzen. »Vergiss es!«

»Gib mir die *Bulla*.«

»Hast du das so auch im Amphitheater gemacht?«

»Ja, glaube schon.« Irgendwie.

Sie schüttelte den Kopf. »Ich habe die *Bulla* ausprobiert und nichts ist passiert.«

»Ja und bei mir passieren große Dinge. Willst du jetzt also lang und breit darüber reden oder gibst du sie mir einfach?«

Daraufhin riss sie die Augen auf. »Ich glaube ja bloß, dass über uns nur ein paar Olivenbäume stehen. Was, wenn ich mich irre?«

»Und wenn wir gar nichts tun? Glaubst du wirklich, Radulf nimmt nur mich und lässt euch in Ruhe?«

Aurelia griff nach einem mir vertrauten Lederriemen, zog

die *Bulla* unter ihrer Tunika hervor und drückte sie mir in die Hand. Das Amulett wog noch schwerer als sonst, entweder war ich schwächer oder die Magie stärker geworden. Ich spürte die Energie, sie breitete sich in meiner Brust aus, floss durch Arme und Beine, stieg die Wirbelsäule empor bis ins Hirn. Tiefer als jemals zuvor drang die Magie in mich ein, brannte so mächtig in meinen Adern, wie ich es noch nie empfunden hatte.

Nun kamen sämtliche Kinder aus dem vorderen Raum angelaufen, es waren mehr, als ich dachte. Ich zählte wenigstens ein Dutzend, darunter waren etliche Kleine und alle wandten sich Rat suchend an Aurelia. »Sie sind da!«, rief ein Junge.

»Stellt euch hinter mich«, sagte ich, weil es mir sicherer erschien. Vielleicht auch nicht.

Ich drehte mich so, dass ich den Zugang zum Abwasserkanal im Blick hatte. Radulf betrat das Vorderzimmer in Begleitung von sechs hochgewachsenen Soldaten. Es amüsierte ihn sichtlich, dass ich an Armen und Beinen Ketten trug.

»Die haben dich schon für mich vorbereitet«, bemerkte er mit einem Grinsen. »Wie nett.«

»Ihr habt gesehen, zu was ich imstande bin«, sagte ich warnend. »Bleibt zurück.«

»Das im Amphitheater war ein Unfall.« Um mich zu provozieren, machte Radulf einen Schritt auf mich zu. »Du weißt doch gar nicht, wie du das angestellt hast.«

Die *Bulla* wurde heiß in meiner Hand, aber mit den Handfesseln konnte ich mir das Amulett nicht umhängen. »Und ob ich das weiß. Und ich mache das Gleiche hier, wenn Ihr nicht geht.«

Das war eine ganz schlechte Lüge. Ich hatte keinen Schimmer, wie ich die Magie genutzt hatte und ob es mir noch einmal gelänge. Ich wusste nicht einmal, ob ich es riskieren sollte. Ein kollabierendes Holzgestänge und ein Baldachin aus Stoff waren eine Sache. Doch hier lagen dicke Erd- und Gesteinsschichten über uns.

»Im Moment bist du nur ein Junge, der sein Schwert ungeübt hin und her schwingt und sich freut, wenn er mal trifft.«

»Genau«, gab ich zurück. »Also tretet zurück, sonst treffe ich Euch womöglich noch.«

»Gib mir die *Bulla*.« Radulfs Miene verfinsterte sich. »Sofort.«

»Nein.« Ich warf mich in die Brust und hoffte, dass er nicht merkte, wie meine Beine zitterten. »Verschwindet, bevor ich die Magie nutze.«

Auf Radulfs Gesicht zeigte sich ein boshaftes Grinsen. »Du bist nicht der Einzige mit Magie.«

Dann schlug er mit der Hand durch die Luft. Es schickte eine unsichtbare Druckwelle in meine Richtung. Obwohl ich nichts sehen konnte, spürte ich es, als hätte er mir einen Felsbrocken gegen die Brust geschleudert. Der Schlag setzte sich bis in meine Schulter fort und entfachte einen schrecklichen Schmerz in dem Göttlichen Stern.

Ich schrie auf, aber streckte die geketteten Hände vor, als wollte ich den Schmerz ausleiten. Zunächst reagierte Radulf gar nicht, also nahm ich an, dass ich vielleicht nichts bewirkt hatte. Er machte Anstalten, näher zu kommen, doch da krachte es im Durchgang über uns. Dicke Ziegelbrocken fielen herunter und rissen Erde und Gestein mit sich. Etwas Ähnliches war auch in Cäsars Höhle geschehen, nachdem ich die *Bulla* umgelegt hatte. Bloß da war die Magie nicht aus mir geströmt, oder wenn, dann war es nichts gegen jetzt. Der Steinschlag zwang Radulf zwar zum Rückzug, aber sobald sich alles wieder beruhigt hatte, würden er und seine Männer einfach über den Schutt klettern. Radulf befahl seinen Leuten vorzustürmen, doch überall hagelte es noch Steine. Niemand gehorchte seinem Befehl.

»Wo ist mein Bogenschütze?«, brüllte Radulf durch eine Staubwolke. »Nimm das Zimmer unter Beschuss!«

»So gut bin ich schon lange!« Aurelia riss sich den Bogen vom Rücken und spannte einen Pfeil ein, den sie sofort abfeuerte. Damit traf sie den Schützen, der nach seinem Bogen greifen wollte, direkt in die Hand. Er jaulte auf vor Schmerz.

Mehr und mehr Steine lösten sich, bis der Durchgang zwischen den beiden Räumen komplett versperrt war. Inzwischen schien die gesamte Zisterne vom Einsturz bedroht, an Flucht war nicht mehr zu denken.

Inmitten der Kinder saß Aurelia und funkelte mich böse an. »Das hast du mal wieder großartig gemacht, Nic! Löst ein Problem, indem du ein noch größeres schaffst. Hätte ich dich bloß ausgeliefert!«

»Ich habe dich ja gewarnt. Hättest eben auf mich hören sollen!«

»Aurelia!« Ein Mädchen zeigte zur Decke, wo aus Mörtel und Stein ein dickes Rohr herausragt. Wasserrauschen war zu hören und es kam näher.

»Wir haben das Rohr doch abgehängt!«, schrie Aurelia. Im selben Moment sprudelte Wasser aus der Leitung. »Wie kann das sein?«

»Wunder, oh Wunder!«, brüllte ich zurück. »Vielleicht hat es ja jemand wieder angeschlossen.«

»Wieso sollten sie das tun?«

»Dieser ach so bedeutende General Radulf will uns hier alle ertränken.«

»In einem Raum, den du gerade abgeriegelt hast!«, rief sie. »Ich hätte dich gleich nach deiner Ohnmacht ausliefern sollen.«

»Mach den Durchgang frei«, sagte Radulf in meinem Kopf. »Das Wasser läuft dann ab. Noch kannst du die Kinder retten.«

Den Durchgang würde ich nicht räumen, aber ich würde alles tun, um die anderen zu retten. Die Kinder waren unschuldig, wahrscheinlich selbst Aurelia. Das Wasser stieg schnell. Ohne Magie würden wir hier nicht heil herauskommen.

DREIUNDZWANZIG

Wasser ergoss sich über uns und füllte den Raum rasend schnell. Die Kinder wichen zurück und klammerten sich aneineinander, den Schreien nach zu urteilen, war ich nicht der Einzige, der nicht schwimmen konnte.

»Alle mal zurückbleiben!«, brüllte ich gegen den Lärm an. Viel Kraft hatte ich nicht, dafür aber eine Mordswut auf Aurelia. Aus purem Trotz hob ich die Hände und stellte mir vor, wie ich die Erde griff und sie nach unten riss. Große Sandklumpen, Wurzeln und Steine lösten sich und platschten ins bereits knietiefe Wasser, spritzten uns voll Schlamm. Schlamm sollte ja kein Problem sein. Lieber ein bisschen Erde als Ertrinken.

Aurelia schob die Kinder auf seitlich heruntergefallene Gesteinsbrocken, um sie aus der Schusslinie zu bringen. Über den Köpfen der Kinder führte eine rostige Wandleiter nach oben. Wenn sie da rankämen und es mir gelänge, über uns ein Loch zu schaffen, könnten sie darüber ins Freie gelangen.

Gerade wollte ich mich ihnen anschließen, da landete ein großer Erdklumpen auf meinem Rücken und riss mich um. So tief war das Wasser noch nicht, aber meine Beine, die ja in Ketten steckten, rutschten unter mir weg, und ich ging mit dem Kopf unter. Verzweifelt versuchte ich, wieder auf die Beine zu kommen, dabei waren meine gefesselten Arme auch keine große Hilfe. Als Nächstes rollte ich auf den Rücken, um kurz Luft zu holen, bloß das Gewicht der Ketten zog mich erneut nach unten.

Endlich fand ich mit einem Fuß Halt auf einem Felsbrocken, sodass ich wenigstens einmal kurz auftauchen konnte, um nach oben zu schauen. War mir der Durchbruch geglückt? Hoffentlich, denn ich wusste nicht, ob ich die Kraft für einen zweiten Versuch hätte. Doch bevor ich wieder unter Wasser gerissen wurde, sah ich zu meiner Bestürzung nur fallende Erde. Diesmal hatte ich nicht vorher Luft geholt und beim Einatmen füllte sich meine Lunge mit Wasser.

Dann packte mich jemand und zerrte mich an die Oberfläche. Als ich nach oben kam, rang ich keuchend nach Luft. Aurelia war zurückgewatet und hatte mich auf die Beine gebracht. Und während sie mich an den Händen hielt, brüllte sie: »Ich habe den Schlüssel nicht. Du musst die Ketten zerreißen.«

Das Wasser reichte mir schon über die Hüfte und die Strömung drohte, mich mitzureißen. Aurelia gab mir Halt und so schloss ich die Augen und konzentrierte mich auf die Ketten. Wegen meines verletzten Arms, und weil ich gerade schon so viel Magie verbraucht hatte, fiel es mir weitaus schwerer als bei den Seilen. Mit der rechten Hand stützte ich mich an der Wand ab und zerriss mit der linken die Ketten.

»Da ist ein Loch über uns!«, rief eines der Kinder. »Aber wir kommen nicht ran.«

Ich schaute auf. Die Kinder waren, so weit es ging, die Leiter hinaufgeklettert, doch schon bald würde das Wasser bis zu den unteren Stufen steigen. Aus der Erde hingen ein paar Wurzeln heraus, über die sie das Loch in der Decke erreichen könnten. Aber würden sie das Gewicht der Kinder tragen? Wenn sie bei dem Versuch scheiterten, würden sie ins Wasser fallen.

»Hilf ihnen«, sagte ich zu Aurelia.

»Was ist mit den Fußeisen? Die sind vielleicht noch schwieriger zu knacken.«

So, wie sie es sagte, klang es, als hätte sie damit nichts zu tun. Doch ich wollte nicht mit ihr streiten und meinte nur, sie sollte den Kleinen da oben helfen. Danach watete ich so vorsichtig wie möglich durch das Wasser, das mir bereits bis zur Brust reichte. Nach ein paar Schritten gab ich auf. Ich musste die Beinfesseln loswerden, aber ich hatte schon Mühe genug, das Gleichgewicht zu halten. Noch wollte ich nicht untergehen.

»Das lohnt sich nicht, Nic.« Radulfs ruhige Stimme in meinem Kopf passte so gar nicht zu dem buchstäblich hereinstürzenden Chaos. »Der Wasserdruck wird den Durchgang ohnehin frei spülen. Mach es uns doch nicht so schwer.«

»Hier drinnen sind Kinder!«, brüllte ich. »Hört auf damit!«

»Der kann dich da draußen nicht hören!«, rief Aurelia zu mir herunter. Vielleicht konnte er das nicht, aber irgendetwas musste ich ihm ja entgegnen. Außerdem hatte Aurelia keine Ahnung, wie Radulfs Worte in meinen Ohren dröhnten, ohne dass ich etwas dagegen tun konnte.

Wut stieg in mir auf, und alles, was ich sonst noch so fühlte, Angst, Schuld und Verzweiflung, wurden an den Rand gedrängt. Ich war außer mir über Radulfs Aktion und wollte Aurelia unbedingt beweisen, dass sie sich in jeder Hinsicht irrte. Und ohne mich zu konzentrieren, riss ich die Ketten mit dem nächsten Schritt entzwei. Dadurch verlor ich das Gleichgewicht und kippte seitwärts ins Wasser.

Jedenfalls dachte ich, es wäre seitwärts. Unter Wasser ruderte ich wie wild mit den Armen, aber damit entlud sich noch mehr Magie, und es rieselten Sand und Steine. Aus der Ferne hörte ich die Kinder rufen, ich sollte aufhören, doch ich wusste nicht, wie. Ein riesiger Stein löste sich aus der Decke und landete auf dem losen Ende meiner Handfessel, sodass ich an den Boden gekettet war.

Während ich mich mit aller Macht zu befreien versuchte, ging mir mehr und mehr die Luft aus. Meine Lunge drohte zu zerplatzen und ich zappelte um mein Leben. Endlich riss die Kette, ich stieß mich vom Boden ab und schoss an die Oberfläche.

Oben hielt ich mich lange genug, um Wasser zu spucken und zu sehen, dass das Loch größer geworden war und die Kinder nun leichter an die Oberfläche klettern konnten.

Als Aurelia mich entdeckte, rief sie mich und sagte irgendetwas, das ich nicht mehr verstand, weil ich wieder unterging. Durch den Sand und die vielen Steine war das Wasser eine dicke, undurchsichtige Suppe geworden. Wenigstens würden die Unschuldigen hier lebend herauskommen. Leider war das für mich ausgeschlossen. Vielleicht war das auch die gerechte Strafe für meine Vergehen. Ich sank auf den Boden, nahm die *Bulla* in beide Hände und ließ mich von ihr wärmen.

»Warum kämpfst du nicht?«, fragte Radulf. »Du dummer Junge, so leicht gibst du doch nicht auf!«

Ich überhörte ihn. Mit Aufgeben hatte das nichts zu tun, ich brauchte nur eine Pause.

»Du wirst kämpfen!«, sagte Radulf. »Stoß dich mit den Füßen an die Oberfläche!«

In den Jahren als Sklave hatte ich Tausende von Befehlen erhalten, jeder Schritt war mir vorgeschrieben worden. Sklaven hatten nicht zu denken, sondern zu gehorchen. Und obwohl ich mich sonst immer gegen Befehle sträubte, rang ich diesmal um Gehorsam. Ich richtete mich im Wasser auf, und sobald ich Boden unter den Füßen spürte, stieß ich mich kraftvoll ab. Rasch glitt ich nach oben und schnappte nach Luft. Als ich wieder nach unten sank, hing mir plötzlich etwas über Hals und Schulter. Irgendwie war ich in Aurelias Bogen gefangen. Ich trudelte durchs Wasser und sah sie vor mir, mit einem Arm hielt sie sich an der Leiter fest, mit dem anderen zog sie mich zu sich.

Sobald ich nahe genug war, zerrte Aurelia mich am Arm die Leiter hoch. Sie nahm mir den Bogen ab und fluchte. »Typisch. Du hast ihn kaputt gemacht!«

Während ich noch nach Atem rang, bemerkte ich, dass der Bogen dort, wo ich ihn gehalten hatte, gebrochen war. Eigentlich hätte es mir leidtun sollen, tat es aber nicht. Mit einem guten Bogen und ihrem Temperament hätte sie mich am Ende womöglich doch noch erschossen. Warum gab sie mir nicht noch gleich ihr Messer, dann könnte ich das auch noch zerstören?

Aurelia warf den Bogen zurück ins Wasser und sagte, ich sollte klettern. Die Oberfläche schien noch so weit weg, dass mir unbegreiflich war, wie es die anderen geschafft hatten. Mir taten die Lungen weh, mein gesamter Körper war kraftlos, aber sie rief: »Mach schon, sonst komme ich hier auch nicht raus!«

Weiterzumachen war eher eine Frage der Willenskraft als der körperlichen Stärke. Mit jeder Stufe näherte ich mich dem Loch, das ich geschaffen hatte. Die Wurzeln, die aus der Erde ragten, glitten mir durch die Hände. Ich griff wieder danach, wickelte mir die Wurzelenden um die Finger. Mein gesunder Arm nutzte mir kaum mehr als mein kranker, denn er war von der Magie komplett kraftlos.

Radulf schien das zu spüren. Mit einer ungewohnt warmherzigen Stimme sagte er: »Magie ist wie ein Muskel. Je mehr du ihn benutzt, desto kräftiger wird er. Du bist jetzt schon stärker geworden. Komm mit mir, Nic. Ich bringe dir alles bei.«

Hatte er so die anderen Opfer in die Falle gelockt? »Niemals«, flüsterte ich. Keine Ahnung, ob er mich hörte.

Endlich war ich oben angekommen und reichte Aurelia die Hand, um ihr hochzuhelfen. Die zwölf Kinder von unten saßen im Kreis um mich herum. Es war noch früh am Morgen, die Sklaven, die auf der Plantage arbeiteten, schliefen noch. So konnten wir uns ungestört auf den Boden legen.

Aurelia lag neben mir. Ich merkte, wie sie mich von der Seite ansah. »Vielleicht hattest du doch recht mit Radulf. Er wird uns Schwierigkeiten machen.«

Sie seufzte, aber ich dachte nur über die andere Sache nach, die sie gesagt hatte, dass er *uns* Schwierigkeiten machen würde. Langsam fielen mir die Augen zu, doch ich dachte unentwegt an sie. Aurelias Schicksal war auf einmal mit meinem verknüpft. Die Frage war nur, ob es dadurch leichter oder schwerer werden würde.

VIERUNDZWANZIG

Als ich das nächste Mal die Augen öffnete, war Aurelia nicht mehr an meiner Seite. Auch wenn mein Hirn noch etwas wasserdurchtränkt war, wusste ich, dass sie neben mir gelegen und von *unseren* Schwierigkeiten gesprochen hatte. Irgendwie konnte ich mir das nicht erklären. Meine Welt stand zwar Kopf, aber dass Aurelia mich nicht leiden konnte, war für mich eine unumstößliche Tatsache gewesen. Noch seltsamer war, dass sich in mir gegensätzliche Gefühle breitmachten. Natürlich konnte ich sie nicht ausstehen. Doch vielleicht war meine Abneigung nicht ganz so stark, wie ich gedacht hatte.

Ich rollte mich herum und atmete den frischen Geruch von Erde und den Duft der Olivenbäume ein. Zu meiner Enttäuschung sahen die Oliven noch unreif aussah. Den bitteren Geschmack hätte ich vielleicht noch verwunden, einfach nur, um nach dem Aufstehen etwas zwischen den Zähnen zu haben. Doch ich konnte mich kaum bewegen.

Mein Körper fühlte sich an wie ein ausgewrungener Lappen. Im Bergwerk hatte mich Sal einmal gezwungen, vierundzwanzig Stunden ohne Essen und Schlaf zu graben. Nachdem ich fertig war, hatte es eine Stunde gedauert, bis meine schmerzenden Muskeln endlich aufhörten zu zittern.

Das war ein schreckliches Gefühl gewesen, aber nichts im Vergleich zu jetzt. Am meisten tat mir der Arm weh, der wie ein leerer Schlauch neben mir lag. Daran hing auch noch die Handschelle mit einem Teil der Kette. Ich konnte den Arm nicht heben, er schien nicht mehr zu mir zu gehören. Die Verbandsenden waren noch verknotet, doch der Rest hatte sich gelöst und lag aufgerollt neben mir. Der Arm brannte entsetzlich, um die Entzündung sehen zu können, hätte ich den Arm drehen müssen, doch das ging nicht. Eigentlich wollte ich sie auch gar nicht sehen.

Als ich in der Nähe Stimmen vernahm, wandte ich den Blick. Aurelia saß dicht gedrängt im Kreis mit den anderen Kindern, die sich hin und wieder zurücklehnten, um zu mir herüberzuschauen. Was gesprochen wurde, hörte ich nicht.

Endlich stand eines der Kinder auf, das afrikanische Mädchen mit den großen Augen. Sie ging auf mich zu und sagte: »Danke und Entschuldigung.«

Ich lächelte – selbst das tat weh. »Wofür?«

»Du hast uns das Leben gerettet.«

»Ohne mich wäre das alles nicht passiert. Dafür brauchst du dich nicht zu bedanken.« Dann fragte ich: »Und wofür entschuldigst du dich?«

»Für die Ketten.«

»Du hast doch nur getan, was Aurelia dir gesagt hat. Vielleicht kannst du mir ja helfen, die Handschellen loszuwerden.«

»Deshalb tut es mir ja leid. Der Schlüssel ist im Wasser verloren gegangen.«

Ich verdrehte die Augen. Schöner Mist. Wenn mir hier oben schon ganz Rom auf den Fersen war, müsste ich irgendwie in der Masse untertauchen. Mit ein bisschen Glück würde ich als Plebejer durchgehen, aber mit Hand- und Fußfesseln, von denen auch noch lose Kettenglieder baumelten, konnte ich das vergessen. Das war beinahe genauso schlimm wie ein Brandzeichen auf der Stirn.

»Mach dir nichts draus«, antwortete ich. »Dafür konntest du auch nichts.« Ich lächelte sie an. »Wie heißt du denn?«

Gerade wollte sie mir antworten, da tauchte Aurelia hinter ihr auf. »Sag nicht, wie du heißt«, meinte sie. »Wir müssen los. Ich finde dich schon.«

Bevor sie zurück zu den anderen lief, bedankte sich das Mädchen noch einmal bei mir.

Ich warf Aurelia einen kurzen Blick zu. »Warum darf sie mir denn nicht sagen, wie sie heißt?«

»Weil ich dir immer noch nicht traue.«

»Schon klar, ich habe euch ja bloß das Leben gerettet.«

»Und warum mussten wir überhaupt gerettet werden?«

»Als du meintest, ihr hättet die Leitung gekappt, habe ich gedacht, zerstört. Nicht nur auseinandergenommen.«

»Niemand hätte sie je wieder zusammengesteckt, wenn sie nicht hinter dir her gewesen wären!«

»Du hast mich hergebracht!«

»Du hast mich um Hilfe gebeten! Ich habe sie dir gewährt!«

»Genau. Eine schöne Hilfe bist du gewesen. Mich in Ketten legen und dann fast ersaufen lassen!« Ich hatte meine Meinung über Aurelia geändert. Schon wieder. Im Moment war ich mir ganz sicher, dass ich sie nicht ausstehen konnte.

»Setz dich mal hin«, sagte sie. »Wie soll man richtig streiten, wenn du wie ein halb toter Fisch am Boden liegst.«

»Ich fühle mich auch wie ein halb toter Fisch.« Mit zusammengebissenen Zähnen richtete ich mich auf. Sofort hielt mir Aurelia wieder das Messer an die Kehle.

»Verrat mir, wie das mit der Magie funktioniert«, sagte sie. »Und die *Bulla* will ich auch zurück. Bei mir ist sie in Sicherheit.«

Diesmal jagte sie mir keine Angst ein. Entnervt schob ich die Klinge beiseite. »Knüpfst du so Freundschaften, mit vorgehaltenem Messer?«

Sie wusste, dass ich ihren Bluff durchschaut hatte, und schob das Messer zurück in die Scheide. »Ich knüpfe keine Freundschaften«, murmelte sie. »Oder behalte die alten.«

Das wunderte mich nicht. »Was ist mit den Kindern?«

»Die tun alles, um nicht in die Sklaverei verkauft zu werden, und ich helfe ihnen dabei.«

»Wo gehen die denn jetzt hin?«

»An einen sicheren Ort. Aber frag nicht nach, besser, du weißt es nicht.«

Das fand ich auch. Radulf sprach in meinem Kopf, und ich machte mir Sorgen, dass er womöglich meine Gedanken las. Hoffentlich nicht, doch bis ich es mit Bestimmtheit wusste, wollte ich lieber nichts über den Verbleib der Kinder wissen.

»Was hält dich überhaupt in Rom?«, fragte ich. »Wenn du wirklich so stark bist, dann hau ab.«

Aurelia senkte den Kopf und ihre Finger wanderten wie von selbst zur *Crepundia*. Sagen brauchte sie nichts mehr, ich verstand sie auch so. Irgendwo hier befand sich ihre Familie. Genau wie meine Schwester. Irgendwo.

»Tut mir leid, was da unten geschehen ist«, sagte ich. »Ich hatte keine Ahnung, dass Radulf wusste, wo ich bin, oder zu was er imstande ist.«

»Und mir tut es leid, dass ich dir nicht geglaubt habe. Wenn ich dich zu Horatio bringe, werden wir ihm klarmachen, wie gefährlich Radulf ist.«

Ich war sprachlos. Entweder war Aurelia bösartig, oder sie hatte einfach nur den Verstand verloren, denn ich hatte doch wohl gerade unter Beweis gestellt, dass man mich zu nichts zwingen kann. Beim Aufstehen knickten mir fast die Beine weg, und Aurelia rückte näher, um mich zu stützen. Vorher drückte ich aber die Knie durch und drehte mich weg. Jedes Mal, wenn sie mir geholfen hatte, war alles nur noch schlimmer geworden, eine reife Leistung, wenn man bedachte, dass ich ziemlich weit unten angefangen hatte.

»Du läufst, als hättest du beide Beine gebrochen«, sagte Aurelia. »Wie willst du denn da vor mir wegrennen, wenn du nicht mal laufen kannst?«

»Ich renne nicht weg«, antwortete ich. »Aber gehorchen tue ich dir auch nicht. Von jetzt an bin ich mein eigener Herr.«

Aurelia stockte, lächelte dann. »Endlich wirst du mal vernünftig.«

Nun, das hielt nicht lange an. Denn der Vorschlag, den ich ihr unterbreiten wollte, war alles andere als vernünftig. Hoffentlich war er das Risiko wert. »Brauchst du nicht Geld, um deine Familie zu finden?«

»Ich brauche bestimmt mehr, als du hast.«

»Wie viel bietet Senator Horatio für mich?«

»Es geht mir gar nicht ums Geld, Nic. Ich glaube, er will dir wirklich helfen.«

Ich schnaubte. Vielleicht würde er mich nicht wie Radulf direkt in einer Zisterne ertränken wollen … oder vielleicht doch. Laut Horatio war ich ja bloß ein dreckiger Sklavenjunge.

Aurelia verdrehte die Augen. »Fünfhundert *Denarii*. Aber selbst ohne Belohnung hätte ich dich ihm übergeben. Zu unser aller Sicherheit, auch zu deiner. Wer weiß, was du als Nächstes anstellst!«

Das wusste ich selbst nicht so genau, deshalb konnte ich schlecht widersprechen. Doch kooperieren würde ich trotzdem nicht. Jedenfalls nicht so, wie es ihr vorschwebte.

»Vielleicht können wir uns ja gegenseitig helfen«, sagte ich.

Aurelia runzelte die Stirn. »Wie?«

»Senator Valerius hat wohl meine Schwester aus dem Bergwerk geholt, jedenfalls hatte ich ihn darum gebeten. Ich finde mich in Rom nicht zurecht und dann suchen mich noch alle. Ich kenne die Gepflogenheiten nicht und habe die Magie nicht im Griff. Du musst mir helfen, Valerius ausfindig zu machen.« Als ich kurz Luft holte, spürte ich den Eiswind in der Lunge, und es schauderte mich. »Wenn du mich zu ihm bringst, gehe ich anschließend mit dir zu Horatio. Dort bekommst du deine Belohnung.«

So ganz überzeugt wirkte Aurelia nicht. »Einfach so?«

»Na, so leicht ist es nun auch wieder nicht. Erst muss ich mich vergewissern, dass meine Schwester in Sicherheit ist, anschließend hilft mir Valerius hoffentlich, den Kaiser zu überreden, mir die Freiheit zu schenken. Dann habe ich von Horatio nichts mehr zu befürchten.«

»Horatio führt den Vorsitz im Senat. Wenn irgendjemand den Kaiser überreden kann, dann er. Bestimmt kann er dir helfen.«

Ich kniff die Augen zusammen. »Tu doch nicht so, als wenn

dich mein Schicksal was angeht. Du willst nur das Geld. Das kriegst du ja, aber erst musst du mir helfen.«

Ihr Blick wanderte zur *Bulla* in meiner Hand. »Und was passiert damit?«

»Weiß ich nicht.« Radulf würde mich dafür umbringen, der Kaiser ebenfalls und Horatio wahrscheinlich auch. Und Aurelia ebenso, sollten wir unterwegs auf Probleme stoßen. Ich zuckte die Achseln und sagte: »Bis ich meine Schwester gefunden habe, behalte ich das Amulett. Kann sein, dass ich es noch brauche, besonders, wenn Radulf noch irgendetwas versucht. Aber wenn alles vorbei ist, bin ich froh, es loszuwerden. Es hat mir nichts als Ärger gebracht.«

Aurelia kaute auf der Lippe herum, während sie sich meinen Vorschlag durch den Kopf gehen ließ. »Valerius ist ein Senator, den finde ich auf jeden Fall. Nur wird es nicht so leicht, in seine Nähe zu kommen. Entlaufene Sklaven können nicht einfach vor einen Senator treten. Und Plebejer auch nicht.«

»Er wird mich empfangen.« Über diesen Teil des Plans machte ich mir keine Gedanken.

»Und sobald du weißt, dass deine Schwester in Sicherheit ist, begleitest du mich zu Horatio? Versprochen?«

»Du bekommst dein Geld, Aurelia.«

Auf einmal legte sie den Kopf schief. »Was ist mit Radulf? Es könnte gefährlich werden.«

Ich konnte mir ein Grinsen nicht verkneifen. »Ja, habe ich mir schon gedacht, dass dir der Mut fehlt.«

Sie boxte mir gegen den Arm, den verletzten, aber das hatte ich wohl verdient. »Ich bin dabei.«

FÜNFUNDZWANZIG

Es stellte sich heraus, dass ich genau diese Ketten schon einmal getragen hatte. Aurelia gestand mir, dass Felix sie mir im Wagen angelegt hatte. Statt sie Felix zurückzugeben, hatte sie sie einfach behalten.

»Du meinst also, du hast sie gestohlen«, sagte ich halb im Scherz. »Und ging es da ums Überleben? Oder bist du auch ein Dieb?«

»Ich habe ein Messer, also pass auf, was du sagst«, erwiderte Aurelia. Und sie scherzte nicht.

Wir eilten zurück zum *Venatio*, in der Hoffnung, es noch vor Tagesanbruch dorthin zu schaffen, bevor es vor Menschen wimmelte. Aurelia war überzeugt, dass Felix noch einen zweiten Schlüssel hatte.

»Den gibt er dir bestimmt nicht«, meinte ich. »Und erst recht nicht, wenn er weiß, wofür du ihn willst.«

»Dann muss ich ihn eben stehlen.« Aurelia fing meinen schelmischen Blick auf und sagte sofort: »Halt bloß den Mund.« Doch diesmal sah ich den Anflug eines Lächelns.

Auch wenn es in den Stunden vor der Dämmerung überall in der Stadt noch still war, die Arbeiter im *Venatio* waren schon schwer am Schuften. Wieder wurden Tiere ins Amphitheater gebracht, was wahrscheinlich hieß, dass es weitere Spiele geben würde. Die Tiere versuchten lautstark, auf sich aufmerksam zu machen, während die Arbeiter sie unter Kommandogeschrei versorgten.

Vor ein paar Tagen war ich noch einer von ihnen gewesen. In meiner Blindheit hatte ich gedacht, dass ein Leben in Unfreiheit zwar schlecht, aber irgendwie noch erträglich war. Das war einmal. Im Schutz des Zypressenhains, von wo aus wir das Geschehen beobachteten, kam mir diese Welt schon ganz fremd vor. Und ich wiederholte noch einmal still meinen Schwur, nie wieder in der Sklaverei zu landen. Ich war jetzt unabhängig. Mein eigener Herr.

»Da ist er.« Aurelia zeigte auf Felix, der sich auf das Amphitheater zubewegte.

Wir sprangen auf die Straße und liefen zu ihm. Als er uns kommen sah, rief er sofort um Hilfe, doch Aurelia zückte gleich ihr Messer. »Schluss damit«, sagte sie bestimmt. »Wir brauchen den Schlüssel für die Ketten. Meinen habe ich verloren.«

Felix blickte von mir zu ihr. »Nach allem, was im Amphitheater passiert ist, hilfst du diesem Sklavenjungen? Er hätte Tausende von Menschen umbringen können. Er ist ein Verbrecher, ein entlaufener Sklave. Ich habe viel Geld ...«

»Ich bin jetzt frei«, sagte ich. »Ist mir egal, was Ihr bezahlt habt.«

Felix schüttelte den Kopf. »Aha. Können sich Sklaven mittlerweile schon selbst in die Freiheit entlassen? Warum ernennst du dich nicht gleich zum Patrizier oder Senator?«

»Weil ich nicht so stinke wie die«, gab ich zurück.

»Den Schlüssel«, wiederholte Aurelia.

Felix förderte einen Schlüsselring zutage, an dem Dutzende von Schlüsseln hingen, und reichte ihn mir. Während ich einen Schlüssel nach dem anderen ausprobierte, sagte er: »Ganz Rom weiß, dass du magische Kräfte hast, und die, die dein Geheimnis kennen, werden dich töten, um an die *Bulla* zu kommen. Meinst du, Aurelia ist da anders?«

Ich warf ihr einen Seitenblick zu. Ganz im Gegenteil. Obwohl ich auf ihre Hilfe angewiesen war, schien mir keiner gefährlicher als sie.

Was, wenn wir Valerius nicht fanden? Würde sie dann ungeduldig werden und mich vorzeitig an Horatio ausliefern? Oder wenn jemand wie Radulf eine noch höhere Belohnung aussetzte? Würde sie mich stattdessen zu ihm bringen? Und könnte ich sie aufhalten?

Ich hatte ein Amulett, das ich kaum benutzen konnte. Sie ein Messer. Wenigstens war ihr Bogen zerstört. Ein Glück, das ich ihn zerbrochen hatte, sonst hätte sie ihn gegen mich einsetzen können.

Noch immer war ich auf der Suche nach dem passenden Schlüssel. »Warum hat mich der Kaiser überhaupt in die Arena geschickt? Ich war doch auf seiner Seite?«

»Ich hatte ihn gewarnt, dass du im Kampf deine Magie entdecken würdest, nur hat er mir nicht geglaubt.« Felix klatschte in die Hände. »Du bist eine Gefahr für ihn, Nic.«

»Bin ich nicht!«

»Mit einer Armbewegung hättest du fast das Amphitheater zum Einsturz gebracht, während die *Bulla* in seiner Hand nutzlos wäre. Er hat guten Grund, Angst vor dir zu haben.«

»Ja, er sollte Angst haben, aber nicht vor mir. Er hat einen Feind …«

»Der Kaiser hat viele Feinde, und wenn sie das Amulett in

die Finger bekommen, können sie es gegen das Reich einsetzen. Das hast du ja in der Arena unter Beweis gestellt.«

»Ich habe das alles gar nicht unter Kontrolle gehabt!«

»Genau das meine ich!« Felix deutete auf das Amphitheater. »Wenn du schon solch eine Verwüstung anrichten konntest, dann stell dir nur mal vor, was ein Feind anrichten könnte, der Kontrolle über die *Bulla* hätte?«

»General Radulf ist der Feind«, sagte ich. »Kaiser Tacitus sollte ihn verhaften lassen.«

»Unter welchem Vorwand?«

»Egal, meinetwegen illegale Schafhaltung!« Ich zuckte wütend mit den Schultern. »Bei mir hat er sich die Anschuldigungen ja auch ausgedacht, warum nicht beim General?«

Felix schnaubte. »Den General kann niemand aufhalten. Ich habe dir schon gesagt, der Kaiser kann froh sein, wenn sich der General nicht gegen ihn wendet.«

»Das hat er längst! Ich habe Euch doch erzählt, was ich gehört habe!«

»Gib mir mal die Schlüssel, du bist zu langsam.« Aurelia nahm mir den Bund ab und kniete sich vor mich, um zuerst die Fußfesseln zu lösen.

»Und wenn ich Euch Beweise gegen Radulf bringe?«, fragte ich.

Felix kniff die Augen zusammen. »Was verlangst du dafür?«

»Mein Leben. Der Kaiser soll alle Anklagepunkte gegen mich fallen lassen. Und meine Schwester muss freikommen.« Wenn ich sie dann gefunden hatte. »Und fünfhundert *Denarii* will ich auch noch.«

Immer noch mit den Schlüsseln hantierend, murmelte Aurelia irgendetwas Unverständliches. Konnte ihr doch egal sein, woher das Geld kam. Auf diese Weise könnte ich Horatio ganz umgehen.

»Das sind heftige Forderungen«, sagte Felix. »Aber vielleicht kann ich Kaiser Tacitus überreden, wenn du ihm die *Bulla* als Teil der Abmachung gibst.«

»Die *Bulla* tausche ich gegen meine Freiheit. Doch bis Radulf besiegt ist, kann er an mich heran, da brauche ich das Amulett, um mich zu verteidigen.«

Neugierig sah Felix mich an. »Wie meinst du das? Radulf kann an dich heran?«

»Er verfügt über Magie.« Ich hatte es am eigenen Leib erlebt, noch immer hatte ich seine Stimme im Kopf.

Felix' Miene änderte sich augenblicklich. Er sah nicht überrascht aus, eher als hätte ich eine Wahrheit ausgesprochen, gegen die er sich bislang gesträubt hatte. »Sicher?« Jetzt klang Felix zum ersten Mal so verängstigt, wie ich mich schon die ganze Zeit fühlte.

»Seine Magie ist anders, aber genauso stark. Ich wette, Radulf könnte die *Bulla* benutzen und damit noch mehr Unheil anrichten als ich. Dagegen wirkt das, was ich in der Arena gemacht habe, wie ein Würfelspiel.«

Felix wurde bleich. Er nahm Aurelia den Schlüsselring ab, ging die Schlüssel durch, bis er den gewünschten gefunden hatte, und reichte ihn Aurelia. Sie steckte ihn in das Schloss und es sprang auf.

Während sie sich an den restlichen Fesseln zu schaffen machte, sagte Felix: »General Radulf ist nicht in Rom geboren. Er stammt von einem Barbarenvolk aus dem Norden, wo er vor dreizehn Jahren bei einem römischen Eroberungszug gefangen genommen wurde. Radulf war Gladiator und hat nie einen Kampf verloren. In der Stadt wurde er als Held gefeiert und durch seine Fähigkeiten erlangte er erst die Freiheit, dann das Bürgerrecht und schließlich seinen militärischen Rang.«

Aurelia nahm mir noch die letzte Fessel ab. »Komm, wir gehen.«

Ich widersetzte mich ihrem Zerren. »Meint Ihr, er hat wegen der Magie gewonnen?«

Felix sah sich um, als befürchte er, man könnte uns belauschen. »Ich habe mich um die Tiere gekümmert, während Radulf auf seinen Auftritt in der Arena gewartet hat. Ich habe ihn oft aus nächster Nähe gesehen, bis auf Helm und Lendenschurz war er nackt. Was immer das Mal auf deinem Rücken bedeutet, Radulf hat das gleiche.«

»Nic, komm endlich!«, sagte Aurelia. »Die haben uns schon entdeckt.« Zwei Soldaten standen vor dem Amphitheater und schauten immer wieder zu uns herüber.

Nein, ich musste die Chance nutzen, um mehr zu erfahren. Die Gelegenheit käme vielleicht nicht wieder. »Ich habe gehört, dass er andere mit diesem Mal umgebracht hat.«

»Jeden Einzelnen, und wir wissen auch, warum. Mit dir wird er dasselbe machen.« Felix' Augen wanderten hektisch umher. »Wenn das Mal dir Magie verleiht, musst du dir nicht nur wegen der *Bulla* Gedanken machen. Dann kommt die Magie nämlich aus dir.«

Aurelia zog mich am Arm.

Felix packte mich bei den Schultern. »Hör zu. Es sind gefährliche Zeiten, und im Amphitheater hast du bewiesen, dass du entweder der größte Freund oder der größte Feind des Kaisers bist. Tacitus wird kein Risiko eingehen. Wenn du jetzt zu ihm oder einem seiner Verbündeten gehst, werden sie dich töten.«

Aurelia und ich sahen uns kurz an. Die Warnung galt ganz klar auch für Horatio.

»Wenn der Kaiser dir vergeben soll, dann reicht es nicht, Beweise gegen Radulf zu sammeln. Du musst ihn besiegen und ihm seine Magie nehmen, wie er es zuvor mit den anderen getan hat.«

Unter seinem Blick wurde ich immer kleiner. »Ich kann ihn nicht aufhalten! Entlarven vielleicht, aber mehr auch nicht.«

»Du bist wahrscheinlich der Einzige, der es mit ihm aufnehmen kann.«

Bei dem Gedanken packte mich die Angst, doch dann fiel mir wieder ein, wie die *Bulla* gegen mein Mal gepresst und die Magie herausgesogen hatte. Wenn mir das bei Radulf gelänge, könnte ich ihn besiegen. Dabei gab es natürlich ein kleines Problem. Ich müsste ihm sehr nah kommen und da würde er sicher nicht mitspielen.

»Jetzt müssen wir aber wirklich!« Aurelia packte mich am Arm. Die beiden Soldaten, die eben noch mit einem Sklaven gesprochen hatte, zeigten auf uns. Einer zückte sein Schwert.

Im Gehen drehte ich mich ein letztes Mal zu Felix um. »Wenn ich nur so die Freiheit erlange, werde ich tun, was Ihr sagt. Aber wenn der Kaiser seinen Teil der Abmachung nicht einhält, dann werde ich tatsächlich zu seinem größten Feind.«

Felix sah uns mit großen Augen hinterher.

SECHSUNDZWANZIG

Diesmal hatte Aurelia allen Grund, sauer auf mich zu sein. Ich hatte mich nicht von Felix loseisen können, sodass uns die römischen Soldaten nun auf den Fersen waren. Aus meiner Sicht hatte es sich gelohnt, aber Aurelia sah das anders.

»Warum hast du bloß nicht auf mich gehört?«, schimpfte sie.

»Du hättest ja gehen können. Ist ja nur Geld«, entgegnete ich ebenso gereizt, wobei sie hoffentlich nicht wirklich vorhatte, mich hier stehen zu lassen.

»Du bist mehr wert als nur Geld«, sagte sie und schlug eine neue Richtung ein. Die Soldaten hatten die Hauptstraße gewählt, um uns den Weg abzuschneiden. Das gab uns einen kleinen Vorsprung. »Hier lang! Wir verstecken uns im Forum.«

Das schien mir nicht die beste Idee und unter anderen Umständen wäre ich stehen geblieben und hätte widersprochen. Auch wenn ich das Forum Romanum bislang nur von Weitem gesehen hatte, wusste ich, dass es dort nur so vor Menschen wimmelte, die in die vielen Tempel, Märkte oder öffentlichen Gebäude strömten. Die meisten davon waren garantiert im Amphitheater gewesen. Und wahrscheinlich konnten sie sich noch gut an den Jungen erinnern, der es beinahe zerstört hatte.

Als wir an einem Prachtbau mit gewaltigen Marmorsäulen vorbeikamen, malte ich mir aus, was geschehen würde, wenn ich hier aus Versehen meine Magie freiließe. Es brauchte nur eine der Säulen umkippen oder einen Riss bekommen und schon würde das gesamte Gebäude einstürzen.

»Ich habe eine Idee!« Aurelia packte mich und zog mich mitten im Laufen zu einem Tempel, der erhöht auf einem Erdhügel stand. Wir rannten über ein Podium zu einer breiten Treppe, wo wir die Soldaten für den Moment abschütteln konnten, weil sie sich in ihrer Hast, mich einzufangen, gegenseitig behinderten. Oben führte eine zweite Treppe zwischen zwei mächtigen Marmorpfeilern weiter hinauf. Dahinter standen die Tempeltüren bereits weit offen. Aurelia lief hinein, aber ich blieb am Eingang stehen. Mir blieb die Luft weg.

Eine eindrucksvolle Statue von Julius Cäsar starrte auf mich herab, sie wirkte so lebensecht und schien mir zu sagen, dass ich kein Recht hätte, den Tempel zu betreten. Auf der Stirn war der Göttliche Stern eingraviert. Sofort ließ ich die *Bulla* los, die ich in der Hand gehalten hatte. Ich schämte mich, dass ich sie aus Cäsars Höhle gestohlen hatte. Auch wenn das Amulett unter meiner Tunika verborgen war, wusste Cäsar sicher ganz genau, wo es war.

»Willst du da einfach stehen bleiben und dich umsäbeln lassen?« Aurelia verzog das Gesicht und zerrte mich an der Hand in den Tempel. In Cäsars Tempel.

Kaum waren wir über die Schwelle getreten, kribbelte es in meiner Schulter. Ich verstand es als Zeichen, dass ich Cäsar verärgert hatte, aber so leicht ließ ich mich nicht vertreiben. Wenigstens wollte mich hier drinnen niemand umbringen. Draußen sah es anders aus.

Im Tempel standen jede Menge Opferaltare, prächtige Vasen, Skulpturen und natürlich der gigantische Cäsar, der mich nach wie vor anschaute. Ich straffte die Schultern und nickte ihm höflich zu. Nun hatte ich seine Magie und wollte sie gut nutzen. Zurückgegrüßt hatte er nicht, um das mal klarzustellen. Als ich Cäsar den Rücken kehrte, entdeckte ich die wunderschönen Wandmalereien, auf denen Götter und Göttinnen zu sehen waren. Besonders sprang mir die Abbildung des Göttlichen Sterns ins Auge, ein feuerroter Komet, der auf seiner himmlischen Reise leuchtende Spuren hinterließ.

Aurelia tippte mich an. »Das ist ja das Zeichen auf deiner Schulter. Sieht fast genauso aus.«

Außer uns gab es noch einige andere Besucher. Eine Frau in einer fließenden weißen Robe hatte uns hereinkommen sehen und legte nun den Finger an die Lippen, um uns daran zu erinnern, leise zu sein. An Schönheit stand sie den Bildern in nichts nach, und ich senkte den Blick, eingeschüchtert von ihrer Präsenz.

»Sie ist eine Vestalin«, flüsterte Aurelia. »Eine Priesterin, die sich um den Tempel kümmert. Komm, wir müssen mit ihr sprechen.«

»Ich doch nicht«, flüsterte ich und sträubte mich. »Nicht hier.«

»Du bist ein Sklave und nicht die Plage, Nic. Stell dich nicht so an.«

Aurelia hatte das in den falschen Hals bekommen. Die *Bulla* erwärmte sich, schnell nahm ich sie in die Hand, um die Magie zu vertreiben. Ganz gleich, was man hier mit mir anstellen würde, diesen Tempel würde ich nicht zerstören. Ich brauchte ein ruhiges Örtchen, um die *Bulla* zu beruhigen. Um mich zu beruhigen.

In dem Moment betraten die beiden Soldaten den Tempel. Ihr Blick fiel sofort auf mich.

»Stehen bleiben!«, rief einer.

Inzwischen standen wir aber schon vor der Vestalin. Ich hatte mich getäuscht, sie war noch tausendmal schöner als die Malereien, mit Augen so blau wie das Meer und einem Lächeln, das in Windeseile einem ernsten Ausdruck wich. »Ja?«, fragte sie. Ihre Stimme war jedenfalls gütig.

»Wir bitten um Zuflucht.« Aurelia schaute sich einmal kurz zu den Soldaten um. »Bitte.«

Einer der Soldaten trat auf die Vestalin zu. Respektvoll verneigte er sich: »Dieser Junge ist ein krimineller Sklave. Er wird wegen Verbrechen gegen den Kaiser und das Römische Reich gesucht. Er ist gefährlich.«

Die Vestalin sah mich an. »Dieser Junge? So gefährlich wirkt er aber nicht.«

Ich versuchte, möglichst harmlos dreinzuschauen, doch ich fühlte mich schrecklich, denn der Soldat hatte ja recht, selbst wenn alles ohne böse Absicht geschehen war.

»Cäsars Tempel ist auch für Verbrecher ein Zufluchtsort«, sagte sie. »Oder achtet Ihr den Tempelfrieden nicht?«

Die Augen des Soldaten sprangen hin und her. »Selbstverständlich, *Domina*. Deshalb muss ich den Jungen auch wegschaffen. Er verfügt über Kräfte, die eines Menschen nicht würdig sind. Damit schändet er Cäsars Tempel.«

»Nein, er ehrt ihn.« Aurelia zog mir die Tunika über die

Schulter und entblößte mein Mal. »Gewährt uns Zuflucht. *Bitte.*«

Die Vestalin schnappte nach Luft, als sie den Göttlichen Stern erkannte. An den Soldaten gewandt sagte sie: »Verlasst den Tempel. Nicht ich, sondern Cäsar selbst hat dem Jungen Asyl gewährt.«

Der Soldat grunzte kurz. »Also schön«, antwortete er und verbeugte sich abermals. Unsere Blicke trafen sich, und er sagte: »Du kannst dich hier nicht für immer verstecken. Wenn du auch nur deine Hand aus dem Tempel streckst, schlag ich sie dir ab und sammle deine Überreste ein.«

»Wenn Ihr meine Hand seht, hofft lieber, dass sie nicht auf Euch gerichtet ist«, knurrte ich, bevor Aurelia mir gegen das Schienbein trat. Vielleicht hätte ich lieber den Mund halten sollen, denn die Priesterin wirkte schockiert, aber mir ging es anschließend besser und das war ja auch etwas wert.

Sobald der Soldat gegangen war, sah mich die Vestalin streng an. »Ich weiß, was im Amphitheater passiert ist. Hier auf heiligem Boden wird so etwas nicht geschehen.«

»Nein, *Domina*«, sagte Aurelia. »Natürlich nicht. Versprochen.«

Ihr Ton wurde gleich sanfter. »Hier ist Cäsar nach seinem Tod verbrannt worden. Manchmal spürt man seinen Geist im Tempel umherwandern. Bestimmt nimmt er deine … Fähigkeiten wahr.«

Ganz sicher, denn so ungern ich es mir eingestand, ich fühlte jetzt schon, dass sie die Wahrheit sagte. Ja, Cäsar war hier. Und überhaupt nicht glücklich über meine Anwesenheit.

SIEBENUNDZWANZIG

Cäsars Tempel war prachtvoll, reich verziert und sehr hoch, aber nicht besonders geräumig. Die Vestalin sagte, wir könnten so lange bleiben, wie wir wollten, mahnte jedoch, dass der Soldat recht gehabt hätte. Sobald wir den Tempel verließen, seien wir nicht länger geschützt. Ich hielt mich mit dem Rücken zu den anderen Gläubigen, die bislang ebenfalls kein Interesse an mir zeigten. Fehlte mir noch, dass jemand auf mich aufmerksam wurde.

Klar, dass wir nicht für immer hierbleiben konnten, bloß war ich noch nicht einmal sicher, ob ich es eine Nacht aushalten würde, denn ich kam fast um vor Hunger. Entweder ich floh in den nächsten ein oder zwei Tagen vor den Soldaten und setzte so mein Leben aufs Spiel oder verhungerte. Aurelia sah nicht viel besser aus. Sie starrte auf die Klinge ihres Messers als wäre es Trockenfleisch, und es hätte mich nicht überrascht, wenn sie probehalber mal hineingebissen hätte.

In den Nachmittagsstunden kamen weniger Leute in den Tempel, dennoch war es im Forum sehr belebt. Ein vorsichtiger Blick nach draußen verriet mir, dass die Soldaten nach wie vor auf mich warteten. Ich ging in die *Cella,* wo Aurelia gegen die Wand gelehnt am Boden saß.

Erst dachte ich, sie wäre mit den Gedanken ganz woanders, doch als ich mich neben ihr niederließ, sagte sie: »Wenn Radulf auch einen Göttlichen Stern auf der Schulter trägt, hat er dich vielleicht so gefunden. Womöglich seid ihr miteinander verbunden.«

»Oder seine Soldaten haben gesehen, wie ich im Abwasserkanal verschwunden bin.« Dieser Gedanke war mir weitaus lieber, als mir einzugestehen, dass wir eine Verbindung hatten.

»Irgendwie verstehe ich nicht so ganz, was unten in der Zisterne passiert ist. Es hätte leichtere Wege gegeben, dich zu töten.«

Ich warf ihr einen Blick zu. »Gut zu wissen, Aurelia. Vielen Dank auch.«

»Ich meine ja nur. Wenn er dich einfach nur hätte umbringen wollen, warum dieser Umstand mit dem Ertränken?«

»Er wollte mir Angst machen und mich zwingen, den Zugang zu räumen, aber ich glaube nicht, dass er mich wirklich ertränken wollte.« Wie könnte ich sonst erklären, dass er mir im Moment der Schwäche zugeredet hatte, an die Oberfläche zu schwimmen? Sicher hatte es mit der *Bulla* zu tun, trotzdem blieben einige Fragen offen. Mir lief ein Schauer über den Rücken. Aurelia hatte recht, Radulf hätte mich viel leichter haben können.

»Wie willst du ihm die Magie stehlen?«, fragte Aurelia. »Geht das überhaupt?«

»Ich glaube schon.« Hoffentlich.

»Radulf wird sicher das Gleiche mit dir versuchen«, sagte Aurelia. »Bevor er dich tötet.«

Ich schüttelte den Kopf. »Machst du das immer so? Ermunterst die Leute bis ins Grab?«

»Ich denke nur, du solltest wissen, worauf du dich einlässt!«

»Wir sind hier am Verhungern, draußen warten Soldaten auf uns, die mich verhaften wollen! Radulf ist wahrscheinlich schon auf dem Weg hierher und dem ist der Tempelfrieden sicher egal. Also, ich glaube, ich bin mir schon im Klaren über meine Situation.«

»Unsere Situation.« Leise fügte sie hinzu: »Ich bleibe bei dir, bis wir einen Ausweg gefunden haben. Das verspreche ich dir.«

Da musste ich grinsen. »So wie mein Leben verlaufen ist, seit ich dich kenne, klingt das eher wie eine Drohung.«

Aurelia lachte auf und drückte meinen Arm. Schade, dass sie die Hand so schnell wegnahm, aber ich traute mich nicht, sie festzuhalten.

Eigentlich hätte Aurelia genauso müde sein müssen wie ich, doch die nächste halbe Stunde wippte sie mit dem Fuß und pulte an ihren Nägeln herum, vielleicht aus Frust, dass wir hier festsaßen. Ich war froh, mich endlich mal ausruhen zu können. Außer dem Hunger, der schon an sich schlimm genug war, fühlte ich mich völlig erschöpft von der Aktion in der Zisterne, und meine Schulter brannte, als würden mir tausend Nadeln in die Haut stechen, jedes Mal ein wenig tiefer. Ich rutschte unruhig hin und her, aber Bewegung tat überhaupt nicht gut. Wahrscheinlich wollte Cäsar mich daran erinnern, wie unerwünscht ich war. Als gäbe es daran Zweifel.

Am frühen Abend hatten die Tempelgäste wohl genug von der Verehrung und ließen uns allein zurück. Aurelia war eingeschlafen, und ich traute mich endlich, die *Bulla* herauszuholen und sie mir in Ruhe anzuschauen. Noch immer verströmte sie dieses sanfte Leuchten, was mich von Anfang an angezogen hatte. Als ich sie öffnete, wusste ich endlich, warum. Noch nie hatte ich so schöne Edelsteine gesehen. Der größte Stein, ein hellgrüner Smaragd, funkelte mit einem violetten Amethyst und einem strahlend roten Stein, den ich nicht kannte, um die Wette.

Im Moment war die *Bulla* kalt, und so langsam begriff ich, dass die Magie nur im warmen Zustand funktionierte. Nur wusste ich nicht, warum sich das Amulett aufheizte, was das mit dem Mal auf meinem Rücken zu tun hatte und wie sich seine Kräfte kontrollieren ließen. Vielleicht ging das auch gar nicht oder ein Mensch war dazu nicht imstande. Wenn Venus sich von Cäsar abgewendet und der *Bulla* ihre Magie entzogen hatte, dann musste irgendjemand anders ihr Kraft zuführen. Bloß wer? Hoffentlich nicht einer der Götter, die in mir mal wieder nur ihr persönliches Würfelspiel sahen.

Ich stand auf und ging hinüber zur Cäsar-Statue, weil ich dachte, das Amulett würde sich in der Nähe der Statue erwärmen. Aber nichts geschah. Die Magie gehörte ihm nicht mehr. Aus unerfindlichen Gründen war die Kraft auf mich übergegangen.

»Bist du sicher, dass deine Schwester bei Senator Valerius ist?«

Keine Ahnung, wie lange Aurelia schon wach war, jedenfalls hängte ich mir das Amulett gleich wieder um den Hals. »Bevor ich mich auf irgendetwas einlasse, sollte er Livia aus dem Bergwerk holen, so hatte ich es seinem Sohn gesagt. Sie muss bei ihm sein.«

»Warum sollte der Senator das für dich tun? Er muss ja eine große Gegenleistung erwarten.«

»Natürlich.« Das machte mir auch zu schaffen. Natürlich hing es mit der Magie zusammen, mit was sonst? Aber ging es nicht allen nur darum? Ich könnte mich sowieso nicht für immer darum drücken. Wenigstens bot mir Valerius noch seine Hilfe an.

»Warum traust du Valerius? Du hast etwas gegen Horatio, dabei sind beide Männer Senatoren, die zum Kaiser halten.«

Ich stellte mich zu Aurelia und kickte mit dem bloßen Fuß den Boden. »Als Valerius das Mal auf meinem Rücken gesehen hat, hat er versucht, mich zu beschützen.« Als ich aufschaute, sahen wir uns direkt in die Augen. »Er hat es vor Horatio geheim gehalten.«

Das hörte sie gar nicht gern und wandte sich ab. »Ja, Valerius mag dir ja nett vorkommen, nur am Ende musst du doch den Preis dafür zahlen.«

»Wahrscheinlich, aber ich weiß schon, was du für deine Nettigkeit verlangst.«

Sie kicherte. »Keine schlechte Idee, aber besonders nett war ich bislang eigentlich nicht zu dir.«

Das stimmte. Deshalb verstand ich auch nicht, warum ich hoffte, dass sie blieb. Für sie war ich bloß ein wandelnder Geldsack, das Eintrittsticket zu einem besseren Leben, weiter nichts. Doch für mich wurde Aurelia mehr als nur eine Stadtführerin, die mich zu meiner Schwester brachte. Ob ich wollte oder nicht, wuchs sie mir ans Herz.

Aurelia lief unruhig auf und ab. »Wir müssen hier irgendwie rauskommen. Die Soldaten halten länger durch als wir. Wenn einer müde wird, machen sie einen Wachwechsel.«

»Vielleicht hast du den falschen Unterschlupf gewählt.«

»Vielleicht hast du dir die falschen Feinde ausgesucht!«

Ich klappte den Mund auf, brachte aber keinen Ton heraus. Sie hatte ja recht.

Aurelia lehnte sich neben mich gegen die Tempelwand. »Radulf zu Fall zu bringen, wird hart werden. Die Römer lieben ihn. Und vertrauen ihm mehr als dem Kaiser.«

»Er ist ein Verbrecher! Vielleicht sehen sie nicht, was für ein Mensch er ist. Wenn seine Stimme in meinem Kopf ertönt, ist sie so kalt, dass mir das Blut in den Adern gefriert. Im Bergwerk hat er mir gedroht, mich in der Höhle verschimmeln zu lassen, wenn ich ihm die *Bulla* nicht bringe.«

»Vielleicht war es auch gut gemeint.« Aurelia heftete den Blick auf die *Bulla,* an der ich schon wieder herumfingerte. »Weil er wusste, was passiert, wenn du das Amulett behältst.«

Ich ließ sie einfach stehen. Irgendwie hatte ihre Theorie was und das ärgerte mich.

»Du bist nicht allein, Nic. Ich bin hier, um dir zu helfen!«, rief sie.

»Du bist nur wegen der Belohnung hier. Ich bin allein.«

»Bist du nicht.« Sie kam und legte die Hand auf meine Schulter. »Aber versetz dich doch mal in den Kaiser. Bisher hat nur ein Einziger Roms Macht bedroht. Und das bist du. Als oberster Magistrat kann Horatio dich vielleicht vor dem Kaiser schützen.«

»Oder mich ausliefern. Felix meinte, dass jeder, der auf der Seite des Kaisers steht, versuchen würde, mich umzubringen.«

»Na, Felix muss es ja wissen. Der hat es ja schon versucht!«

»Und womöglich würde es Horatio gelingen.« Ich ballte die Fäuste. »Du kannst nicht erwarten, dass ich ihm vertraue.«

»An deiner Stelle würde ich niemandem trauen!«

»Nicht einmal dir?«

Aurelia zögerte kurz. »Damit will ich ja nur sagen, dass wir uns hier nicht ewig verstecken können.«

»Das ist mein Problem, nicht deins.« Ich drehte mich zu ihr um. »Sobald ich meine Schwester habe, verschwinden wir.«

»Nein. Sobald wir deine Schwester gefunden haben, gehen wir zu Horatio. Das hast du mir versprochen. Ich lege ein gutes Wort für dich ein.«

»Und warum sollte er auf dich hören?«, fragte ich.

Ein verschlagenes Lächeln spielte um ihre Mundwinkel. »Mir hat noch jeder zugehört, das solltest du mittlerweile wissen.«

Ich lächelte ihr zu. »Ich weiß nur, dass es mit dir immer Ärger gibt.«

»Das musst du gerade sagen!«

Ich lachte und wollte ihre Hand abschütteln, doch sie verdrehte mir zum Spaß den Arm und zwang mich zu Boden. Ich riss sie mit und lachend landete sie neben mir auf der Erde.

Ich sah sie an, und wieder fiel mir auf, wie hübsch ihre Augen waren, wenn sie nicht so böse blickte. Nein, im abnehmenden Licht waren sie wunderschön.

Schritte ertönten vom Eingang. Wir setzten uns auf, Aurelia griff nach ihrem Messer und ich schob schnell die *Bulla* unter die Tunika.

Aber es gab keinen Grund zur Panik. Herein kam nämlich der Mensch, auf den ich gehofft hatte. Crispus. Als Senatorensohn bewegte er sich in denselben Kreisen wie Roms Anführer … wie Radulf. Ich flüsterte Aurelia zu, wer er war, und bat sie, das Messer wegzulegen, was sie nur sehr ungern tat.

Crispus schien nicht wegen der Götter hier zu sein. Statt einer Opfergabe trug er zwei Togas im Arm. Lächelnd sagte er: »Mein Vater hat euch in den Tempel laufen sehen. Wir haben gehofft, dass ihr noch hier seid.«

»Draußen stehen Soldaten, wo sollten wir also sonst hin?«, fragte Aurelia.

»Vater ist draußen und lenkt sie mit irgendwelchen sinnlosen Befehlen ab, lange geht das sicher nicht gut. Wenn ihr fliehen wollt, müsst ihr jetzt sofort mit mir kommen.«

Aurelia wollte Einspruch erheben, aber ich murmelte, dass wir die Vertrauensfrage auch noch nach der Flucht stellen könnten.

»Er könnte dir gefährlich werden«, zischte sie.

Da grinste ich bloß. »Nicht so gefährlich wie du.« Sie widersprach mir nicht.

Crispus hielt jedem von uns eine Toga hin. »Könnt ihr euch vorstellen, euch als alte Frauen zu verkleiden?«

Mein Grinsen wurde breiter. Um aus diesem Tempel zu entkommen, konnte ich mir so ziemlich alles vorstellen.

ACHTUNDZWANZIG

Crispus reichte Aurelia ihre Toga und half mir mit meiner, weil ich mich damit überhaupt nicht auskannte.

Mir schien es eine Menge unnötiger Stoff, den man zum größten Teil über einen Arm tragen musste, aber Crispus meinte, da sich nur die Reichen so viel Stoff leisten konnten, würden die Soldaten uns von Weitem für Patrizier halten.

»Haltet eure Häupter bedeckt wie alte Frauen«, sagte er.

»Ich bin barfuß«, entgegnete ich und streckte ihm einen Fuß entgegen. »Wenn die das sehen …«

»Hoffen wir einfach, dass sie es nicht bemerken. Und wenn sich uns jemand nähert, überlasst das Reden mir.«

War mir recht, denn sobald ich den Mund aufmachte, gab es immer bloß Schwierigkeiten.

Crispus führte uns über einen Nebenausgang in einen Säulengang.

Auch wenn es immer noch warm war, wehte eine angenehme Abendbrise. Im Tempel war es durch die Hitze am Nachmittag stickig geworden.

»Ist schon spät, aber in der Basilika sollten noch einige Markstände offen sein«, sagte er. »Da mischen wir uns unter das Volk. Dreht euch bloß nicht zu den Soldaten um.« Er warf mir einen Blick zu. »Und schau nicht immer nach unten. Das tun nur Sklaven.«

Das war mir gar nicht bewusst. Mir kam es ungewohnt vor, den Kopf so zu heben, aber es stimmte, den Kopf gesenkt zu halten war Sklavenmanier. Ich hatte viel zu viele Jahre mit niedergeschlagenen Augen verbracht, bereit, mich jedem Befehl zu beugen. Es sei denn, er kam aus Sals Mund, ihm habe ich nie freiwillig gehorcht.

»Warum hilfst du uns?«, fragte Aurelia.

Crispus sah mich an, als stammte die Frage von mir. »Weil du unsere Hilfe brauchst. Und weil Rom dich braucht.«

Wir schafften es in die Basilika, ohne dass jemand Notiz von uns nahm. Über die Köpfe der Menschen hinweg sah ich, dass alle drei Stockwerke geöffnet waren. Rundbögen zierten die Wände vom Boden bis zur Decke. Crispus meinte, Aurelia bräuchte ihren Kopf nicht länger zu bedecken, während ich lieber verhüllt bleiben sollte. »Vor fünf Tagen haben dich fast 50000 Zuschauer im Amphitheater gesehen«, sagte er. »Ein paar sind bestimmt auch hier unterwegs und erkennen dich wieder.«

Jeder Stand, an dem wir vorbeikamen, bot etwas anderes feil. Auf den Schildern darüber waren sicher die einzelnen Waren beschrieben, wieder gelobte ich, eines Tages lesen zu lernen. Im Moment begnügte ich mich erst einmal mit dem Angebot. Ich konnte nicht glauben, was es alles auf der Welt, in dieser großartigen Stadt, gab. An einem der letzten Stände konnte man frisch gebackenes warmes Brot kaufen. Unwillkürlich blieb ich vor den Laiben stehen, um den köstlichen Duft einzuatmen. Vielleicht reichte das ja schon, um den dumpfen Hunger in meinem Magen zu füllen.

Crispus kam zurück und blieb neben mir stehen. Freundlich fragte er: »Wann hast du denn das letzte Mal was gegessen?«

Gestern Morgen hatte ich eine halbe Schüssel vergorene Hafersuppe gehabt und davor vier Tage lang nichts. Aber ich brachte das nicht über die Lippen. Ich senkte den Blick und hoffte, er würde einfach weitergehen.

»Kopf hoch«, befahl Crispus. Er griff in seine Tasche und kramte ein paar Münzen hervor. »Einen großen Laib«, sagte er. »Den da.«

Ich trat einen Schritt zurück, denn ich wusste nicht, wie ich mich verhalten sollte. Ich kam fast um vor Hunger, und all meine verbliebene Kraft verwendete ich darauf, die *Bulla* in Schach zu halten. Doch das Brot konnte ich nicht annehmen.

Crispus teilte den Laib in zwei Hälften, reichte eine Aurelia, die sich sofort darauf stürzte. Die andere Hälfte hielt er mir hin. »Nimm«, sagte er. »Du bist so dünn, dich pustet ja eine Feder um.«

Mit Tränen in den Augen schüttelte ich den Kopf. »Nein.«

»Ist wie mit dem Apfel«, meinte er lächelnd. »Du kannst dich später revanchieren.«

»Ich habe nichts.«

»Nimm schon.« Crispus drückte mir das Brot in die Hand. »Bitte, Nic.«

Hastig riss ich es in große Stücke, die mir so gerade eben noch in den Mund passten. Das Brot, das wir im Bergwerk bekommen hatten, war ein pappiges Zeug aus grob geschrotetem Mehl und schmutzigem Wasser. Dieses hier war weich und wohlriechend und schmeckte leicht süßlich. Mir wurde warm und ich war angenehm satt. Seit den Erdbeeren war es das erste Mal, dass ich mich innerlich nicht vollkommen leer fühlte.

Nachdem ich aufgegessen hatte, verließen wir die Basilika. »Hör auf, dich nach den Sehenswürdigkeiten umzuschauen«, sagte Crispus. »Die Reichen sind hier schon hundert Mal gewesen. Die kennen das alles.«

Auch wenn es mir schwerfiel, wandte ich den Blick ab. So überwältigend mein erster Eindruck von Rom auch gewesen war, mit der Schönheit des Forum Romanum konnte er sich nicht messen. Mir schien es eigens für die Götter geschaffen, dennoch stand es selbst dem niedrigsten Römer zu, hier zu arbeiten, zu spielen oder zu beten.

Die Sonne ging unter und Cäsars Tempel warf lange Schatten auf uns.

Das Bild passte zu meiner momentanen Situation. Mit Cäsars gestohlenem Amulett um den Hals versuchte ich, in seinem Schatten zu überleben.

Aurelia lief neben mir. »Wohin bringt er uns?«

»Zu mir nach Hause«, sagte Crispus. »Mein Vater wartet dort auf uns.«

»Ist meine Schwester auch da?« Ich hatte ihr so viel zu erzählen.

Crispus blieb stehen und sah mich mit zusammengezogenen Brauen an. »Tut mir leid, Nic. Mein Vater hat jemanden geschickt, um sie herzubringen, aber da hatte man sie schon abgeholt. Wir wissen nicht, wo sie jetzt ist.«

Wie ein kalter Stein schlug mir das Herz gegen die Brust. Ich begriff kaum, was er sagte.

Seit Sal mir erzählt hatte, dass Livia abgeholt worden war, war ich ganz selbstverständlich davon ausgegangen, dass sie bei Valerius in Sicherheit war, wo man sich gut um sie kümmerte. Wenn er sie nicht hatte, wer dann?

Radulf.

Über meine Schwester hatte er mich in der Hand.

Vielleicht hatte ich seinen Namen geflüstert, denn Aurelia schüttelte den Kopf und lehnte sich an mich. »Das gibt doch überhaupt keinen Sinn. Radulf hat geglaubt, dass du in der Höhle umgekommen bist. Livia hat man aber schon abgeholt, bevor er dich in der Arena erkannt hat. Da hatte Radulf gar keinen Grund, sie wegzuschaffen.«

Gereizt fuchtelte ich mit der Hand in der Luft herum. »Wer soll es denn sonst gewesen sein?« Die Leute drehten sich schon zu uns um, also senkte ich die Stimme. »Meine Schwester hat mit alldem gar nichts zu tun. Und Radulf weiß, dass ich am Leben bin. Wenn er es vorher nicht geplant hatte, dann vielleicht jetzt.«

Crispus trat mit gesenkten Schultern auf mich zu. »Wir finden sie schon. Ich kann mir nicht vorstellen, dass Radulf Verwendung für sie hätte, aber irgendwo muss sie ja sein.«

»Stimmt«, sagte Aurelia. »Falls sie noch am Leben …«

»Nun sag das nicht so zweifelnd.«

»Bringt doch nichts, sich was vorzumachen. Aber ich glaube auch, dass sie noch lebt. Ich will damit nur sagen, dass Radulf Soldat ist. Was soll er da mit einer Sklavin? Wenn er sie hatte, hat er sie womöglich zehn Minuten später schon weiterverkauft. Deine Schwester kann überall sein.«

Das tröstete mich nicht gerade, und ich ärgerte mich über Aurelia, aber nur, weil sie recht hatte.

Crispus räusperte sich. »Es tut mir wirklich leid, Nic, wir müssen trotzdem weiter. Die Leute schauen schon.«

Aurelia sah sich um. »Wer denn?«

Crispus deutete zu den Verkaufsständen. Mir rutschte das Herz in die Hose. Nur ein Mann beobachtete mich voller Abscheu. Es war Sal, der wie ein Schatten aus der Unterwelt in einer dunklen Ecke lungerte. Obwohl ich in Begleitung von Crispus und Aurelia war und die Toga meinen Kopf bedeckte, erkannte er mich wieder. Eigentlich hätte er nur meinen Namen rufen brauchen und wir wären sofort umzingelt gewesen. Aber aus mir unerfindlichen Gründen tat er es nicht.

Ich senkte den Blick, zog die Toga noch tiefer ins Gesicht und folgte Crispus, in der Hoffnung, Sal heute Abend, am besten mein ganzes Leben, nicht wiedersehen zu müssen.

Aurelia lief neben mir. Sie hielt mich am Arm fest, damit ich das Tempo verlangsamte, und als Crispus etwas Vorsprung hatte, sagte sie: »Sollen wir wirklich mit ihm mitgehen? Wenn er Livia doch gar nicht hat …«

»Ich will nicht zu Horatio. Noch nicht!«

»Abgemacht ist abgemacht!«

»Welche Abmachung? Crispus bringt uns zu Valerius und nicht du.« Dass ich so gereizt reagierte, war nicht nur Aurelias Schuld. Ich hatte Angst um meine Schwester, fürchtete mich vor dem, was Valerius von mir verlangen könnte, und das Brot hatte den bohrenden Hunger nicht annähernd gestillt. Da hatte ich wirklich keine Lust, mir obendrein noch ständig ihr Gebettel anzuhören, mich diesem eingebildeten Senator zu stellen, der mich sicher sofort an den Scharfrichter übergeben würde. »Wenn du so wild darauf bist, dann lauf doch zu Horatio und sag ihm, wo ich bin. Vielleicht bekommst du dann ja trotzdem die kostbare Belohnung.«

»Glaubst du etwa, mir geht es nur ums Geld?«

»Genau das glaube ich! Hier steht mehr auf dem Spiel, als wer mich in Ketten vor den Kaiser schleift, kapierst du das nicht?«

Sie klappte den Mund auf und zu. Schließlich sagte sie: »Seit ich dich kenne, hat man versucht, mich einzuschüchtern und mit Pfeilen zu töten. Ich wurde durch die Stadt gejagt und bin fast ertrunken. Wenn es mir nur ums Geld ginge, wäre ich längst weg.«

»Worum geht es dir dann?«, fragte ich. »Wegen meiner Schwester bleibst du ja kaum. Die kennst du ja nicht einmal.«

»Aber ich kenne dich und … Du glaubst vielleicht, ich hasse dich, aber das stimmt nicht. Vielleicht können wir uns wegen Horatio nicht einigen, aber deshalb will ich dir doch nicht schaden.«

Ich warf ihr einen vorsichtigen Seitenblick zu. »Ich hasse dich auch nicht. Nur, bis wir meine Schwester gefunden haben, wird Horatio ein Streitpunkt bleiben.«

Sie schien mir widersprechen zu wollen, murmelte dann aber nur: »Komm, wir verlieren sonst noch Crispus.«

Bevor ich zu den anderen beiden aufschloss, zog ich mir noch mal die Toga zurecht. Dabei fiel mir auf, dass Aurelias Hand auf ihrer *Crepundia* lag, an der sie ebenso hing wie ich an der *Bulla*. Mit einer entsprechend hohen Belohnung könnte sie zu einer angesehenen jungen Frau aufsteigen und so vielleicht zurück in den Schoß ihrer Familie gelangen.

Und genau darin lag das Problem.

Unsere Abmachung konnte gar nicht funktionieren. Denn Aurelia brauchte Horatios Belohnung, um ihre Pläne umsetzen zu können. Aber selbst wenn ich Radulf besiegen könnte, gäbe es für mich keine Garantie, dass Horatio den Kaiser überreden könnte, mich freizulassen. Vielleicht würde er mich auch gar nicht zum Kaiser bringen. Genauso gut könnte er die *Bulla* für sich selbst haben wollen und mich einfach aus dem Weg räumen.

Aurelia und ich steuerten auf eine Sackgasse zu. Nur für einen von uns konnte es gut ausgehen.

NEUNUNDZWANZIG

Crispus wohnte auf einem Hügel am Stadtrand, Weinberge, so weit das Auge reichte. »Nicht alles unsere«, sagte er, als Aurelia und ich vor Staunen den Mund nicht wieder zubekamen. »Es gibt viele Römer, die reicher sind als wir.«

»Wie viele denn?«, fragte Aurelia. »Drei?«

Sobald wir das Haus betraten, hatte ich Zweifel, dass es überhaupt drei waren. Von außen machte das Haus nicht besonders viel her, zu beiden Seiten lagen Geschäfte, in denen man Feldfrüchte und Wein aus eigenem Anbau kaufen konnte. Drinnen allerdings war das Haus alles andere als gewöhnlich.

Die Kacheln in der Eingangshalle waren mit prächtigen Edelsteinen verziert, ähnlich denen, die ich selbst gefördert hatte. Möglich, dass ich genau diese eigenhändig ausgegraben hatte. In dem bunten Mosaik war ein Greif erkennbar. Sofort dachte ich an Fortis. Hoffentlich hatte er die Verletzungen überlebt. Ich vermisste ihn und fragte mich, ob ich ihn wohl je wiedersehen würde. Aurelia schien meine Gedanken zu erahnen, jedenfalls nahm sie meine Hand und drückte sie. Rasch ließ ich los. Mir machte es zu schaffen, dass nur einer von uns, Erfolg haben konnte – und ich würde es wahrscheinlich nicht sein.

Rechts und links vom Eingang hingen riesige Gemälde. Auf einem war Valerius abgebildet, auf dem anderen Crispus' Großvater, der erst vor ein paar Jahren gestorben war.

»Er war ein bedeutender Mann.« Crispus wandte sich an mich. »Kanntest du deinen Großvater?«

»Ich habe nicht mal meinen Vater kennengelernt«, sagte ich. »Der ist gestorben, als ich noch klein war.« Vollkommen unnötig. Jeder vernünftige Mensch hätte bei Gewitter Unterschlupf gesucht!

Crispus verstummte. »Oh«, brachte er schließlich hervor. »Das tut mir leid, Nic.«

Darauf schwieg ich. Nicht, weil ich sauer war, eher weil Aurelia neben mir stand, die ihre Familie überhaupt nicht kannte. Crispus fragte sie erst gar nicht danach. Und das war ihr bestimmt auch lieber so.

Wir gelangten in ein großes Atrium, helles Mondlicht schien durch das offene Dach. Es spiegelte sich in einem flachen Wasserbecken, dessen Boden mit einem weiteren Mosaik ausgelegt war, in dem ich den Greif vom Eingang wiedererkannte. Am Rand wuchsen bunte Blumen, ihr Duft wehte mir entgegen.

Im Licht des Vollmondes und flackernder Kerzen leuchteten orangerote Wände mit ornamentalen Wandmalereien von Landschaften, schönen Frauen und kleinen Geschichten, die sicher allen Römern über drei etwas sagten. Ein beeindruckender Anblick, doch für mich waren es einfach nur Bilder.

»Wohnst du hier wirklich?«, fragte ich. »Oder ist das ein Tempel?«

»Das ist mein Zuhause.« Crispus deutete auf Zimmer zu beiden Seiten des Atriums. »Dort schlafen wir. Dahinter sind noch weitere Räume, wo Mutter webt und die Sklaven ihre Arbeit verrichten.«

Sein Blick schnellte zu mir, aber ich ließ mir nichts anmerken. Kein Wunder, dass eine reiche Senatorenfamilie Sklaven hielt, dennoch versetzte es mir einen Stich. Wenngleich ich mich selbst nicht mehr als Sklave sah, wurde mir doch schmerzhaft bewusst, dass ich auch nicht in Crispus' Welt gehörte.

Um die Situation zu entspannen, deutete Aurelia zu einem Raum mit einem langen Tisch. »Was ist da drin?«

Die Antwort richtete Crispus mal wieder an mich. »Das ist das *Tablinum*, dort arbeitet Vater, wenn er zu Hause ist. Im *Tablinum* wird er auch gleich mit euch sprechen.« Da schien er Aurelia zum ersten Mal richtig wahrzunehmen. »Wir haben private Bäder hier im Haus. Ich kann dir eine Frau schicken, die dir zur Hand geht.«

Aurelia schüttelte den Kopf. »Ich bleibe bei Nic.«

»Geh doch mal baden«, sagte ich.

Als sie mich anfunkelte, wusste ich, dass sie mich missverstanden hatte.

Damit wollte ich gar nicht andeuten, dass sie schlecht roch, nicht schlechter als ich jedenfalls. Ich wollte ihr nur zu verstehen geben, dass ich von Senator Valerius nichts zu befürchten hatte. Ganz im Gegenteil. Obwohl ich noch keinen Schimmer hatte, wofür er mich brauchte, wusste ich, dass er mir bei meinen Problemen helfen würde. Valerius' Herz schlug auch nicht für Radulf.

Doch Aurelia blieb unbeirrt. »Ich bleibe bei Nic.«

Crispus seufzte, nahm uns die schweren Togen ab und führte uns in das Arbeitszimmer seines Vaters. Er bat uns,

Platz zu nehmen, und sagte, er würde anordnen, dass man uns Speisen und Getränke brächte, dann verschwand er.

Aurelia beugte sich sofort zu mir. »Mir gefällt es hier nicht. Lass uns abhauen.«

»Warum? Erträgst du es nicht, in Sicherheit zu sein? Zweimal am gleichen Abend eine Mahlzeit zu bekommen?«

»Du denkst auch nur ans Futtern«, sagte sie.

»Und du nur ans Abhauen«, entgegnete ich. »Ich möchte mir Valerius' Vorschlag einfach mal anhören. Wenn es uns nicht gefällt, verschwinden wir eben.«

Wir verstummten, als ein Diener aus einer zweiten Tür hinter dem Schreibtisch auftauchte. Er stellte ein Tablett ab mit Brot, Käse und weichen weißen Früchten, die so süß wie Erdbeeren schmeckten.

»Das ist eine Birne.« Aurelia biss einmal ab und reichte sie mir. »Jetzt mal im Ernst, mir kommt es vor, als hättest du dein ganzes Leben in einer Höhle verbracht.«

»So war es ja auch«, antwortete ich mit vollem Mund.

Ich konnte alles gar nicht schnell genug herunterschlingen, und als das Tablett leer war, tat mir der Bauch weh. Aber mir ging es gut, selbst wenn ich mehr auf meinem Stuhl lag als saß und mich kaum noch rühren konnte. Wenn jetzt jemand ein zweites Tablett brächte, würde ich das auch noch verputzen.

Aurelia drehte sich zu mir und senkte die Stimme. »Valerius wird nach der *Bulla* fragen. Das weißt du hoffentlich!«

Mit den Fingern fuhr ich über die Schlaufe mit dem Lederband. »Ja.«

»Was willst du ihm sagen?«

»Nichts, erst soll er mir von Livia erzählen.«

»Livia ist eine verschollene Sklavin. Das interessiert doch Valerius nicht.«

»Aber mich!« Ich richtete mich im Stuhl auf und sah Aurelia an. »Und wenn er meine Hilfe will, muss er mir erst helfen.«

»Ich helfe dir, Nic. Vielleicht gefallen dir meine Beweggründe nicht, aber ich bin für dich da.« Aurelia zuckte die Achseln. »Ich wünschte, meine Familie würde sich solche Mühe mit mir geben wie du mit deiner Schwester.«

»Darf ich deine *Crepundia* mal sehen?«, fragte ich.

Aurelia zögerte einen Moment, bevor sie das Amulett abnahm und mir reichte. Aus der Nähe waren die kleinen Anhänger noch viel detailreicher. Jemand hatte sich große Mühe gegeben und leider wurde es wohl höher geschätzt als die Tochter.

Das Säckchen in der Mitte enthielt Armeleutejuwelen. Sie sahen echten Edelsteinen zum Verwechseln ähnlich, die meisten würden den Unterschied nicht merken. Doch meine Augen waren durch die Arbeit im Bergwerk geschult. Für Sal wären diese Steine reine Zeitverschwendung gewesen.

Aurelia merkte, dass ich den Unterschied kannte, und riss mir die *Crepundia* aus der Hand. »Die echten habe ich schon vor langer Zeit verkauft. Eines Tages hole ich sie mir zurück.«

»Warum willst du unbedingt diese Familie finden, die dich ausgesetzt hat?«, fragte ich. »Warum sollten sie dich jetzt wollen?«

Mit Blick auf die *Crepundia* sagte sie: »Ich denke jeden Tag an sie. Ob meine Mutter mich vielleicht behalten wollte und warum mein Vater mich abgelehnt hat? Ich hoffe, dass er es mittlerweile bitter bereut. Kann ja sein, dass irgendetwas bei meiner Geburt geschehen ist, womit er nicht fertiggeworden ist. Vielleicht machte meine Familie gerade harte Zeiten durch und hatte keine andere Wahl.«

»Wenn sie dich nur des Geldes wegen akzeptieren, solltest du nicht zu ihnen zurückgehen.«

Tränen traten ihr in die Augen, sie hängte sich das Amulett wieder um den Hals. »Das verstehst du nicht.«

»Stimmt, ich versteh's auch nicht. Du bist meine Freundin, Aurelia. Nicht, weil du Geld hast oder irgendetwas für mich tun kannst, sondern weil ich dich mag, so wie du bist. Deiner Familie sollte es genauso gehen.«

Nervös wrang sie die Hände. Sie senkte den Blick und flüsterte: »Ich muss dir was sagen.«

Aber dazu kam es nicht mehr, denn das Gebell zweier Hunde ertönte und wir sprangen von den Stühlen. Dem Klang nach kamen sie näher.

Aurelia und ich flohen aus dem Zimmer. Im selben Moment schossen zwei schwarze Hunde durch die Tür hinter dem Schreibtisch, uns hinterher. Im Atrium machte Aurelia sich zum hinteren Teil des Hauses auf, während ich geradeaus stürmte. Als ich mich umdrehte, um zu sehen, ob sie uns noch auf den Fersen waren, stolperte ich und fiel mitten ins Wasserbecken.

Die Hunde kamen angerannt, und ich hob schützend die Hand, um das Schlimmste abzuwenden. »Stopp!«, brüllte ich.

Zu meiner Überraschung hörten die beiden sofort auf zu bellen und sahen mich an. Genauso wie die Tiere beim *Venatio.* Langsam rappelte ich mich auf. »Sitz.«

Sie gehorchten mir aufs Wort. Aber das hieß noch gar nichts. In einem Haushalt wie diesem waren bestimmt selbst die Hunde gut erzogen. Da musste ich ihnen schon ein ungewöhnlicheres Kommando erteilen.

Aurelia pirschte sich vorsichtig heran, die Augen auf mich, nicht auf den Hunden. »Nic …«

»Schau her.« Mit einem Grinsen sagte ich: »Glaubt ihr, dass Aurelia mich für den schönsten Jungen in ganz Rom hält?«

Beide Hunde bellten los. Glückliches, verspieltes Gekläffe. Als würden sie an einem Witz teilhaben, den sie unmöglich verstanden haben konnten, es sei denn …

Aurelia lachte nicht, ihre Augen wurden immer größer. Sie rief nur meinen Namen, damit ich aufmerksam wurde, und zeigte aufgeregt. Noch immer stand ich im Becken direkt im Mondschein. Und als ich begriff, wohin sie zeigte – auf die *Bulla* unter meiner Tunika –, verstand ich auch, warum sie so aufgeregt war.

Das Amulett glühte heller als der Mond selbst.

Als ich es abnahm, trat seine Strahlkraft noch deutlicher zutage. Im Mondlicht ließ die *Bulla* das Atrium taghell erstrahlen.

Crispus kam herbeigeeilt. »Tut mir echt leid wegen der … oh!«

Aurelia kletterte zu mir ins Becken. Dabei sah sie mir unentwegt in die Augen, nahm mir die *Bulla* aus der Hand und hängte sie mir wieder um den Hals.

»Ich weiß jetzt, welche Gottheit dem Amulett Stärke verleiht«, sagte sie. »Kein Wunder, dass du dir so viel Ärger eingehandelt hast.«

DREISSIG

An die Hunde dachte Crispus nicht mehr, als er auf mich zulief, seine Aufmerksamkeit galt allein der *Bulla*. »Wir haben uns schon gedacht, dass du sie hast«, keuchte er. »Nichts anderes hätte solche Zerstörung im Amphitheater anrichten können. Diesen Tag werde ich nie vergessen.«

Ich auch nicht, versucht hatte ich es schon.

Crispus streckte die Hand nach dem Amulett aus, ließ sie dann aber wieder sinken. »Wie schaffst du es, dass es leuchtet?«

»Nic macht das gar nicht«, sagte Aurelia. »Die *Bulla* reagiert auf das Mondlicht. Schaut mal.« Sie kletterte aus dem Becken und bedeutete mir, ihr zu folgen. Sobald ich nicht mehr direkt im Mondlicht stand, verblasste der Glanz. Nach einer Minute leuchtete das Amulett nicht heller als sonst. Bestimmt nahmen Crispus und Aurelia dieses sanfte Leuchten gar nicht wahr.

»Die Macht der Götter«, flüsterte Crispus.

»Nein, nur einer einzigen.« Aurelia drehte sich zu mir. »Du kannst mit Tieren reden, und wenn die *Bulla* aktiv ist, bist du ungewöhnlich stark. Das wusste ich alles schon, aber der Mond lässt keinen Zweifel, wer ihr Macht verleiht.«

»Diana«, sagte ich leise. »Göttin der Jagd und des Mondes.«

»Sie spricht mit Tieren und verfügt über ungemeine Kräfte«, ergänzte Crispus. »Hast du jetzt Dianas Fähigkeiten?«

»Sogar der Greif gehorcht ihm«, sagte Aurelia.

»So nun auch wieder nicht«, entgegnete ich. »Der Vogel ... versteht mich einfach.«

»Ist doch das Gleiche«, meinte Aurelia. »Vielleicht hat ja dein Greif den Wagen von Dianas Zwillingsbruder Apollo gezogen. Anders als ihr Bruder ist Diana nicht gerade die freundlichste Gottheit.«

Die Lektion hatte ich schon gelernt. Die *Bulla* hatte mir zwar Macht, aber keine Gnade gezeigt.

Die Haustür wurde geöffnet. Crispus raunte: »Das wird mein Vater sein. Sag vorläufig nichts von unserer neuen Entdeckung. Lass ihn erst mal reden.«

Ich nickte. Senator Valerius betrat das Atrium. Crispus senkte den Kopf zum Gruß, Aurelia tat es ihm gleich. Ich wusste nicht, wie ich mich verhalten sollte, wahrscheinlich sollte ich ihm gegenüber den gleichen Respekt zeigen. Als ich aufschaute, musterte Valerius mich misstrauisch. »Warum seid ihr alle nass?«

»Die Hunde haben sie ins Wasser getrieben«, sagte Crispus.

Valerius grunzte, als könnte nur ein ausgemachter Dummkopf so blöd sein und ins Wasser fallen. So ganz unrecht hatte er nicht. Andererseits hatte er jetzt schon viel für mich riskiert, also hatte ich ihn ja irgendwie beeindruckt. Das reichte hoffentlich.

»Was ist mit deinem Arm? Er ist schlecht verbunden.«

Aurelia verzog das Gesicht, sie traf keine Schuld. Nach unserer Flucht aus der Zisterne hatte ich die Wunde selbst neu verbunden. Und die Öle, mit denen sie die Wunde versorgt hatte, waren auch längst ausgewaschen.

Aurelia setzte sich für mich ein. Mit ruhiger Stimme sagte sie: »Viele Leute wollen Nic Schlimmes antun. Können wir Euch vertrauen?«

Statt ihr zu antworten, wandte er sich an mich. »Lass uns unter vier Augen sprechen.« Er blickte von Crispus zu Aurelia. »Bring dem Mädchen, während ihr auf uns wartet, etwas Anständiges zum Anziehen, Crispus. Sie spricht nicht wie eine Dienerin, dann soll sie auch nicht wie eine gekleidet sein.«

Crispus verneigte sich erneut. Ich drehte mich noch einmal zu Aurelia um, bevor ich Valerius ins Arbeitszimmer folgte. Er bedeutete mir, mich hinzusetzen, und nahm selbst hinter dem Schreibtisch Platz, faltete die Hände und sah mich an. Für mich war es ungewohnt, so angeschaut zu werden. Doch da fiel mir wieder ein, dass Crispus gesagt hatte, nur Sklaven würden immer den Kopf gesenkt halten. Ich zwang mich, ihm in die Augen zu sehen.

Schließlich sagte er: »Ich habe Erkundigungen über dich eingeholt. Du nennst dich Nicolas Calva, ein vornehmer Name für einen Bergwerkssklaven. Du warst als fleißiger und tapferer Arbeiter bekannt, aber nicht als der gehorsamste.«

»Ich bin jedem Befehl gefolgt, der nicht blödsinnig war.«

Er hob eine Braue. »Als Sklave hast du dir angemaßt, über Befehle zu entscheiden?«

»Ihr tut es doch auch. Warum nicht ich?«

»Ich bin Senator!«

»Ich bin genau so ein Mensch wie Ihr. Und ich möchte mein eigenes Leben leben.«

Valerius beugte sich vor. »Und ist das jetzt dein Ziel, am Leben zu bleiben? Ich habe gesehen, wie du im Amphitheater darum gekämpft hast. Mit der Magie hättest du zigtausend Menschen töten können.«

»Habe ich aber nicht.«

»Hättest du aber!« Valerius zeigte auf die *Bulla*. »Was weißt du über Magie?«

Zunächst wollte ich nicht so recht mit der Sprache herausrücken, doch schließlich hatte ich mit Felix eine Abmachung getroffen, die ich nur mir Valerius' Hilfe würde einlösen können. Nach einem hektischen Atemzug sagte ich: »Ich glaube, der Göttliche Stern ist der Grund, dass ich die magische Kraft nutzen kann. Ohne ihn wäre die *Bulla* für mich so wertlos wie für jeden anderen.«

»Das stimmt. Aber der Göttliche Stern ist mehr als nur der Grund, dass du die Magie nutzen kannst. Er ist die Magie.«

»Doch so fühlt es sich nicht an. Manchmal kribbelt es etwas in der Schulter.«

»Du würdest es sicher deutlicher spüren, wenn nicht eine weitere magische Kraft auf dir lasten würde.« Mit dem Kopf deutete er zur *Bulla*, die ich noch in der Hand hielt. »In dem Amulett steckt so viel Macht, dass du dich fühlen musst, als hätte man dich ins tosende Meer geworfen, obwohl du nur ein Glas Wasser wolltest.«

Der Vergleich passte. Die Magie der *Bulla* brach in Wellen über mich herein, viel mehr, als ich aufnehmen konnte. Und selbst im kalten Zustand hing sie mir bleischwer um den Hals.

»Es war Cäsars *Bulla*«, sagte ich.

»Bis er sie abgelegt hatte und Venus ihm schließlich ihre

Kräfte entzog. Cäsar hat sich einen interessanten Ort ausgesucht, sie zu vergraben.«

»In einer Höhle beim Nemisee«, antwortete ich. »Im Schatten von Dianas Tempel.«

»Wo wir uns zum ersten Mal begegnet sind.« Valerius runzelte die Stirn. »Wir hatten gehört, dass Cäsars Schatz entdeckt worden war, und machten uns auf die Suche nach der *Bulla*. Doch als ich das Mal auf deiner Schulter sah, konnte ich mir denken, dass sie schon gefunden wurde.«

»Was wollt Ihr mit der *Bulla*? Ohne Magie …«

»Besser, ich habe sie, als der, der Rom zerstören will.« Valerius stand auf und setzte sich mir gegenüber auf die Ecke des Schreibtisches. »Du besitzt das erste von drei Amuletten. Jedes verstärkt die Kraft des Göttlichen Sterns und jedes verschafft zusätzliche Fähigkeiten. Dieses hier erlaubt dir, mit Tieren zu sprechen, und verleiht dir übermenschliche Kräfte.«

»Weil Diana das konnte«, murmelte ich. »Sie gibt dem Amulett jetzt die Macht.«

»Vielleicht entdeckst du noch weitere Fähigkeiten, aber verlierst du die *Bulla*, verlierst du auch die Kräfte.«

Ich war neugierig, mehr zu erfahren, wenngleich mich eine innere Stimme warnte.

In vorsichtig fragendem Ton sagte ich: »Es gibt noch zwei weitere Amulette …?«

»Der Marsreif, der dem Träger siegreiche Schlachten garantiert. Und ein drittes Amulett, der Jupiterstein, der unvorstellbare Macht verspricht. Viele Männer haben schon ihr Leben dafür gelassen, doch bislang ist es keinem gelungen, den Stein herzustellen. Aber alles hat seinen Anfang mit dem

Amulett genommen, das du trägst. Der Kaiser will es. Er fürchtet dich, Nic.«

»Das braucht er nicht.«

»Da wäre er schön dumm, wenn er es nicht täte. In Rom hat man seit dreihundert Jahren nicht mehr solche Magie erlebt.«

Ich rutschte auf meinem Stuhl herum. »Aber ich habe den Kaiser doch um eine Abmachung gebeten. Wenn ich Radulf seiner Magie beraube und ihm den Kaiser ausliefere, wird er mir die Freiheit schenken, und ich kann für immer fort von hier.«

»Radulf ist kein leichter Gegner.« Valerius schritt neben mir auf und ab. »Als er nach Rom kam, war er ein solch guter Kämpfer, dass Kaiser Gallienus dachte, er würde das Publikum amüsieren. Also machte er ihn zum Gladiator. Das war ein verhängnisvoller Fehler. Radulf fürchtete sich nur vor den Löwen, doch auch die besiegte er und gewann so die Herzen des Volkes. Irgendwann besaß er genügend Einfluss, um Gallienus umbringen zu lassen. Er war einer von vielen Kaisern, die Radulf abgesetzt hat.«

»Weiß Kaiser Tacitus, dass Radulf über Magie verfügt?«

»Wissen tut er es schon, nur was hilft ihm das?« Valerius spielte mit dem Purpurstreifen seiner Toga. »Radulf befehligt das gesamte Heer. Selbst die Prätorianergarde hört auf ihn, obwohl sie ja das Leben des Kaisers schützen soll. Oder auslöschen.«

»Dann ist es nur eine Frage der Zeit«, sagte ich. »Radulf kann den Thron besteigen, wann immer er will.

»Das will er ja gar nicht. Uns steht ein Krieg bevor, Nic, und dabei geht es um die drei Amulette. Auf der einen Seite steht

Radulf, der sie dazu benutzen will, das Reich zu zerstören und es nach seinen eigenen Vorstellungen neu aufzubauen. Ohne Senat und ohne Regierung, nur mit sich selbst an der Spitze. Er möchte verehrt werden wie ein Gott. Niemand kann ihn aufhalten« – sein Blick wanderte zu mir –, »außer jemand, der auch über magische Kräfte verfügt.«

Bei diesen Worten liefen mir kalte Schauer über den Rücken. Ich setzte mich kerzengerade auf, hoffte, auf diese Weise meinen Mut zusammenzuhalten. Jedenfalls bildete ich mir ein, dass es half. »Und ich stehe auf der anderen Seite dieses Krieges? Nein! Ich will nur mein Versprechen beim Kaiser einlösen und endlich frei sein!«

»Und ich werde dir dabei helfen, aber dich hier zu verstecken ist riskant. Wenn du also bleiben willst, müsstest du auch etwas für mich tun!«

Ich sah ihm fest in die Augen. »Ihr wollt, dass ich die anderen beiden Amulette für Euch suche.«

Valerius verschränkte die Arme, ohne den Blick von mir zu nehmen. »Radulf darf sie nicht in die Finger bekommen.«

Mit der Hand strich ich über die Vorderseite der *Bulla*, mittlerweile kannte ich jede einzelne Riffelung. »Wisst Ihr, wo sie sind?«

»Ja. Aber das macht es eher noch schlimmer.« Valerius setzte sein nervöses Herumgerenne fort. »Das Geheimnis, wie man einen Stein des Jupiters erschafft, wird von den Prätoren von Rom gehütet. Und die sind …«

»Gefährlich«, ergänzte ich, froh, dass Felix mir schon einiges über sie erzählt hatte.

Valerius schmunzelte. »Das könnten sie werden, wenn sie sich entschlössen, Radulf zu folgen. Sie hüten so viele

Geheimnisse, dass ein Wort von ihnen den Kaiser stürzen könnte.«

»Sind die Prätoren kaisertreu?«

»Nicht unbedingt. Sie gehorchen dem Vorsitzenden im Senat.«

»Senator Horatio«, hauchte ich. Der Name hinterließ einen bitteren Geschmack auf der Zunge.

»Horatio fühlt sich dem Kaiser nicht verbunden. Wenn er sich öffentlich hinter Radulf stellt, folgen die Prätoren ihm, und der Prätorische Krieg beginnt.«

»Hat Senator Horatio den Marsreif?«

Erst als Valerius den Kopf schüttelte, bekam ich wieder Luft. Dann sagte er: »Noch nicht. Aber aufgrund seiner Stellung im Senat ist Horatio der Hüter des Schlüssels, der das Medaillon öffnet. Wenn Horatio wüsste, wo es sich befindet, hätte er Radulf längst den Schlüssel gegeben.«

»Wie komme ich an Horatios Schlüssel heran?« Da würde ich mich ja lieber bei einem Stinktier einschmeicheln. Was vielleicht aufs Gleiche hinauslief.

Doch Valerius wollte noch nicht damit herausrücken, er sagte bloß: »Mir fällt schon etwas ein, wie wir beide unser Ziel erreichen. Aber solange ich darüber nachdenke, muss du an deiner Magie arbeiten.«

Ich grinste voller Vorfreude. »Das ist nicht ganz ungefährlich. Ihr habt ja gesehen, was ich im Amphitheater angerichtet habe.«

»Dann helfe ich dir eben dabei. Du musst, Nic. Um den Senat und das Reich zu retten. Und dich selbst.«

EINUNDDREISSIG

Das war nun schon der dritte Handel, den ich heute einging, aber alle waren sie notwendig. Am Schluss wäre Rom sicher, meine Magie stark und Livia und ich würden als Freie leben können. Oder ich wäre tot. Nichts davon würde leicht werden, manches war vielleicht sogar unmöglich. Doch ich war fest entschlossen.

Valerius legte mir die Hand auf die Schulter. Unwillkürlich machte ich einen Satz, und er hob beide Hände, um mir zu zeigen, dass er nichts Böses im Sinn hatte. »Du bist müde, trägst schwer an der *Bulla*«, sagte er. »Schlaf erst einmal, wir sprechen morgen früh weiter.«

Ich ließ mich von ihm aus dem Arbeitszimmer führen, in der Tür blieb ich stehen: »Weiß Radulf, dass Horatio ihn unterstützt?«

»Es gibt nur zwei Arten von Römern«, antwortete Valerius. »Die, die Radulf unterstützen, und die, die er zerstören will. Aus diesem Grund geht Radulf davon aus, dass ihm jedermanns Unterstützung sicher ist.« Er deutete mit dem Kopf auf das Amulett. »In dir haben wir nun endlich jemanden, der sich mit Radulfs Kräften messen kann. Glaub mir, Nic, wenn ich die Magie nutzen könnte, würde ich dir persönlich die Freiheit schenken. Aber mir nützt die *Bulla* nichts.

Solange sie in deinen Händen ist, hat das Reich wenigstens eine Chance.«

So wie er sich ausdrückte, schien die Aufgabe so groß. Nein, sie war groß. Ich wollte Berge versetzen, wo ich doch noch nicht mal eine Handvoll Erde verschieben konnte.

»Morgen sieht alles rosiger aus. Du hast dringend Schlaf nötig.«

Vor allem hatte ich Übung nötig. Radulf hatte gesagt, Magie wäre ein Muskel, den ich Tag für Tag mehr spürte. Aber ihn zu kontrollieren war noch mal eine ganz andere Sache.

»Was ist mit Aurelia, dem Mädchen, das mich begleitet hat?«

»Sie bekommt ihr eigenes Zimmer und wird wie eine Dame behandelt. Das verspreche ich dir.«

Nach kurzem Zögern folgte ich ihm in eines der Schlafgemächer, das vom Atrium abging. Kaum war Valerius gegangen, untersuchte ich das Zimmer genauer. In der Ecke stand ein Tisch mit einer Schale Oliven, die ich sofort aufaß, obwohl ich nicht sonderlich hungrig war. Daneben lag ein richtiges Buch, wobei die Wörter zu schwierig für mich waren. Am allerwichtigsten aber war das Bett, das an der gegenüberliegenden Wand stand. Selbst vor unserer Zeit als Sklaven, als Mutter mich und Livia vor den Sklavenhändlern versteckte, hatten wir keine Betten. Monatelang waren wir durch die Gegend gereist, weit weg von Gallien und von Rom natürlich. Wir hatten im Wald geschlafen oder in einer Ecke im Stall. Nun trat ich ans Bett heran und strich über die Matratze. Sie war so prall mit Federn gefüllt, dass ich mir Sorgen machte, sie könnte mich verschlucken. Lieber nicht. Ich nahm die leichte Decke und legte mich auf den harten

Boden. Dort fühlte ich mich sicherer. Den Kopf auf kühlen Zement gebettet, sah ich durch das Portal ins Atrium, durch das Deckenfenster fiel Mondlicht herein.

Radulf und ich waren beide mit dem Göttlichen Stern gezeichnet, deshalb musste auch unsere Magie gleich sein. Nur, dass er sie besser verstand. Genauer gesagt, überhaupt verstand, was ihm einen riesigen Vorteil verschaffte. Andererseits besaß ich mit der *Bulla* ein magisches Objekt, das Radulf nicht hatte. Wenn ich lernte, ihre Kräfte zu nutzen, hätte er mir nichts entgegenzusetzen.

Also musste ich zunächst einmal die Magie verstehen, die mir zur Verfügung stand, und ich war neugierig, ob Valerius recht hatte und ich neben dem Amulett auch über eigene Magie verfügte.

Nachdem ich mich überzeugt hatte, dass alles im Haus still war, legte ich die *Bulla* ab, stand auf und konzentrierte mich auf den Göttlichen Stern. Je intensiver ich an das Mal dachte, desto stärker wurde das Prickeln, sodass ich am Ende fast jede einzelne Linie spürte.

Ich konzentrierte mich ganz auf dieses Gefühl, bis der Göttliche Stern glomm wie ein schwelendes Feuer. Diese Energie ließ ich durch meinen rechten Arm mit der Verletzung wandern. Ich spürte, wie sich die Magie um die Wunde sammelte, doch anders als bei der *Bulla* entstand keine Wärme, vielmehr war es, als umspülte Wasser die Haut und linderte das Brennen.

Aber damit war es noch nicht vorbei. Über meinen Arm suchte sie sich einen Weg bis in die Fingerspitzen, und als ich die Hand zur Faust ballen wollte, merkte ich ihren Widerstand. Von der *Bulla* kannte ich dieses Gefühl, nur diese Magie entwich mir nicht einfach unkontrolliert, sondern schien auf ein Zeichen von mir zu warten. Es juckte mich in den Fingern, sie freizugeben, doch als ich es tat, folgte nur ein kurzer Luftstoß wie beim Ausatmen, und das war es.

Ich war bitterlich enttäuscht. Mit einem Pfeifen hätte man mehr bezweckt als mit all meiner Konzentration. Ich besaß Magie, nur war die vollkommen wertlos. Verlieh mir die *Bulla* zu viel Kraft, gab mir der Göttliche Stern zu wenig.

Nur, dass sich wieder Radulf in meinen Kopf geschlichen hatte. »Du versuchst dich also in Cäsars Magie. Ich habe es am Lufthauch gespürt, mehr war es ja nicht. Und damit finde ich dich auch.«

»Das hoffe ich doch.« Meine Stimme zitterte, aber nicht vor Angst, sondern vor Schmerz, den seine Anwesenheit auslöste. »Den Tag werdet Ihr bitter bereuen.«

Sein Lachen ging mir durch Mark und Bein. »Das bezweifle ich sehr. Diesmal komme ich nämlich nicht, um ein paar moosbedeckte Rohre wieder zu verbinden. Ich komme mit einer Macht, gegen die nicht einmal deine *Bulla* etwas ausrichten kann.«

Ich schnappte mir das Amulett und hängte es mir schnell um den Hals. Radulf war zwar nicht hier und konnte es mir wegnehmen, aber man wusste ja nie. Da ging ich lieber kein Risiko ein.

Eine Sache wollte Radulf noch loswerden. »Du könntest dich mir anschließen, Nic. Mir helfen, ein neues Reich aufzubauen, in dem auch dein Leben zählt. Das wünscht sich jedenfalls deine Schwester.«

»Habt Ihr sie?«, schrie ich. Ich riss die Hände kampfbereit hoch; wenn er sich mit mir anlegen wollte, bitte schön. Doch wie sollte ich gegen jemanden kämpfen, der nicht einmal da war? Und glaubte ich im Ernst, eine Chance zu haben?

Aurelia erschien im Eingang. »Mit wem redest du?« Zunächst nahm ich kaum Notiz von ihr. Radulfs Worte dröhnten mir noch immer im Kopf herum, bestätigten meine schlimmsten Befürchtungen über Livias Verbleib und die Schlechtigkeit seines Charakters.

»Ich habe sie«, sagte er. »Aber wie lange noch? Stell dich nicht gegen mich, Nic.«

»Nic!« Aurelia rief nach mir und sie klang nun ernsthaft besorgt. Als ich mich zu ihr umdrehte, blieb mir fast die Luft weg. Man hatte ihr eine Tunika aus feinstem Leinenstoff gegeben und ihr Haar war frisch gewaschen und fiel ihr in lockeren Wellen über die Schultern. Ich war überrascht, wie hübsch sie aussah. »Du bist ganz blass geworden«, sagte sie. »Geht es dir nicht gut?«

Nein. Ich atmete schon wieder ruhiger, doch mein Herz hämmerte noch wild in meiner Brust. Zwar war Radulf fort, aber wie ein Wintersturm hatte er eine eisige Kälte hinterlassen.

Aurelia kam auf mich zu und fühlte mir die Stirn. »Du bist ja in kalten Schweiß gebadet. Was ist denn nur los?«

»Nichts«, sagte ich und rückte von ihr ab. »Kann ich dir wirklich trauen? Ich würde ja gerne, nur jedes Mal, wenn ich drauf und dran bin, muss ich wieder an unsere Abmachung denken und daran, dass für dich nur Horatios Belohnung zählt.«

»Die Abmachung ist vom Tisch.« Die Enttäuschung in ihrer Stimme war nicht zu überhören. »Während du mit Valerius gesprochen hast, hat Crispus mir 600 *Denarii* Belohnung gezahlt, weil ich dich hergebracht habe. Sie wollen dir auch bei der Suche nach deiner Schwester helfen, also, wenn ich will, könnte ich gehen.«

Ich traute mich kaum zu fragen. »Und willst du?«

Aurelia zuckte die Achseln, lächelte aber. »Sollte ich eigentlich. Wenn morgen Barbaren in Rom einfielen und die Pest brächten, wäre das noch lange nicht so schlimm wie dein Erscheinen. Wer sich dir auch nur nähert, muss vollkommen verrückt sein.«

Ich grinste. »Wenn es dich irgendwie tröstet, ich habe dich schon immer für ein bisschen verrückt gehalten.«

Obwohl sie mich weiter neckte, wurde ihr Ton mit einem Mal ernst. »Um eine Chance zu haben, brauchst du aber noch viel mehr verrückte Freunde als mich. Wie kann ich dir bis dahin helfen?«

»Ich muss lernen, die Magie zu beherrschen. Und wie ich gegen Radulf kämpfen kann, denn darauf wird es hinauslaufen.« Bei diesem Gedanken schauderte es mich.

»Dann bleibe ich. Ich bringe dir alles bei, was ich übers Kämpfen weiß.«

»Radulf könnte das gesamte Forum Romanum auf mich herabstürzen lassen. Kann das dein Messer aufhalten?« Um meine Mundwinkel spielte ein kleines Lächeln.

Mit blitzenden Augen konterte sie: »Bis du deine Magie so gut beherrschst wie ich mein Messer, solltest du mal schön still sein. Und nun ruh dich aus. Morgen wird es anstrengend werden.« Sie warf einen Blick auf die Decke, die in einem Haufen auf dem Boden lag, und das unberührte Bett daneben. Ihr Blick verfinsterte sich. »Du schläfst doch nicht etwa auf dem Boden?«

»Ach, Quatsch.« Dann zuckte ich mit den Schultern. »Und wenn doch?«

Aurelia hob die Decke auf und reichte sie mir. »Dein Leben hat sich geändert. Die Welt wird dich so sehen, wie du dich selbst siehst. Wenn du gegen Radulf als ebenbürtiger Gegner antreten willst, dann musst du das auch schon selbst glauben.«

»Findest du denn, dass wir ebenbürtig sind?«, fragte ich.

»Du und Radulf? Er ist ein General …«

»Nein, du und ich.«

»Oh.« Aurelia wich meinem Blick aus, mit der Hand hielt sie den Stoff ihrer Tunika ein wenig zu fest umklammert. »Ich, ähm …«

Das reichte mir als Antwort. Ich legte mich aufs Bett, drehte ihr den Rücken zu. »Gute Nacht, Aurelia.«

Sie rief meinen Namen, aber ich antwortete nicht. Nach einer Minute des Schweigens hörte ich sie davontappen.

ZWEIUNDDREISSIG

Bevor ich am nächsten Morgen mit dem Üben beginnen konnte, hatte Valerius noch einiges mit mir vor. Er schickte mir einen Sklaven, der mich schrubbte und mir das Haar schnitt, um, wie er es nannte, aus mir einen »repräsentablen Römer« zu machen. Keine Ahnung, was das genau heißen sollte, aber den Haarschnitt hatte ich dringend nötig und das Bad war ein unvorstellbarer Luxus. Ich hatte noch nie ein Bad genommen und hier stand mir gleich das gesamte *Tepidarium* des Senators zur Verfügung. Es nahm fast einen ganzen Raum ein, an Boden und Wänden bildeten Fliesen schöne Muster, und an der Seite waren Sitze aus Marmor eingelassen, falls man beim Baden Besuch empfangen wollte. Ich blieb so lange im Wasser, bis meine Haut schrumpelig wurde, und ich wäre sicher auch noch länger geblieben, wenn mir der Diener nicht erzählt hätte, dass die Frauen das Bad bald nutzen würden. Da war ich blitzschnell draußen.

Anschließend bekam ich eine Tunika, dessen Stoff fast so fein war wie der von Crispus' Toga. Ich strich über die weichen Falten des feinen Gewebes und fuhr mit dem Finger die blaue Einfassung entlang. Für mich war es ungewohnt, etwas zu tragen, das nicht kratzte.

Danach kam Crispus mit einem Paar Sandalen herein. Obwohl er sie mir entgegenhielt, brauchte ich einen Moment, um zu begreifen, dass sie für mich bestimmt waren.

Zunächst starrte ich einfach nur darauf, unsicher, was ich sagen oder tun sollte. »Ich könnte darin gar nicht laufen«, meinte ich schließlich.

Crispus reichte sie seinem Diener, der sie mir anzog und festschnürte. »Das lernst du noch«, antwortete Crispus. »Wer frei sein will, muss auch Schuhe tragen wie ein Freier.«

Nachdem die erste Sandale gebunden war, wackelte ich mit den Zehen. »Fühlt sich so anders an.«

Crispus zuckte die Achseln. »Das Leder gibt mit der Zeit etwas nach.«

»Nein«, sagte ich schnell. »Anders ist gut. Anders ist fantastisch.« Ich stellte mich hin und probierte die Schuhe aus. Es war merkwürdig, unter der Fußsohle etwas anderes zu spüren als Steine oder Sand. Ich sah Crispus an. »Vielen Dank.« Worte genügten nicht, doch sie waren alles, was ich hatte.

Anschließend führte mich der Diener vor einen polierten Messingspiegel, damit ich mich anschauen konnte. Hin und wieder hatte ich ein Stückchen von mir erhascht, mein Gesicht in einer Pfütze oder ein Teil meines Auges in einer Metallbüchse, aber noch nie hatte ich mich im Ganzen gesehen. Ich starrte mein Spiegelbild an. So wie ich zurechtgemacht war, wirkte ich nicht wie ein Sklave, und ich fühlte mich auch nicht mehr wie einer. Zum ersten Mal in meinem Leben machte ich meinem Namen alle Ehre. Ich war Nicolas Calva.

Sofort musste ich daran denken, wie Aurelia und ich gestern Abend auseinandergegangen waren. Was würde sie wohl sagen, wenn sie mich so sähe? Wahrscheinlich machte das keinen Unterschied. Ihre Meinung hatte nichts mit Äußerlichkeiten zu tun. Ganz gleich, was ich trug, für sie würde ich immer minderwertig bleiben.

Als ich ihr begegnete, war sie wieder ganz die Alte. Ein wenig zurückhaltend vielleicht, aber da ging es mir nicht anders. Aurelia saß mit Crispus beim Frühstück, der seinen Vater entschuldigte. Er hatte in der Früh schon Geschäftliches im Forum zu erledigen. Auf dem Tisch standen Obst, frisches Brot und weißer Fisch, den man in Honig tauchte. Während die beiden sich beim Essen zurücklehnten, rutschte ich so nah wie möglich an den Tisch heran, um noch schneller zu essen. Irgendwann spürte ich Crispus' Blick auf mir, wahrscheinlich war er entsetzt, wie viel ich verschlingen konnte, aber das war mir egal. Lange würde ich hier nicht bleiben können – wie sollte das gehen –, also wollte ich mich noch mal gründlich satt essen.

Als ich nach dem Käse griff, hielt Aurelia mich am Arm fest und löste den Verband. Entsetzt hielt sie die Luft an. »Die Wunde sieht so viel schlechter aus! Warum hast du denn nichts gesagt?«

Ich drehte den Arm, um die Wunde besser sehen zu können. Ich hatte gespürt, dass es schlimmer geworden war, bloß hatte ich gerade wichtigere Probleme.

Crispus setzte sich auf, er wirkte besorgt. »Ich unterrichte meinen Vater davon«, meinte er. »Das muss gleich untersucht werden.«

Während Aurelia die Wunde erneut verband, sagte sie: »Nein, ich habe damit Erfahrung, ich mache das schon.«

Doch ich entriss ihr den Arm. »Wenn es wieder so brennt wie beim letzten Mal, dann kann ich nicht üben, und mir fehlt ein ganzer Tag.«

»Du könntest den Arm verlieren!«

»Und ich verliere mein Leben, wenn ich nicht lerne, die Magie zu beherrschen.« Klang ziemlich heldenhaft, in Wirklichkeit hatte ich bloß Angst. Aurelias Behandlung wollte ich so lange es ging hinauszögern, denn diesmal plante sie, auch noch die Wunde auszuschaben. Bei der Vorstellung drehte sich mir der Magen um. »Wir machen es heute Abend, vor dem Schlafengehen.«

Aurelia widersprach, aber meine Meinung stand fest. Crispus stimmte mir schnell zu, nicht, weil er sich wegen der Schmerzen sorgte, die ihre Behandlung mit sich ziehen würde, sondern weil er ebenso erpicht darauf war, zu üben.

Crispus setzte sich zurück, um weiter zu essen. Sein Blick wanderte langsam von mir zu Aurelia. »Wir könnten wahrscheinlich herausfinden, wer dein Vater war«, sagte er zu ihr. »Es gibt doch sicher Unterlagen über ausgesetzte Kinder. Dann bräuchte man die Möglichkeiten nur noch eingrenzen.«

»Bitte nicht«, sagte sie.

»Warum denn nicht?«, fragte ich. »Wenn er dir doch helfen kann …«

»Es würde mir nicht helfen.« Aurelia schaute von mir zu Crispus, ihre Lider flackerten nervös, bis sie den Blick wieder auf ihr Essen richtete.

Nicht zum ersten Mal fragte ich mich, zu wem sie wohl gehörte? Ob es arme Leute wie meine Mutter waren, die hofften, ihrem Kind ein besseres Leben zu bieten, indem sie es aussetzten? Oder waren sie reich wie Crispus' Familie?

In dem Fall könnten wir nicht befreundet sein. Vielleicht hatte sie deshalb gestern Abend gezögert, als ich sie fragte, ob wir ebenbürtig wären? Womöglich kannte sie die Antwort längst.

Crispus futterte schon wieder. Bestimmt hatte er seine Hilfe nur aus reiner Höflichkeit angeboten. Und würde keinen weiteren Gedanken daran verschwenden, es sei denn, Aurelia würde sich plötzlich als seine Schwester entpuppen.

»Was ist denn mit dir, Nic?«, fragte er. »Du hast erzählt, deine Mutter sei Römerin, wäre aber Sklavenhändlern in die Hände gefallen. Hatte sie besondere Fertigkeiten, um Haussklavin zu werden?«

»Vielleicht.« Ich war noch so jung, als Sal sie weiterverkauft hatte, dass ich mich nicht mehr erinnern konnte. »Ich glaube, sie ist nach Rom gekommen, aber ich kann mich auch täuschen. Sie meinte, für uns sei das sicherer.«

»Moment mal«, sagte Aurelia. »Wieso sicherer? Was hat deine Mutter damit gemeint?«

Ich zuckte die Achseln. »Ist schon so lange her. Ich war zu jung, um solche Fragen zu stellen.«

Für Crispus war der Fall damit erledigt. Er stand auf und meinte, sein Vater hätte vorgeschlagen, dass ich sofort anfangen solle, mich mit der Magie vertraut zu machen.

»Mitten zwischen den Weinbergen liegt ein freies Feld, das neu bestellt werden soll«, sagte er. »Das wäre ideal zum Üben, wenn du bereit bist.«

Ich erhob mich ebenfalls. »Schon bereit.« Obwohl mich die Sorgen schwer drückten, freute ich mich darauf. Endlich würde ich lernen, die Magie zu beherrschen. Mit jedem Tag wurde sie stärker in mir, berührte mich tiefer. Endlich hatte ich die Chance, mich auszuprobieren.

Auf dem Weg zu den Weinbergen liefen wir zu dritt nebeneinanderher. Aurelia war in den Besitz eines neuen Bogens gelangt und hatte mich schon zweimal gewarnt, ihn ja nicht zu zerbrechen. Ich versprach es ihr, solange sie nicht damit auf mich schoss.

Unterwegs erklärte Crispus uns, dass die Weinberge schon seit Hunderten von Jahren in Familienbesitz seien und die Ursprünge so weit zurückreichten wie die Familiengeschichte.

»Für einen Patrizier ist der Familienname das Wichtigste überhaupt«, erklärte er. »Mit einem guten Namen kann man gar nicht scheitern. Und ohne Namen hat man keine Chance.«

Ich warf Aurelia einen Blick zu, doch die tat, als hätte sie die Unterhaltung über Familien gar nicht mitbekommen. Was wohl mit meiner war? Bezüglich dessen, was ich von meinem Vater bislang wusste, hätte mir sein Name nicht geholfen. Wenn Livia und ich von Rom fortgingen, würde ich Aurelia fragen, ob sie mitkommen wollte. Dann bräuchte sie sich über ihren Namen auch keine Gedanken mehr zu machen.

»Ist Valerius ein guter Namen?«, fragte Aurelia.

»Ein sehr feiner Name«, antwortete Crispus. »In meiner Familie wimmelt es nur so vor Heerführern, Senatoren und anderen hochrangigen Amtsträger. Mein Vater hofft, dass ich eines Tages selbst Kaiser werde.«

Ich lief zwischen den beiden, und es entging mir nicht, wie Aurelia lächelte, als er das sagte. Gestern Abend hatte sie ja ihr Geld erhalten, vielleicht stellte sie sich jetzt mit ihm auf eine Stufe. Und warum auch nicht? Was konnte ich ihr schon bieten im Vergleich zu Crispus? Im Vergleich zu jedem anderen? Selbst der Unglückliche, der die Achseln des Kaisers rasierte, hatte mehr zu bieten als ich.

»Aber dass ich Kaiser werde, ist nur ein Traum meines Vaters, das wird nie eintreten«, sagte Crispus traurig. »Ich möchte ihm ja gerne gefallen, leider interessiere ich mich nicht für Politik und er spricht auch kaum mit mir darüber. Ich weiß, dass er von mir enttäuscht ist.«

»So scheint es aber nicht«, sagte ich.

Crispus zuckte mit den Schultern. »Meistens sind die Dinge anders, als sie scheinen.«

Darauf erwiderte ich nichts, er hatte ja recht.

Als wir das Feld erreichten, war ich überrascht, wie groß es war. Es lag geschützt, und Crispus erzählte, dass alle Arbeiter von diesem Teil des Weinbergs für heute abgezogen worden waren. Sollte also etwas schiefgehen, wäre es nicht ganz so schlimm, solange sich der Schaden in Grenzen hielt.

Mir war klar, was das hieß. Wenn ich aus Versehen ein Feuer legte oder mit einem Erdbeben die jahrhundertealten Weinberge zerstörte und den Namen seiner Familie ruinierte, wäre das schlimm. Alles andere war akzeptabel.

Ich rieb die Hände und lächelte zufrieden. »Was ist? Bereit für eine Lektion in Magie?«

DREIUNDDREISSIG

Hier draußen auf dem Weinberg war es so anders als im Bergwerk. Unter Tage war die Welt staubig und grau wie die Menschen dort. Obwohl ich immer fest überzeugt war, eines Tages eine schönere Welt zu entdecken, hätte ich sie mir so nie ausgemalt. Auf den sanft abfallenden Hügeln gedieh der Wein in dichten grünen Reihen. Wir waren von hohen Bäumen umringt, die hier seit Anbeginn der Menschheit gestanden haben mussten. Am Ende des Feldes lag eine verfallene Ruine, die schon ewig vor sich hin zu rotten schien. Mir kam es komisch vor, dass hier Trümmer herumlagen, wo doch sonst alles so gepflegt war, deshalb fragte ich Crispus danach.

Er zuckte die Achseln. »Viel weiß ich nicht darüber. Mein Vater meinte, hier hätte mal ein Tempel gestanden. Dort lagen einst die sterblichen Überreste einer Vestalin, die bestraft worden war, weil sie ihr Gelübte gebrochen hatte. Wahrscheinlich hat man sie lebendig begraben. Vor ein paar Jahren wollte ich mir die Ruine mal aus der Nähe anschauen, aber als plötzlich ein großer Wolf auftauchte, bin ich weggelaufen. Außer ein paar Steinen gab es ohnehin nichts zu sehen.« Dann faltete er die Hände. »Wollen wir loslegen?«

Aurelia und ich standen im Schatten des höchsten Baumes und sahen ihn verständnislos an. Keiner von uns hatte eine Ahnung, wie wir anfangen sollten. Ich hatte als Einziger überhaupt schon mal Magie eingesetzt, und da es immer katastrophal geendet hatte, wurde mir plötzlich mulmig zumute.

»Mein Vater glaubt, dass die Magie auf deine Gefühle reagiert«, sagte Crispus. »Je intensiver die Gefühle, desto stärker die Magie. In der Arena hattest du große Angst.«

»Das ist doch albern.« Ich presste ein Lachen hervor und schielte zu Aurelia, ob sie nun schlecht von mir dachte. »Angst ist nicht das richtige Wort.« Was absolut der Wahrheit entsprach, aber nur, weil das, was ich gefühlt hatte, weit über Angst hinausging.

Aurelia kümmerte das nicht. Sie meinte bloß: »Es stimmt, was Crispus sagt. Als du die Stäbe im Wagen verbogen hast, warst du sauer auf Felix. Und was war, als Radulf uns in der Zisterne angegriffen hat?«

Crispus fiel die Kinnlade herunter. Offenbar kannte er die Geschichte noch nicht. »Moment mal!«, rief er. »Du hast schon mal gegen Radulf gekämpft?«

Ich schüttelte den Kopf. »Nein. Und wenn es ein Kampf war, habe ich ihn verloren. Aber du hast recht, die Magie ist mit meinen Gefühlen verbunden.«

»Das macht sie ja so gefährlich«, entgegnete Aurelia. »Gefühle sind unberechenbar und schwer in den Griff zu bekommen. Ich entscheide mich ja nicht, wütend oder traurig oder glücklich zu sein. Ich bin es einfach.«

Insgeheim musste ich lächeln. Vielleicht beschloss sie nicht, traurig oder glücklich zu sein, doch ich hatte erlebt, wie sie wütend wurde.

»Dann muss ich das eben lernen«, sagte ich. »Genügend Gefühle zulassen, um die Magie zu entfachen, und sie dann kontrollieren.«

Crispus schien auf alles vorbereitet. »Mein Vater hat seine Diener die ganze Nacht hier arbeiten lassen.« In der Zwischenzeit hatte er sich ein Seil mit einem Holzgriff geschnappt, das irgendwo hoch in den Baum führte. Wohin genau, konnte man wegen der aufgehenden Sonne nicht erkennen. »Hier, Nic. Nimm das mal.«

»Warum?« Ich nahm den Griff in die Hand und hoffte, dass es nicht zu gefährlich war.

»Halt einfach fest.« Crispus ging ein paar Schritte und drehte sich um. »Ernsthaft, nicht loslassen.«

Ich packte den Griff noch fester, und als ich mich das nächste Mal nach Crispus umsah, löste er am Baum eine Schlinge. Er war noch nicht ganz fertig, da flog ihm das Seil auch schon aus der Hand und sauste in die Luft. Im selben Moment löste sich über mir ein Stapel Ziegel, der am anderen Ende des Seils befestigt war. Er krachte zu Boden, das Seil rutschte durch einen Flaschenzug und schleuderte mich nach oben.

»Nic!«, schrie Aurelia. Alles war so schnell gegangen, dass ich nicht sicher war, ob sie überhaupt mitbekommen hatte, was passiert war. Crispus sollte eigentlich nicht so laut lachen, schließlich hing ich fast zehn Meter hoch in der Luft. An die Äste über mir kam ich wegen des Flaschenzuges nicht heran und zum Springen war es zu hoch. Unter mir hing zwar ein Ast, aber viel zu weit hinten.

»Ich wette, die *Bulla* ist schon ganz warm!«, sagte Crispus, der sich wieder etwas gefasst hatte.

»Findest du das witzig?« Wütend blitzte ich ihn an. »Lass mich runter!«

»Wird sie warm?«

Ich schloss die Augen und versuchte, meine Brust zu spüren. Zunächst fühlte ich gar nichts, aber als sich die Ziegel richtig setzten, wurde ich noch ein Stück höher gerissen. Beinahe hätte ich das Seil losgelassen. Darauf reagierte das Amulett.

»Es ist warm«, antwortete ich. Und die magische Kraft schoss mir mit solcher Wucht in die Brust, dass ich kaum noch Luft bekam. »Ich falle gleich!«, schrie ich. Von der Hitze wurden meine Hände schwitzig. »Das ist zu viel Energie!«

»Bändige sie!« Crispus zeigte auf den Ziegelhaufen am Boden. »Hebe ihn und schon bist du unten. Aber nicht zu schnell. Schön kontrolliert.«

Ich biss die Zähne zusammen und zwang mich, tief durchzuatmen. Gestern Abend war die Magie des Göttlichen Sterns wie kühles Wasser in meinen Adern geflossen, doch die Magie der *Bulla* war warm wie die ersten Sonnenstrahlen nach einer kalten Nacht. Vielleicht reagierte sie auf Gefühle, obwohl sie weit darüber hinausging. So stark war sie, so mächtig, reine Energie. Und mit jedem Mal spürte ich es umso deutlicher.

Dank dieser Kraft hielt ich mich nun mühelos am Seil fest und konnte mich so den Ziegeln widmen. Eine kleine Energiesalve aus meinen Fingern brachte sie zum Wackeln.

»Es funktioniert!«, rief Aurelia.

Ich ließ mehr Magie in die Hand fließen. Zunächst hob ich den Ziegelklotz damit nur wenige Zentimeter an. Ich war schon auf dem Weg nach unten, da brach ganz ungewollt zu viel Energie aus mir heraus. Es traf den Klotz mit explosionsartiger Wucht. Die Ziegel wurden in die Luft katapultiert, und weil ich Angst hatte, dass sie auf Crispus und Aurelia landen könnten, nutzte ich einen neuerlichen magischen Schub, um sie aus dem Weg zu schaffen. Dadurch wickelten sie sich um einen Ast und verfingen sich im dichten Laub. Mir glitt das Seil aus der Hand, und ich wäre sicher zu Boden gefallen, wenn ich nicht ebenfalls aus der Flugbahn gerissen worden wäre. Plötzlich hielt ich mich wie ein Klammeraffe an dem Ast fest, der noch kurz zuvor hinter mir gewesen war.

»Das ist ja eine großartige Idee!«, schrie ich Crispus zu. »Ich habe richtig Spaß!«

Nun musste Aurelia so lachen, dass ihr die Tränen die Wangen hinunterliefen. »Du hättest mal dein Gesicht sehen sollen!«

»Wenn es so witzig ist, komm doch hoch und beschreib's mir!« Ich schwang mich zum Astende, das unter meinem Gewicht ächzte.

Unter mir nahm Aurelia den Bogen von der Schulter und spannte einen Pfeil ein. »Ich kann dir helfen«, sagte sie. »Ich schieß einen Pfeil in den Baum. Knote dein Seil darum und dann kannst du daran heruntergleiten.«

Das war ein ganz schlechter Plan. Aber anders als ich hatte sie wenigstens einen, also rutschte ich zur Seite, um ihr Platz zu machen. Statt im Baum zu landen, kam der Pfeil im Bogen auf mich zugeflogen.

Ich duckte mich und er streifte noch mein Haar. »Manchmal bist du wirklich keine große Hilfe!«

Mit finsterem Bick funkelte sie Crispus an. »Du hast mich geschubst!«

»Du bist da oben, um Magie zu lernen, nicht, um dich von einem Mädchen retten zu lassen«, erwiderte Crispus achselzuckend.

»Du hast recht.« Dann beugte ich mich so weit vor, wie es ging. »Mach das noch mal, Aurelia.«

»Spinnst du? Nein!«

»Vor einem Tag hätte ich dich nicht erst bitten müssen.«

»Vor einem Tag hättest du es ja auch noch verdient gehabt.«

Ich schüttelte den Kopf. »Eben habe ich was gespürt. Wenn du mir helfen willst, schieß auf mich.«

Aurelia murmelte leise vor sich hin. Hier oben konnte ich nichts verstehen, aber Crispus kicherte, sicher verfluchte sie mich gerade. Aurelia spannte den Bogen erneut und zielte direkt auf mich. Der Pfeil zischte an mir vorbei. Ich hörte ihn durch die Luft sirren, sah sogar, wie er sich drehte. Jede einzelne Feder im Schaft war so deutlich erkennbar, als würde ich sie von Nahem betrachten. Auch wenn der Pfeil nicht langsamer flog als sonst, nahm ich es so wahr. Kaum war er an mir vorbei, schoss sie schon den nächsten ab. Diesmal versuchte ich, den Pfeil zu packen. Er glitt mir durch die Finger.

Leider verlor ich dabei das Gleichgewicht und rutschte vom Ast. Aurelia und Crispus schrien panisch auf, aber helfen konnten sie nicht. Auf dem Weg nach unten brach ich durch tiefer hängende Äste, die mir den Verband wegrissen. Der Boden kam immer näher. Unwillkürlich brachte ich all meine Magie auf, um den Fall zu stoppen. Krachend schlug sie in den Baum ein.

Ich fiel hart auf den Rücken und auf meinen verletzten Arm, der sofort höllisch wehtat. Doch ich hatte keine Zeit zu verlieren, denn der Baum kippte schon.

»Lauf!«, brüllte Aurelia.

»Nic!« Crispus klang angsterfüllt, aber auch er rannte davon. Als ich mich aufgerappelt hatte, sah ich nur noch den Baum mit seiner Ladung Ziegel direkt auf mich zustürzen.

VIERUNDDREISSIG

»Nic! Nic!«, kreischte Aurelia. Sie und Crispus versuchten, den Baum von mir zu rollen, hatten aber kein Glück, denn er war groß wie ein Schiff. Dann befahl Aurelia Crispus, ganz leise zu sein. »Was ist das für ein Geräusch? Lachst du etwa, Nic?«

Ich konnte einfach nicht anders. Die ganze Situation war dermaßen albern – natürlich lachte ich.

Dann drehte ich mich auf den Rücken und drückte den Stamm mit den Beinen hoch. Mir war klar, dass die *Bulla* die Arbeit machte, trotzdem war es ein erhebendes Gefühl. Ich wand mich aus den dicken Ästen und drückte sie weg.

Sobald Crispus mich sah, zwängte er sich durch die Zweige und reichte mir eine Hand.

»Wie hast du das nur überlebt?« Er blickte mich mit großen Augen ungläubig an. »Eigentlich hättest du tot sein müssen.«

»Ich habe ihn aufgehalten.« Weiter konnte ich es nicht erklären. »Als der Baum umgekippt ist, habe ich mich dagegengestemmt.«

Crispus war begeistert. »Genau wie wir gedacht haben. Du hast Dianas Kräfte, ihre Stärke und die Fähigkeiten, dich mit Tieren zu unterhalten. Sie ist auch eine Heilerin.« Sein Blick glitt zu meinem Arm. »Nic, Diana kann sich selbst heilen.«

So heiß war die *Bulla* noch nie geworden und zum Beweis streckte ich Crispus den Arm hin. »Glaubst du immer noch, dass ich mich selbst heilen kann?«

»Vielleicht hast du es nur noch nicht versucht.« Aurelia strahlte.

»Ich weiß doch nicht mal, wie!«

»Dann muss ich dich wohl heute Abend behandeln. Den Arm werde ich stundenlang« – ihr Grinsen wurde immer gemeiner –, »stundenlang ausschaben.«

Das spornte mich an. Ich schloss die Augen und dachte an die Wunde, an die ständigen Schmerzen und das Brennen. Erst passierte gar nichts, aber ich ließ nicht locker und verknüpfte diese Empfindungen mit der Wärme in der *Bulla*. Sofort strömte Magie durch mich hindurch und legte sich wie eine steife Wolldecke um den Arm.

»Es funktioniert!«, flüsterte Aurelia.

Ich linste mit einem Auge. Die Wunde war von einem Leuchten umgeben, das die Infektion heilte. Aber es war nicht allein die Magie der *Bulla*. Auch das Mal in meiner Schulter reagierte, und ich wusste, dass Radulf es ebenfalls wahrnahm. Er sagte nichts, dennoch spürte ich deutlich, wie er sich freute. Das ärgerte mich, doch ich schob den Gedanken beiseite, um mich auf den Arm zu konzentrieren. Als ich diesmal hinsah, schloss sich die Haut und hinterließ nur noch eine schmale rote Narbe.

Crispus und Aurelia rangen nach Luft. Ich selbst konnte es erst recht nicht fassen. Ungläubig schüttelte ich den Arm, als könnte sich die Wunde jederzeit wieder zeigen, aber er fühlte sich nicht nur gesund an, sondern sogar kräftiger als vorher.

Aurelia packte meinen Arm, um ihn zu untersuchen. Als

sie zu mir aufblickte, lächelte sie breit. »Diesmal hast du die Gefühle gar nicht gebraucht. Du hast einfach die Magie benutzt!«

»Du bist stärker, als du denkst«, sagte Crispus stolz. »Wenn es so weit ist, wirst du Radulf besiegen.«

»Er kennt sich mit der Magie des Göttlichen Sterns viel besser aus als ich.«

»Aber ihr habt das gleiche Mal«, entgegnete Aurelia. »Du kannst die Magie auch erlernen.«

»Probieren wir's einfach aus«, sagte Crispus. »Nimm das Amulett ab. Wir konzentrieren uns ganz auf das Mal.«

»Ich will nicht.« Sobald mein Arm geheilt war, hatte ich Radulfs Anwesenheit nicht mehr gespürt, und ich wollte ihm nicht wieder Gelegenheit geben, in meinem Kopf herumzuspuken. »Anders als bei der *Bulla* merkt Radulf, wenn ich das Mal benutze. Ich werde bloß mit der *Bulla* arbeiten und den Göttlichen Stern nur einsetzen, wenn es gar nicht anders geht.«

Aurelia und Crispus sahen sich achselzuckend an, dann meinte Crispus: »Also gut, aber ich habe keine Lust mehr, von Bäumen erschlagen zu werden. Lass uns mit was Kleinerem weitermachen.«

Den restlichen Nachmittag verbrachten wir dann so. Die beiden forderten mich auf, ein Feuer zu machen, doch selbst nach zwei Stunden höchster Konzentration brachte ich nicht mehr als eine Rauchwolke zustande. Als ich zu Crispus sagte, dass das ja immerhin besser sei, als Dinge in die Luft fliegen zu lassen, stimmte er mir zu, nur insgeheim hätte er sicher lieber eine Explosion gesehen. Aurelia schlug eine andere Taktik vor und wollte, dass ich den umgestürzten Baum bewege, ohne ihn zu berühren. Ich gab mein Bestes, bündelte all meine Kraft, aber der Stamm rührte sich nicht vom Fleck. Nicht einmal einen Stein konnte ich anheben, geschweige denn werfen.

»Anscheinend hat man bei dir nur die Wahl zwischen vollständiger Zerstörung und gar nichts«, sagte Crispus entmutigt.

Mir ging es ebenso, soweit ich vor lauter Erschöpfung überhaupt noch zu einer Gefühlregung imstande war. Mit schleppender Stimme antwortete ich: »Die Magie ist wie ein Felsbrocken, der ins Tal herunterdonnert, wenn sie sich auf einen Schlag entlädt. Man muss sich mit aller Kraft dagegenstemmen, wenn man sie kontrollieren will. Das ist sehr viel schwerer.«

»Wir können Nic nicht dauernd so fordern«, sagte Aurelia.

»Die Magie stärkt ihn«, entgegnete Crispus.

»Ja, aber sie zehrt auch an meinen Kräften!«, meinte ich. »Du siehst vielleicht nicht, wie ich mich anstrenge, doch das tue ich.«

»Dann ruhen wir uns eben aus«, sagte Crispus. »Sonst kommen wir nicht weiter.«

Es raschelte und wir schraken auf. Aurelia zückte ihr Messer, steckte es sogleich aber wieder ein, als Valerius mit einer Schar von Dienern erschien, die Essen und Trinken brachten.

»Ich dachte, eine kleine Stärkung wäre jetzt genau das Richtige«, sagte Valerius.

Aurelia ging ihnen entgegen. Nach kurzem Zögern gesellte ich mich zu ihr, dabei entging mir nicht, dass Valerius seinen Sohn zur Seite nahm, um mit ihm ungestört zu reden. Die Diener boten uns Platten mit hart gekochten Eiern, Feigen und getrocknetem Fisch an. Mir lief das Wasser im Mund zusammen, aber ich war abgelenkt. Valerius' Sorgenfalten schienen heute noch tiefer, und mir gefiel nicht, wie Crispus nickte. Offenbar ging es um mich und ich fühlte mich ausgeschlossen.

»Was sagt Crispus wohl?«, flüsterte Aurelia.

»Dass meine Magie bestenfalls unbeherrschbar und schlimmstenfalls vollkommen nutzlos ist. Ich kann gut verstehen, dass sie an mir zweifeln.«

Aurelia lächelte grimmig. »Du versuchst es doch.«

»Das reicht eben nicht«, sagte ich. »Nicht für das, was uns bevorsteht. Das erzählt er seinem Vater gerade.«

Valerius legte Crispus die Hand auf die Schulter, sagte noch etwas, woraufhin Crispus nur mit den Achseln zuckte, dann wandte sich Valerius mir zu. »Lass uns eine Runde spazieren gehen. Crispus und Aurelia können sich solange ausruhen.«

Gerne hätte ich ihn darauf hingewiesen, dass ich eigentlich derjenige war, der Ruhe gebrauchen konnte. Aber das war wohl ungerecht. Crispus und Aurelia unterstützten mich nach Kräften, um Magie hervorzurufen, vor der sie sich dann schnellstens in Sicherheit bringen mussten. Sie waren sicher auch völlig erschöpft.

Ich schlenderte mit Valerius durch den alten Weinberg. Volle reife Trauben verströmten einen lieblichen Duft, den ich mit tiefen Atemzügen so lange wie möglich auskostete.

Doch Valerius schlug sich offenbar mit schwerwiegenderen Problemen herum. Sobald wir außer Hörweite waren, sagte er: »Tut mir leid, dass ich heute Morgen fortmusste. Ich wäre beim Üben gerne dabei gewesen.«

»Ich brauche mehr Zeit. Es dauert wahrscheinlich Jahre, bis ich die Magie beherrsche.«

»Unsinn. Crispus hat mir erzählt, dass du deine Verletzung geheilt hast. Ich sehe ja selbst, wie gut die Wunde aussieht.«

»Eine Wunde zu heilen ist nicht das Gleiche, wie die Magie im Kampf einzusetzen! Wenn ich kämpfen will, regt sich die *Bulla* nicht. Aber auf meine Angst oder Wut reagiert sie mehr, als mir lieb ist. Beides ist gefährlich.«

»Gar nichts zu tun, ist ebenso gefährlich. Hast du darüber mal nachgedacht? Das Römische Reich steht auf dem Spiel. Entweder holen wir uns den Schlüssel oder Horatio übergibt ihn irgendwann Radulf. Wir brauchen deine Magie. Ob nun zu viel oder zu wenig, du bist Roms einzige Chance.«

Falls er mir damit Mut machen wollte, hatte er jämmerlich versagt. Selbst wenn ich Roms einzige Chance war, hieß das nicht, dass ich eine Chance hatte. Der heutige Tag hatte gezeigt, dass ich nicht stark genug war, um es mit Radulf aufzunehmen oder ein Reich zu retten. Nein, wo ich mich doch gerade erst fast selbst mit einem Baum erschlagen hätte.

Valerius seufzte. »Heute Morgen wurde ich zu einer Senatssitzung gerufen, sicher kannst du dir denken, worum es dabei ging. Senator Horatio setzt alles daran, dich aufzuspüren. Er hat die Belohnung verdoppelt und macht keinen Hehl mehr daraus, was er mit dir vorhat. Meine Spione berichten, dass Horatio öffentlich bekennen will, auf wessen Seite er steht, ganz Rom soll davon erfahren. Wir glauben, dass er das bei den Spielen in zwei Tagen tun wird.«

»In zwei Tagen! Ich brauche mehr Zeit!«

»Wir müssen zu den Spielen und ihn aufhalten. Wenn es dir gelingt, Radulf in der Arena zu besiegen, kann Horatio ihm keine Treue mehr schwören.«

»Hätte ich die Magie im Griff, wäre es ein guter Plan!«

»Das lernst du noch.« Valerius schaute noch finsterer drein. »Selbst wenn du nicht gegen Radulf ankommst, musst du Horatio aufhalten. Um jeden Preis.«

Kopfschüttelnd trat ich einen Schritt zurück. Nein, ich würde nicht jeden Preis für meine Freiheit zahlen. Nicht einmal Rom war es wert, dass die Grenzen von Recht und Unrecht verwischt wurden. Und es beunruhigte mich, dass Valerius anderer Meinung war.

Entweder merkte Valerius nichts von meinen Zweifeln oder es war ihm egal. »Der Erfolg ist zum Greifen nah, das spüre ich ganz deutlich«, sagte er. »Wenn du das geschafft hast, wirst du als Held von Rom an meiner Seite stehen, Nic.«

»Nein, wenn ich das geschafft habe, werde ich mich auf die Suche nach meiner Schwester begeben und mit ihr Rom verlassen. Aber um meine Aufgabe zu erfüllen, brauche ich den Greif. Ohne ihn hätte ich es das letzte Mal nicht heil aus der Arena geschafft. Und jetzt bin ich wieder auf ihn angewiesen.«

Valerius senkte den Blick. »Das ist nicht möglich.«

»Ich spreche mit ihm. Überzeuge ihn, zurückzukommen und mir zu helfen. Ich muss nur herausbekommen, wo er ist.«

»Das wissen wir.« Valerius zögerte viel zu lange, bevor er fortfuhr: »Er hat die Thermen bei der Via Appia übernommen. Niemand traut sich mehr dort hin, weil er nach wie vor gefährlich ist, aber wegen des verletzten Flügels ist es nur noch eine Frage der Zeit. Das Tier kann nicht mehr fliegen und nicht mehr jagen. Dein Greif liegt im Sterben.«

FÜNFUNDDREISSIG

Valerius brachte mich zurück zu Crispus und Aurelia, er bestand darauf, dass wir auch noch den Nachmittag zum Üben nutzen sollten. Da mir nur noch wenig Zeit blieb, strengte ich mich an, aber in Gedanken war ich mehr bei Fortis. Ich hatte mich oft gefragt, wohin er wohl geflogen sein mochte, nur in meiner Vorstellung hatte er dann immer auf einem großen Batzen Gold gesessen, war über Rom geschwebt oder hatte sich auf Beute gestürzt. Fortis war ein Geschöpf der Götter. Ich war deshalb davon ausgegangen, dass er sich selbst heilen konnte.

»Was hat Valerius denn nun zu dir gesagt?« Aurelia fragte mich nun bestimmt schon zum zehnten Mal. Ich hatte ihr und Crispus nur geantwortet, dass mein Kampf gegen Radulf sehr bald stattfinden würde, aber welche Rolle Horatio spielte, hatte ich verschwiegen, und Fortis hatte ich ebenfalls nicht erwähnt.

Aurelia legte mir versöhnlich die Hand auf den Arm. »Du musst nicht gegen Radulf antreten. Hau einfach ab. Verlass die Stadt.«

»Finde ich auch«, sagte Crispus. »Mein Vater kann sehr überzeugend sein, aber zwingen kann er dich nicht.«

»Das ganze Reich weiß über mich Bescheid. Meint ihr

wirklich, die lassen mich einfach so ziehen? Ich will nicht den Rest meines Lebens auf der Flucht sein.«

»Wenigstens wärst du dann am Leben!« Aurelia machte ein besorgtes Gesicht. »Wenn du verlierst …«

»Oder gewinne.« Ich zuckte mit den Schultern. »So oder so werde ich wenigstens Radulfs Stimme im Kopf los.«

Crispus nickte und ein Lächeln breitete sich über sein Gesicht aus. Hatte ich ihm mit meinen Worten Mut gemacht oder wollte er mir Mut machen? »Wenn du gewinnst, schenkt dir der Kaiser die Freiheit.«

»Und dein Vater wird meine Schwester suchen«, ergänzte ich. »Das hat er mir versprochen.«

Aurelia klatschte in die Hände. »Dann lass uns weitermachen. Dir steht Gutes bevor, Nic. Ich habe das im Gefühl.«

Das war beruhigend zu wissen, denn sobald wir mit dem Üben weitermachten, dachte ich nur wieder an Fortis. Obwohl wir bis in den Abend übten, erzielte ich kaum Fortschritte. Mir gelang es, die *Bulla* zu erwärmen, indem ich meine Gefühle aktivierte, aber das reichte nicht, um ihr Magie zu entlocken. Und nichts, was Crispus oder Aurelia sagten oder taten, förderte irgendwelche echten Gefühle in mir zutage. Im Moment stand allein die Sorge um Fortis im Vordergrund und daran konnte keine Magie der Welt etwas ändern.

Oder vielleicht doch.

Auf dem Rückweg fragte ich Crispus ganz beiläufig, wo denn die Via Appia läge.

»Warum fragst du?«, wollte Aurelia wissen. War ja klar, dass sie gleich misstrauisch wurde.

»Nur so. Valerius hat was darüber erzählt.«

Crispus zeigte mir die Richtung. »Vor fast dreihundert Jahren hat es einen Sklavenaufstand gegeben, der von Spartakus, einem ehemaligen Gladiator, angeführt wurde. Zu der Zeit bestand ein Drittel der Bevölkerung aus Sklaven, also war das ein echtes Problem für die Stadt. Die Kämpfe dauerten zwei Jahre und Spartakus hat viele Siege errungen … bis er seine Armeen zur Via Appia führte. Rom hat seine Legionen von außerhalb gerufen und ist mit den Soldaten innerhalb der Stadt angerückt. Spartakus saß in der Falle. Kurz nach seiner endgültigen Niederlage wurden entlang der Via Appia sechstausend Sklaven hingerichtet. Eine gerechte Strafe, wenn ihr mich fragt.«

»Wie kannst du nur so was sagen?«, rief Aurelia. »Und denkst du dabei gar nicht daran, was Nic ist?«

Crispus blieb stehen und sah mich an. »Tut mir leid, Nic. Irgendwie sehe ich dich nicht als Sklaven.«

»Weil ich auch keiner mehr bin.« Ich warf Aurelia einen bösen Blick zu. »Das war ich einmal, bin es aber nicht mehr.« Damit setzte ich mich an die Spitze.

Beim Abendessen unternahm Aurelia den Versuch, sich zu entschuldigen, aber ich war in Gedanken ganz woanders. Trotz der feinen Auswahl an Speisen aß ich kaum etwas und zog mich, unter dem Vorwand, müde zu sein, früh zurück. Ich war schon jenseits von müde, aber ich hatte trotzdem nicht vor, zu schlafen. Sobald sich die Bewohner des Hauses hinlegten, würde ich mich zu Fortis aufmachen.

Da die anderen glaubten, ich würde längst schlafen, störte mich keiner. Ich wartete, bis ich keine Schritte mehr vernahm, und schlich mich vorsichtig aus meinem Zimmer. Über das Atrium lief ich zur Eingangshalle. Die Haustür war so schwer, dass sie beim Öffnen kaum knarrte. Lautlos schlüpfte ich hinaus auf die Straße.

Nachdem ich mir solche Mühe gegeben hatte, war es blöd, laut aufzuschreien, als Crispus und Aurelia von beiden Seiten angestürmt kamen. Ehrlich gestanden wäre ich vor Schreck fast in Ohnmacht gefallen.

Sobald ich mich erholt hatte, sagte ich finster: »Was macht ihr beiden hier?«

»Das musst ausgerechnet du fragen. Du schleichst dich doch hier raus«, gab Aurelia zurück.

Ich ging ein paar Schritte. »Ich habe mich nicht rausgeschlichen, ich gehe einfach, das ist ja wohl mein gutes Recht. Morgen früh bin ich wieder da.«

Sie holten mich ein und nahmen mich in die Mitte. »Wir kommen mit dir«, sagte Crispus.

»Woher wollt ihr überhaupt wissen, wo ich hinwill?«

»Das ist nicht schwer zu erraten. Valerius hat uns von Fortis erzählt. Er meinte, du seist ganz bestürzt gewesen. Warum hast du uns denn nichts erzählt?«

Ich blieb stehen und holte tief Luft. »Weiß ich auch nicht. Hätte ich vielleicht sollen.«

»Hier entlang.« Crispus kehrte um. »Auf uns wartet ein Wagen.«

Ich war nicht bereit, ihm so ohne Weiteres zu folgen. »Um zu den Thermen in der Via Appia zu fahren? Und nirgendwohin sonst?«

Crispus lächelte. »Du glaubst immer gleich, dass man dich reinlegen will. Du musst ja schlechte Erfahrungen gemacht haben!«

»Sagen wir mal, ich habe gute Gründe, so zu denken.« Dann

überlegte ich einen Moment und setzte mich in Bewegung. »Danke. Ich weiß gar nicht, ob ich den Weg im Dunkeln überhaupt gefunden hätte.«

Wir kletterten hinten auf den Wagen und der Kutscher trieb das Pferd an. Im Wagen lagen mehrere Säcke. »Da ist Fleisch drin«, meinte Crispus. »Ich habe sie mit allem füllen lassen, was wir noch hatten. Der Greif wird hungrig sein.«

»Noch mal danke.« Je mehr Crispus und sein Vater für mich taten, desto tiefer stand ich in ihrer Schuld. Sicher wussten sie noch besser als ich, wie schwer es werden würde, Radulf zu besiegen. Deshalb halfen sie mir gerade, wo es nur ging.

Aurelia, die neben mir saß, drückte meine Hand. »Ich verstehe, warum du das tust«, flüsterte sie. »Der Greif hat dir das Leben gerettet, da willst du dich gerne verabschieden.«

»Er heißt Fortis«, sagte ich. »Und wer hat was von Verabschieden gesagt?«

SECHSUNDDREISSIG

Die Fahrt zu den Thermen dauerte länger als gedacht. Zu Fuß hätte es mich die halbe Nacht gekostet, wenn ich mich nicht noch zwischendurch verlaufen hätte, was wahrscheinlich war. Allein dafür war ich Crispus dankbar.

Sobald die Thermen in Sicht kamen, ermahnte ich Crispus, der Fahrer möge uns schon vorher herauslassen. »So wie ich verstanden habe, hat Fortis bereits seit Tagen nichts mehr gefressen. Schon unter normalen Umständen hat er nichts für Pferde übrig, aber in dem Zustand erst recht nicht.«

Crispus nickte und befahl dem Kutscher, anzuhalten und uns herauszulassen. Jeder von uns musste einen Fleischsack schleppen. Im hellen Mondlicht sah ich deutlich das rote Backsteingebäude, es war atemberaubend. Beinahe verrenkte ich mir den Hals, als ich von einem Ende zum anderen schaute, so weit erstreckten sich die Arkaden zu beiden Seiten. Crispus meinte, es seien die Lieblingsthermen seiner Mutter, und manchmal würde sie einen ganzen Tag hier verbringen.

»Nur um zu baden?«, fragte ich.

»Nein, natürlich nicht.« Crispus quittierte meine Unwissenheit mit einem Lächeln. Eigentlich hätte ich ja beleidigt sein müssen, aber ich war nun einmal so ahnungslos, wie er dachte. Vielleicht sogar noch ahnungsloser. »Dort kann man auch Sport treiben, sich mit anderen in den Gärten treffen, sich massieren lassen und tagsüber kann man sogar einkaufen. In diesen Thermen gibt es sogar zwei Bibliotheken.«

Ich kicherte. »Ich hätte nie gedacht, dass man in einem Bad liest.«

»Na ja, die meiste Zeit verbringt sie doch im Wasser. Meine Mutter ist wahrscheinlich die reinlichste Frau der Welt.«

Nun lachten wir alle, dennoch verwunderte mich diese Art von Leben. Seit meinem Leben im Bergwerk hatte ich nicht mehr so viel Zeit über Tage verbracht, selbst die Sonne vom Aufgang bis zum Untergang zu erleben, war für mich schon ein seltener Luxus. Die Vorstellung, dass jemand einen ganzen Tag nichts tat, außer im Becken zu faulenzen, war mir vollkommen fremd.

Crispus stieß mich in die Seite. »Deinem Gesichtsausdruck nach zu urteilen, hättest du gerne so ein Leben wie meine Mutter.«

Ich grinste. »Ich würde es gerne mal eine Weile ausprobieren, mal sehen, wie ich mit der Bürde des Reichtums klarkäme.«

Innerhalb der Mauern erstreckten sich gepflegte Gartenanlagen, durch die ein Weg zu den Thermen führte. Fortis war nirgends zu sehen, aber ich spürte, dass er hier war, und lief ein wenig schneller. Über einen Flur gelangten wir zu den Eingangstüren.

»Eine Seite für Männer, eine für Frauen«, sagte Crispus.

»Welche nehmen wir?«, fragte Aurelia.

»Die für Männer natürlich.«

Aurelia boxte ihn im Spaß und Crispus neckte sie. »Du kämpfst wie ein Junge, trägst Waffen wie ein Junge, da kannst du auch die Jungentür nehmen.«

»Nein, ich kämpfe und trage Waffen wie ein Mädchen, ich nehme den Mädcheneingang! Bis gleich!« Damit sprang sie durch die andere Tür davon.

Crispus und ich liefen durch einen weiträumigen Bereich, wo man sich umziehen konnte, und trafen Aurelia dahinter am anderen Ende. Crispus zeigte zu den vier verschiedenen Bädern.

»Das *Caldarium* im hinteren Teil ist das heißeste und die meisten Badegäste fangen damit an. Davor liegt das *Tepidarium*. Vielleicht versteckt sich dein Greif dort.«

Ich zuckte die Achseln, hoffentlich nicht. In Crispus' *Tepidarium* war es so behaglich gewesen, das hätte ich nie freiwillig verlassen, wenn nicht die Frauen zum Baden gekommen wären. Sollte Fortis dort stecken, hätte ich sicher alle Mühe, ihn herauszulocken.

»Im *Frigidarium* ist er sicher nicht, viel zu kalt.« Crispus tat so, als würde er zittern. Aurelia fand das lustig und pikste ihn mit dem Finger. Ich konnte ihren Humor nicht teilen. »Wahrscheinlich ist er im *Natatio*«, ergänzte er. »Da schwimmt man im Freien, das würde dem Greif noch am besten gefallen.«

Schon bevor wir in die Umkleide traten, erkannte ich Fortis' Atem, wobei er keuchender klang als sonst.

Ich hob die Hand. »Lasst mich allein gehen. Kann sein, dass er durch die Verletzung ruhig und friedlich ist, vielleicht aber auch umso angriffslustiger. Bleibt ihr erst mal zurück.«

»Wir sind zusammen im Wagen nach Rom gefahren«, sagte Aurelia. »Mich kennt er doch schon.«

»Bloß heißt das nicht, dass er dich auch mag.« Ich schaute sie verschlagen an. »Mach dir nichts daraus. Ich weiß nicht mal, ob er mich leiden kann.«

Im *Natatio* entdeckte ich Fortis gleich. Er hatte sich hinter zwei großen Säulen zusammengerollt. Als ich ihn rief, spitzte er eines seiner langen, dreieckigen Ohren, hob aber nicht einmal den Kopf. Kein gutes Zeichen.

Zwischen uns lag das riesige Schwimmbecken, um das ich einmal ganz herumlaufen musste, um zu ihm zu gelangen. Auf halbem Weg lag der Goldklumpen, den er vom *Venatio* mitgebracht hatte, achtlos auf dem Boden wie wertloser Schotter. Wenn ihn nicht mal mehr das Gold interessierte, stand es schlechter um ihn als gedacht.

Ich rief wieder nach ihm. Diesmal antwortete er mit einem leisen, schmerzerfüllten Krächzen. Fortis machte vergebliche Anstalten, sich aufzurichten.

»Es tut mir so leid«, sagte ich, als ich bei ihm war. »Ich hatte ja keine Ahnung, dass du so schwer verletzt bist.« Den Sack mit dem Fleisch legte ich ihm direkt vor die Nase, doch er schnüffelte nur kurz und zeigte weiter kein Interesse. Also streichelte ich ihn, wie er es gern hatte. Als ich beim Flügel angelangt war, wurde mir alles klar. Der Speer des *Bestiarius* hatte ihm den Flügel gebrochen. Oder er war angebrochen gewesen, als ich ihn gezwungen hatte, uns aus dem Amphitheater zu fliegen, und er war durch den anstrengenden Flug vollends gebrochen. Es war sinnlos, mich noch weiter zu entschuldigen.

Ich kniete mich neben ihn, nahm die *Bulla* ab und hielt sie an seinen Flügel. Im Mondlicht leuchtete das Amulett gleich heller und fühlte sich auch schwerer an. Ich hoffte, dass ich mich über die *Bulla* mit Fortis verbinden konnte, um ihn zu heilen. Wegen der Schwere der Wunde musste ich mich noch mehr auf den Göttlichen Stern verlassen, was Radulf auf den Plan rufen könnte. Doch das nahm ich in Kauf. Im Moment zählte nur Fortis.

Mit klopfendem Herzen presste ich die *Bulla* direkt auf die Wunde. Fortis zuckte zusammen vor Schmerz, hatte jedoch nicht die Kraft, wegzurücken. Ich sagte ihm, wie leid es mir täte, ihm wehzutun, aber das war meine einzige Chance und da wollte ich alles richtig machen.

Wie vorhin konzentrierte ich mich mit aller Macht auf das Heilen. Diesmal fiel es mir schon viel leichter, die Magie legte sich wie ein Mantel um Fortis und mich. Radulf hatte gesagt, die Magie wäre ein Muskel, den man trainieren könne. Durch den Tag im Weinberg hatte ich deutlich an Kraft gewonnen, die ich jetzt dringend brauchte. Ich überließ mich ihrem Fluss, nahm sie mit jeder Pore auf, mit jedem Atemzug wurde sie stärker, drang bei jedem Ausatmen noch tiefer in mich ein.

Sobald sich die Magie in mir gesammelt hatte, lenkte ich sie über die *Bulla* in meiner Hand in Fortis' Flügel. Wenn ich so die Entzündung in meinem Arm hatte heilen können, müsste es auch beim Greif klappen. Solange ich nur genügend Kraft aufbrachte, die Verletzung zu überdauern.

Fortis trillerte nervös, er spürte die Magie, wandte sich sogar etwas, aber ich nahm die Hand nicht weg. Mit der anderen strich ich ihm übers Gefieder, um ihn zu beruhigen.

»Das ist eine Nummer zu groß für dich, Nic.« Dass Radulf mich aufspüren würde, daran hatte ich keinen Moment gezweifelt, die Frage war eigentlich nur, wie lange es dauern würde. Beim Klang seiner Stimme gefror mir das Blut in den Adern, ich schauderte.

»Haut ab«, murmelte ich. »Noch seid Ihr am Leben, aber nicht mehr lange, dann hole ich Euch.«

Radulf lachte in sich hinein. Dadurch wurde ich abgelenkt, bis Fortis sich wieder regte. Ich ließ noch mehr von mir in den Greif fließen, nicht nur Magie, auch Dankbarkeit, weil er mir zweimal das Leben gerettet hatte, und Trauer, denn ich hatte es ihm schlecht vergolten, indem ich sein Leben aufs Spiel gesetzt hatte. Zum ersten Mal nutzte ich die Magie nicht einfach bloß, sondern verstand sie allmählich auch. Magie war ein Gefühl und wie starke Gefühle konnte sie aufbauen und zerstören. Im Moment tat sie beides. Sie baute Fortis auf und zerstörte mich.

Mein Arm zitterte und ich musste mich auf dem Greif abstützen. Während er stärker wurde, wurde ich schwächer, und es wurde zunehmend schwieriger, ihn daran zu hindern, mit dem Flügel zu schlagen.

»Noch nicht«, flüsterte ich. »Noch nicht, Fortis.«

»Du rettest die Bestie, die dich gezeichnet hat«, sagte Radulf in meinem Kopf. »Interessant. So gut bin ich mit dem Einhorn nicht umgesprungen, das mir meinen Kratzer verpasst hat.« Er lachte. »Den habe ich mir eingefangen, als ich es getötet habe. Ich glaube nicht, dass das Einhorn vorhatte, mir seine Kräfte zu geben.«

Davon wollte ich jetzt nichts wissen. Wollte mir nicht vorstellen müssen, wie er einem göttlichen Wesen Gewalt angetan hatte.

Ich fühlte mich schwer und schwerer, als wären meine Glieder aus Blei. In mir regte sich zwar noch Magie, aber es kam keine neue hinzu. Das Atmen wurde mühsamer, das Denken langsamer. Und das Mal auf der Schulter spürte ich auch nicht mehr. Eigentlich spürte ich kaum noch etwas. Mein Stern war im Sinken.

Fortis krächzte, es klang schon viel kräftiger, und als er diesmal mit den Flügeln schlug, fegte er meine Hand fort und kam auf die Füße. Ob nun aus Versehen oder mit Absicht, jedenfalls warf er mich um, und ich war nicht in der Lage, hochzukommen.

»Nic!«

Aurelias Schritte hallten über den Zementboden, dann packte sie mich unter den Achseln und zog mich von Fortis weg. Doch davor brauchte sie keine Angst zu haben. Fortis würde nicht auf mich treten, jedenfalls nicht böswillig.

Dann kniete sich Aurelia neben mich und fragte, wie es mir ginge. Ich hörte sie und irgendwie auch nicht. Ihre Stimme schien aus einem anderen Zimmer kommen. Ohne zu antworten, schloss ich die Augen, um mich zu sammeln. Es fühlte sich an, als wäre alles, was mich ausmachte, einfach verschwunden, versickert im trockenen Sand.

»Das Heilen hat zu viel Kraft gekostet«, sagte Radulf. »Dein Körper ist mit solch mächtiger Magie überfordert.«

»Er zittert!« Aurelia strich mir das Haar aus der Stirn. »Sieh mich an, Nic!«

»Das Mädchen bedeutet dir was«, sagte Radulf. »Du bekommst Herzklopfen in ihrer Nähe.«

»Jetzt reicht's aber. Verschwindet aus meinem Kopf!«, brüllte ich. Anschließend kämpfte ich mich hoch und rückte von Aurelia ab. Schwindel erfasste mich, doch durch all den Nebel hörte ich, wie Fortis das mitgebrachte Fleisch aß. In dem Moment war mir egal, was aus mir wurde. Der Greif war gerettet.

»Das sind die edelsten Thermen Roms«, sagte Radulf. »Du hast dem Reich einen Dienst erwiesen, indem du sie von einem gefährlichen Greif befreit hast. Ich werde dem Kaiser davon berichten.«

»Tut das«, murmelte ich. »Dann werde ich ihm von Euren Plänen erzählen.«

»Was geht hier vor sich?«, fragte Aurelia. »Sprichst du mit Radulf?«

»Ich habe große Pläne, nachdem ich mir die *Bulla* geholt habe«, antwortete er. »Du hast sie mir weggenommen, Nic.«

»Es war Cäsars. Nie Eure!«

Aus den Augenwinkeln erkannte ich Crispus, der mit Aurelia sprach, aber ich hörte nur Radulf. »Ich tausche jetzt sofort mit dir. Geh hinaus in den Garten. Livia ist da.«

Ich setzte mich noch aufrechter hin und tastete nach der *Bulla*. Doch sie hing nicht um meinen Hals. Ich hatte sie abgenommen, um Fortis zu heilen. Ich warf Crispus einen Blick zu, der mich auch ohne Worte verstand.

»Bleib du hier bei Fortis«, sagte ich zu Aurelia. »Bleib einfach hier in Sicherheit.«

»Wo willst du hin?«

»Livia ist draußen. Sie ist hier.«

Aurelia packte mich beim Arm. »Radulf lügt. Das weißt du hoffentlich!«

Ich zog den Arm weg. »Natürlich weiß ich das. Aber ich will mich trotzdem davon überzeugen.«

Aurelia seufzte. »Pass auf dich auf, Nic. Ich täusche mich nicht.«

SIEBENUNDDREISSIG

Nur unter größter Anstrengung gelang es mir, auf die Beine zu kommen. Ich hatte kaum noch Kraft, bloß den Wunsch, meine Schwester zu sehen, das musste reichen. Crispus kam mit der *Bulla* angerannt und hängte sie mir um. Sofort versorgte mich das Amulett mit Energie.

»Ich begleite dich.« Crispus' Angebot war dämlich aber tapfer. Diese Worte trafen im Moment auch auf mich zu.

»Du bringst dich in Gefahr«, antwortete ich. »Lieber nicht.«

»Beeil dich«, sagte Radulf nur für mich hörbar. »Viel länger erlaube ich Livia nicht mehr zu warten.«

Ich beeilte mich, verließ das *Natatio* auf dem gleichen Weg, wie ich gekommen war.

Draußen wusste ich erst einmal nicht, wo lang, bis ich ein seltsam pulsierendes Licht wahrnahm, das durch die Luft schwebte und dem ich dann durch die Gärten und hinaus auf die Straße folgte.

Mit jedem Schritt wuchs mir über die *Bulla* neue Kraft. Hoffentlich reichte es, bis ich Livia fand – falls ich sie fand! Radulf würde es mir nicht leicht machen.

Und dann sah ich sie von Weitem im Licht der Sterne. Zwischen einer Reihe kleiner Reetdachhäuser stand sie in einer langen blassgelben Tunika, das Haar zu Zöpfen geflochten.

Ich hatte sie noch nie in so feinen Kleidern gesehen. Livia sah sich um, als würde sie jemanden suchen. Mich vielleicht.

»Livia!«, rief ich und rannte auf sie zu. »Wie bist du hergekommen?«

Doch sie antwortete mir nicht. Aus der richtigen Position begriff ich auch, warum. Sie war eine Lichtspiegelung, Radulfs Trick, mich nach draußen zu lotsen. Genau wie ich befürchtet hatte, Aurelia hatte mich gewarnt.

»Wo ist die echte Livia?«, brüllte ich. »Wo habt Ihr sie hingebracht?«

Das Lichtspiel, das eben noch Livia war, flackerte. Ihr Bild löste sich auf, und für mich war es, als würde ich sie zum zweiten Mal verlieren. Zu allem Übel erschien Radulf an ihrer Stelle.

Auch er war nicht wirklich da, wenigstens glaubte ich das. Doch mit einem Teil seines Bewusstseins befand er sich nun direkt vor mir.

»Wie habt Ihr das gemacht?«

»Das ist keine Kunst. Du wirst noch früh genug erleben, zu was ich alles imstande bin.«

»Nur zu, dann werdet Ihr erleben, zu was ich imstande bin«, murmelte ich. »Mehr noch als Ihr.« Letzteres war natürlich gelogen, das wussten wir beide.

Stirnrunzelnd sah er mich an. »Warum kämpfen? Das muss nicht sein.«

»Das sehe ich aber anders. Genau so muss es sein.«

»Livia gehört jetzt zu meinem Haushalt. Für sie bin ich Halden, der Vater, den sie nie hatte.«

Als er den Namen meines Vaters in den Mund nahm, verfinsterte sich meine Miene. Selbst wenn Livia seinen Namen gewusst hätte, konnte sie doch nicht im Ernst glauben, dass er wie Radulf gewesen wäre.

»Deine Mutter könnte auch bei uns leben, Nic. Dann hättest du deine Familie wieder.«

»Keiner weiß, wo meine Mutter ist«, antwortete ich.

»Sicher? Vielleicht bin ich ja der Einzige, der weiß, wo sie steckt. Was wäre dir die Information wert?« Er lachte und streckte die Hand aus. »Die *Bulla* reagiert auf das Mondlicht. Gib sie mir. Jetzt.«

Das Amulett strahlte so hell wie im Atrium. Ich schloss die Finger darum und spürte sein Brennen. »Ihr seid nicht hier. Ihr könntet die *Bulla* nicht nehmen, selbst wenn ich sie euch geben wollte.«

»Von mir ist genug hier.«

»Mit wem sprichst du?« Aurelia kam angestürzt. Crispus war bei ihr.

»Geht weg!«, rief ich. »Bitte!«

Aurelia zückte ihr Messer. »Wer ist es? Radulf?«

Also konnte nur ich ihn sehen. In seiner Arroganz lächelte Radulf breit. »Ach, hast du noch mehr Freunde? Sicher, dass du ihnen trauen kannst?«

»Mehr als Euch«, brüllte ich.

Daraufhin lachte er nur. »Da hast du wahrscheinlich recht. Aber sag mal, wie willst du denn deine Freunde beschützen, wenn du nicht mal dich selbst beschützen kannst?«

Ich drehte mich zu Crispus und Aurelia um. »Geht zurück nach drinnen. Sofort!«

»Hier ist doch keiner, Nic. Das spielt sich alles nur in deinem Kopf ab.« Aurelia nahm mich beim Arm, aber ich schüttelte sie ab.

Aufgeschreckt von dem Krach, traten nun noch die Bewohner der Strohdachhütten aus den Häusern. Wenn Crispus und Aurelia Radulf nicht sehen konnten, dann sie auch nicht. Für sie stand da nur der Junge aus dem Amphitheater mit einem leuchtenden Amulett um den Hals und schrie auf leerer Straße herum. Jetzt war ich nicht bloß gefährlich und viel Geld wert, sondern auch noch verrückt.

»Komm, wir gehen nach Hause«, sagte Crispus sanft, als wäre ich ein kleines Kind. »Alle zusammen. Los, Nic.«

Aber meine Aufmerksamkeit war sofort wieder bei Radulf, als der sagte: »Vor zweihundert Jahren, als Nero Kaiser war, brach ein großes Feuer aus, dem fast ganz Rom zum Opfer fiel. Es brannte sechs Tage und sechs Nächte. Manche glauben, Nero hätte das Feuer selbst gelegt, um Platz für seinen neuen Palast zu schaffen.« Radulf hielt inne und ließ den Blick über die Strohhäuser schweifen. Noch waren nicht alle Bewohner herausgekommen. Aber die, die vor ihren Häusern standen, zeigten mit dem Finger auf mich, sicher dachten sie an die Belohnung, die auf meinen Kopf ausgesetzt war.

»Glaubst du, an der Geschichte ist was dran, Nic? Würde ein römischer Feldherr, ein Held, seine eigenen Leute gefährden, um zu bekommen, was er will?«

»Nein.« Panik stieg in mir auf. »Tut das nicht!«

Doch er brachte die Hände zusammen und formte eine Feuerkugel. Er warf sie auf das nächste Haus, das sofort Feuer fing. Die Umstehenden schrien und liefen davon. Nach und nach strömten alle aus ihren Häusern, während Radulf einen zweiten und einen dritten Feuerball formte. Innerhalb von Sekunden standen die Häuser auf beiden Straßenseiten in Flammen. Und das Feuer breitete sich weiter aus.

Ich sah mich Hilfe suchend um, irgendetwas musste ich ja tun. Ich blickte zum Himmel. Ob es möglich war, einen Regensturm zu entfachen? Wenn ja, hatte ich leider keinen Schimmer, wie. Vielleicht war das auch besser so, denn in dem Fall hätte ich Angst, hier draußen zu bleiben, sollte der Sturm noch Blitze mit sich bringen. Mir musste etwas Besseres einfallen. Aurelia brüllte mir von hinten irgendetwas zu, und Crispus wohl auch, aber ich verstand beide nicht. Warum hatten sie bloß nicht auf mich gehört und waren in den Bädern geblieben?

Die Bäder!

Ich richtete meine Konzentration auf das Außenbecken. Könnte ich eine so große und formlose Masse wie das Wasser bewegen? Versuchen musste ich es wenigstens.

Ich zog die Magie der *Bulla* in meine Arme, rief damit das Wasser. Es musste ja nicht viel sein – nur genug, um das Feuer zu löschen. Ob es überhaupt klappen würde, wusste ich nicht, doch dann hörte ich durch die Schreie der Menschen und das Knistern der Flammen ein Plätschern, sah Wasser wie in einem unsichtbaren Schlauch heranwallen. Eine Hälfte lenkte ich nach links, eine nach rechts, wo sie sich wie Wasserfälle über die Häuserreihen ergossen. Und wie immer tat ich des Guten zu viel. Einer riesigen Flutwelle gleich schwappte das Wasser über uns hinweg, strömte wie ein reißender Fluss durch die Straßen, sodass ich mit den Bewohnern vor der Sintflut fliehen musste.

Wenn doch wenigstens Radulf von der Strömung fortgespült wurde, doch das passierte leider nicht. Da er nicht wirklich da war, floss das Wasser durch ihn hindurch, als wäre er Luft.

»Du bist stärker, als ich dachte.« Zum ersten Mal klang Radulf besorgt. Im nächsten Moment wurde seine Stimme kalt wie Eis: »Aber bloß wegen der *Bulla*. Ganz gleich, wie viel Kraft in dem Amulett steckt, du wirst mir immer unterlegen sein. Denn mir sind diese Leute auf der Straße egal. Ich opfere sie, um an die *Bulla* zu kommen!«

»Lauft weg, schnell!«, rief ich der Menge zu.

»Warum?«, brüllte ein Mann. »Damit du unsere Häuser ganz zerstören kannst? Los, schnappt ihn euch!«

Schützend hob ich die Hand, um eine Art unsichtbare Barriere zu schaffen. Stattdessen warf sie die Leute zurück, als wären sie von einem Riesen umgestoßen worden. Wo sie gestanden hatten, klaffte nun ein gewaltiger Graben, der zum Klettern zu tief und zum Springen zu breit war. Ein Mann hatte mich noch packen wollen und war bei dem Versuch in den Graben gefallen, ich rief den Menschen zu, sie mögen ihm helfen und anschließend zurückbleiben.

Radulf knurrte wütend und holte so kraftvoll Luft, dass er die sandige Erde ringsum mit ansog. Wie eine Horde wild gewordener Schlangen wirbelte sie um ihn herum. Schon im nächsten Moment blies er sie mir entgegen. Es traf mich wie ein Sturm aus heftigem Wind, Staub und Steinen, die mir gegen den Kopf knallten.

Ich riss die Hände hoch, um wenigstens Crispus, Aurelia und die Menschen hinter mir abzuschirmen. Vielleicht konnten sie Radulf nicht sehen und den Sturm wahrscheinlich auch nicht, aber fühlen würden sie ihn ganz sicher.

Radulf schickte alles, was sein heftiger Wind mit sich tragen konnte: Steine, heruntergefallene Äste, Teile der Häuser, die mehr und mehr aus den Fugen gerieten. Aus Angst, es könnte die anderen treffen, ließ ich nichts an mir vorbei, fing alles so gut es ging ab.

»Was macht er da nur?«, hörte ich Aurelia aus der Ferne. »Hilf mir rüber, Crispus! Wir müssen Nic holen.«

Keine Ahnung, wie sie über den Graben kommen wollte oder ob Crispus ihr helfen würde, aber damit konnte ich mich jetzt nicht beschäftigen. Ich führte die Hände zusammen und versuchte, den Sturm zu bündeln.

Noch bevor ich bereit war, spürte ich Aurelias Hände auf den Schultern, sie wollte etwas sagen. Radulf grinste. »Du kennst ihr Geheimnis, oder?«

Damit brachte er mich kurz aus der Fassung, aber dann schleuderte ich ihm den Sturm zurück. Durch die Macht der *Bulla* richtete ich weit mehr Unheil an als er. Radulf fiel um, und als er sich wieder aufrichtete, hatte er einen langen Kratzer auf der Wange.

»Danke, Nic«, sagte er ruhig. »Nun weiß ich genau, wozu du imstande bist. Ich werde bereit sein, wenn wir uns persönlich gegenüberstehen, und ich werde all meine Kräfte gegen dich aufbieten.«

Und damit verschwand er.

Ich ließ die Arme sinken und drehte mich zu Crispus und Aurelia um. Entsetzen spiegelte sich in ihren Gesichtern. Hinter ihnen standen die Familien aneinandergekauert, verängstigt und wohl auch zornig. Über dem Graben lag eine Planke, die meine Freunde genutzt hatten, um zu mir zu gelangen. Bei dem Wind hätte sie eigentlich nicht liegen bleiben dürfen … es sei denn, der Sturm war auch unsichtbar. Niemand hatte etwas davon mitbekommen, nur mich hatten sie gesehen, wie ich gegen etwas kämpfte, das keiner sah.

»Dein Gesicht!«, sagte Crispus.

Mit den Fingern fühlte ich über die Schrammen und Schnitte. Dennoch brachte ich ein Lächeln zustande und sagte: »Ich habe schon schlimmer ausgesehen.«

Aurelia schüttelte den Kopf. »Hast du nicht. Die Leichen von Pompeji sehen besser aus als du.« Doch dann erschien auch auf ihren Lippen ein Lächeln, selbst wenn es nur eine Andeutung war.

Die *Bulla* kühlte langsam ab; obwohl wir unter dem Mond standen, wurde ihr Leuchten schwächer. Vielleicht lag es an mir, ich war ebenfalls geschwächt.

Crispus bot mir seinen Arm, damit ich mich auf ihn stützen konnte. »Keine Ahnung, was los war, aber es sah aus, als hättest du diese Häuser und all ihre Bewohner angegriffen.«

»Habe ich nicht«, flüsterte ich.

»Wissen wir doch.« Aurelia holte ihr Messer vor und brüllte: »Platz da, lasst ihn durch!«

Das taten sie auch. Mit Crispus' Hilfe watete ich durch das Schlammwasser. Sein Wagen stand bei der Therme bereit, zum Glück war es nicht weit.

»Wo ist Fortis?« Ich wollte ihn mit zu Valerius nehmen, um unser beider willen.

»Er ist weggeflogen«, sagte Aurelia sanft. »Tut mir leid, wir konnten ihn nicht aufhalten.«

Ich presste die Lippen aufeinander und ließ den Blick über den Himmel schweifen, vielleicht sah ich den Vogel ja irgendwo. Schade, dass er nicht so an mir hing wie ich an ihm.

»Lass uns gehen«, sagte Crispus. »Wenn sich die Leute noch länger ihre Häuser anschauen, werden sie bloß sauer auf dich.«

»Ich habe alles nur noch schlimmer gemacht. Für uns alle.«

»Wenigstens wissen wir jetzt, was du mit der Magie ausrichten kannst«, sagte er.

Und Radulf auch.

Er hatte gedroht, mit all seiner Magie zurückzukommen. Heute Nacht war er nur ein Schatten seiner selbst gewesen. Ich senkte den Kopf und ließ mir von Crispus hinten in den Wagen helfen. Vor dem Einsteigen sagte ich noch: »Radulf kennt nun meine Grenzen, während ich nur einen Teil seiner Macht erfahren habe. Meine Kräfte reichten nicht, um ihn zu besiegen.«

ACHTUNDDREISSIG

Zu Hause angelangt, ging ich sofort auf mein Zimmer. Ich war so müde, dass ich nicht einmal mit Sicherheit sagen konnte, ob ich mich auf das Bett oder auf den Boden legte. Ich schlief eine Weile, aber es war so heiß, dass ich irgendwann aufstand und nach draußen lief, um allein zu üben.

Kurz nach Sonnenaufgang kehrte ich für das Morgenmahl zurück. Vor der Tür zögerte ich jedoch, denn ich wusste nicht, wie Valerius auf mich reagieren würde. Ich war auf alles gefasst, von einer heftigen Schelte bis zu Arrest.

Irgendwie schien mir der Arrest am wahrscheinlichsten. Also machte ich mich schon mal darauf gefasst, abzuhauen.

Doch als er mich sah, stand Valerius auf und begrüßte mich herzlich, bat mich, neben ihm Platz zu nehmen. Bestimmt war das ein Trick, sicherheitshalber sah ich mich nach der nächstbesten Fluchtmöglichkeit um, aber da entdeckte ich Aurelia und Crispus, die ganz gemütlich um den Tisch saßen. Dann hatte wohl alles seine Richtigkeit.

»Dein Gesicht habe ich mir schlimmer vorgestellt«, sagte Valerius. Also wusste er Bescheid.

Ich fasste mir an die Wange. Eigentlich tat sie kaum noch weh, nur auf der Stirn fühlte ich noch einen langen Kratzer. Aber selbst der war nicht der Rede wert. »Ich glaube, ich heile schneller … als gewöhnlich.« Ich sah in die Runde. »Wenn ich einen von euch in Gefahr gebracht habe …«

Für einen Augenblick machte es den Anschein, als bekäme Valerius rote Augen, doch dann schüttelte er den Kopf und sagte: »Du bist ein guter Mensch, Nic. Zu gut für diese Machenschaften, in die du hineingeraten bist. Es tut mir wirklich leid. Nun setz dich und iss.«

Ich saß zwischen Valerius und Aurelia. Netterweise hatte sie mir schon Essen auf einen Teller gehäuft. Ich langte sofort zu.

»Ich habe Vater alles erklärt«, sagte Crispus.

»Und ich finde, es sind gute Nachrichten«, fügte Valerius hinzu. »Deine Magie wird stärker und du hast sie besser im Griff. Du hast das Wasser zum Feuer gelenkt und es hat dir gehorcht.«

»Ja, nur war es zu viel. Ich habe zwar das Feuer gelöscht, aber die Häuser unter Wasser gesetzt.«

»Wen kümmern schon die Häuser!«

»Mich! Und als Senator geht es Euch auch an!«

»Im Moment gilt meine einzige Sorge dir und deiner Magie und gestern Nacht hast du Fortschritte gemacht.«

»Radulf war ja nicht wirklich da, nur zu einem Bruchteil. Es wird anders, wenn wir uns von Angesicht zu Angesicht gegenüberstehen.«

Valerius sah mich direkt an. »Ich glaube an dich. Ich glaube, dass du an Stärke gewinnst und ihm ebenbürtig sein wirst. Schließlich hast du die *Bulla*.«

»Ihr erwartet zu viel von Nic«, sagte Aurelia. »Magie zu erlernen erfordert mehr als ein paar Stunden auf einem Acker.«

Valerius' Gesichtszüge verhärteten sich. »Besser, wir bestimmen den Zeitpunkt, als Radulf.«

»Nicht, wenn es Euer Zeitpunkt ist. Und nicht, wenn Nic wieder zurück in die Arena muss. Es wäre kein ausgeglichener Kampf.«

»Wann wäre es je ein ausgeglichener Kampf? Außerdem war das Nics Idee, nicht meine. Er weiß am besten, worauf er sich einlässt.« Valerius schüttelte den Kopf. »Ich will genauso wie du, dass er gewinnt, Aurelia.«

»Ach ja?«, fragte sie. »Denn es gibt noch andere Wege …«

»Wenn es einen besseren Weg gäbe, hätte ich ihn längst gefunden. Keine Angst, ich habe einen Plan. Zeig ihnen das Banner, Crispus.«

Crispus griff hinter sich, stand auf und entrollte ein großes braunes Banner des Römischen Reiches. Quer darüber in Gold prangten die Buchstaben *SPQR*, was für *Senatus Populusque Romanus* stand. Der Senat und das Volk von Rom. In der Mitte waren eine Sichel und ein Gartenmesser abgebildet und der Familienname Gens Horatius war entlang der unteren Kante gestickt.

»Seit Generationen steht dieses Banner für das Haus von Senator Horatio«, sagte Valerius. »Morgen bei den Spielen im Amphitheater werde ich das Banner hochhalten und das Volk ermuntern, Horatio zu bejubeln, weil er das Reich unterstützt. Sobald Horatio merkt, dass die Menschen auf der Seite des Kaisers stehen, wird er sich kaum trauen, sich Radulf anzuschließen.«

»Sich Radulf anschließen?« Aurelia schnaubte. »Horatio ist kein Verräter. Er führt den Vorsitz im Senat. Nur der Kaiser steht über ihm.«

»Deshalb muss man ihm ja Einhalt gebieten!« Ich wandte mich an Valerius. »Meint Ihr, damit könnt Ihr Horatio aufhalten?«

»Das hoffe ich doch. Aber Radulf wird das nicht stoppen. Wenn der dich in der Arena sieht, wird er angreifen.«

»Und dann kapieren die Leute endlich, was für ein Monster er ist.« Ich zuckte die Achseln und verdrängte das mulmige Gefühl im Magen. »Klingt doch ganz einfach.«

»Deshalb glaube ich auch nicht daran«, sagte Aurelia. »Verzeiht, Senator Valerius, Ihr mögt älter und weiser sein als ich, aber ich glaube, Ihr täuscht euch in Horatio und der Plan ist töricht.«

»Ich bin älter und weiser«, sagte Valerius ungehalten. »Mein Plan wird aufgehen.«

Aurelia wurde steif wie ein Stock. »Ihr habt Nic gestern Nacht nicht erlebt! Er hat nicht gewonnen. Nic konnte sich mit Mühe und Not gegen Radulf halten, dabei wollte der nur seine Grenzen testen. Nun weiß Radulf ganz genau, was Nic kann. Woher wissen wir, dass Ihr Nics Tod nicht mit Absicht herbeiführen wollt?«

»Wie kannst du es wagen?« Valerius hob die Stimme, klang wütend und gekränkt. »Nic ist vom Kaiser persönlich verurteilt worden. Weißt du, was passieren könnte, wenn man ihn hier entdeckte? Warum sollte ich mein Leben und das meiner Familie aufs Spiel setzen, wenn ich ihn tot sehen möchte?«

Bei der Heftigkeit seiner Worte schreckte sie zurück, nahm dann aber all ihren Mut zusammen. »Ihr versteht nicht …«

»Und du schon?«, fragte Valerius. »Wer bist du überhaupt? Ein Mädchen aus der Gosse, aus dem Gulli! Hast weder Bildung noch einen Familiennamen, dennoch maßt du dir an, meine Pläne zur Rettung des Reiches infrage zu stellen! Du hast nichts außer einer *Crepundia*, die bezeugt, dass deine Familie dich nicht haben wollte!«

Tränen traten in Aurelias Augen, dann riss sie sich die *Crepundia* vom Hals und schleuderte sie auf den Tisch. Sie warf mir noch einen letzten Blick zu und rannte aus dem Zimmer.

»Das hättet Ihr nicht sagen sollen, Vater«, flüsterte Crispus.

»Ich weiß. Das war grausam.« Valerius seufzte und sah dann zu mir. »Der Plan ist nicht perfekt, und er schließt einen Kampf mit Radulf ein, aber ich glaube wirklich, dass es unsere einzige Hoffnung ist. Außerdem bin ich überzeugt, dass es die einzige Chance ist, die du und deine Schwester haben.«

Ich nickte abwesend, denn meine Aufmerksamkeit galt der *Crepundia*. Crispus hielt noch immer das Banner mit Sichel und Messer. Ähnliche Motive schmückten auch die *Crepundia*. Ich nahm die Kette in die Hand, und schlagartig wurde mir klar, dass die Motive identisch waren.

Senator Horatio war Aurelias Vater.

Ich schnappte mir die *Crepundia* und lief ihr hinterher. Sie war im Atrium, hatte die Arme fest um sich geschlungen und schaute dem Regen zu, wie er ins Becken fiel. Als sie mich hörte, drehte sie sich um. »Was habe ich mir nur dabei gedacht, einen Mann in seiner Position anzuschreien? Er ist gut zu uns gewesen, hat uns sogar das Leben gerettet und dafür bin ich ihm dankbar. Aber sein Plan gefällt mir nicht, Nic.«

Ich hörte gar nicht hin, hielt ihr stattdessen die *Crepundia* unter die Nase.

Vor lauter Wut zitterte meine Hand. »Seit wann weißt du, dass Horatio dein Vater ist?«

Ihr Mund klappte auf, sie rang nach Worten. »Wie hast du das …«

»Seit wann, Aurelia? Hast du es schon von Anfang an gewusst, als du mir gedroht hast, mich zu ihm zu bringen? Wusstest du es die ganze Zeit?«

Sie nickte langsam. »Deshalb war es mir ja auch so wichtig, zu ihm zu gehen. Nachdem ich bewiesen hätte, wer ich bin, hätte ich dich bestimmt beschützen können.«

»Bestimmt? Aber sicher warst du dir nicht! Du hast gar nicht versucht, mir zu helfen oder Rom. Es ging dir nur darum, ihm näherzukommen.«

Ihre Augen füllten sich mit Tränen. »Ja, ich habe dich gebraucht. Wie hätte ein Mädchen aus dem Abwasserkanal sonst die Aufmerksamkeit eines so wichtigen Senators auf sich ziehen können? Ich habe es nicht nur für mich getan. Horatio kann nicht so schlecht sein, wie Valerius behauptet. Vielleicht würde er dir sogar helfen. Die beste Chance hast du, wenn wir ihm gemeinsam gegenübertreten.«

»Du irrst dich!«, versetzte ich. »Valerius' Plan ist vielleicht gefährlich, aber meine einzige Chance, frei zu sein. Horatio würde mich höchstens wieder ins Bergwerk stecken, wahrscheinlich noch Schlimmeres. Das weißt du genauso gut wie ich!«

Nun liefen ihr die Tränen übers Gesicht, hinterließen feuchte Spuren. »Ich hätte dir sagen soll, wer mein Vater ist. Hätte ich auch fast, doch jedes Mal hatte ich Angst, was du denken könntest.«

»Dann sage ich dir mal, was ich denke. Du hast mich angelogen. Du hast mich benutzt. Und ich denke, du solltest jetzt gehen. Dein Geld hast du ja von Valerius bekommen.

Damit kannst du genügend Status erwerben, um bei Horatio vorzusprechen. Geh und bettel ihn an, dass er dich zu Hause wieder aufnimmt. Denn in meiner Nähe wirst du kein Zuhause finden!«

»Wir sind doch Freunde!«

Damit goss sie nur noch Öl ins Feuer und ich explodierte fast. »Als Freundin hättest du getan, was das Beste für mich ist, und mich nicht für deine eigenen Zwecke missbraucht. Als Freundin hättest du mir die Wahrheit gesagt!«

»Nic, bitte …«

»Du hättest mein Leben geopfert, um dir deinen sehnlichsten Wunsch zu erfüllen. Von jetzt an kämpfe ich nur noch für mich selbst. Nicht für deinen Vater oder Rom und ganz gewiss nicht für dich. Auf Wiedersehen, Aurelia.« Ich verbeugte mich tief vor ihr. »Oder sollte ich sagen, Aurelia aus dem Hause Quintus Horatio?« Als ich hochkam, warf ich ihr die *Crepundia* vor die Füße.

Kaum hatte ich mich ein paar Schritte entfernt, wurde gegen die Eingangstür gehämmert. »Senator Valerius!«, rief jemand. »Öffnet dem Vorsitzenden des Römischen Senats. Wir haben Kenntnis, dass Ihr einen Flüchtling beherbergt. Händigt uns den entlaufenen Sklaven Nicolas Calva aus.«

NEUNUNDDREISSIG

Aurelia hauchte meinen Namen, aber ich weigerte mich, sie anzusehen. »Nic«, sagte sie wieder. »Das ist Horatio. Wir können zusammen mit ihm sprechen.«

Es wurde weiter gegen die Tür gehämmert und Valerius und Crispus kamen ins Atrium geeilt. Crispus machte sich große Sorgen, das war ihm anzusehen, Valerius' Miene konnte ich nicht so leicht deuten. Er war kreidebleich und sah aus, als würde gleich sein Herz aussetzen.

»Hast du Nic verraten?«, fragte Crispus Aurelia. »Wie konntest du nur?«

Verzweifelt sah sie mich an. »Das war ich nicht, Nic. Ich schwör's …«

»Hör auf!« Ich schüttelte den Kopf. »Sag nichts weiter.«

»Nimm den Hinterausgang«, raunte Valerius.

Ich hatte nicht vor, wegzulaufen, und es wäre auch zwecklos gewesen. Die Tür wurde aufgestoßen und Horatios Leibgarde trat herein. Ihre Uniform glich der der römischen Soldaten, nur dass sie noch Horatios Familienbanner schmückten. Sie schoben Aurelia beiseite und kamen direkt auf mich zu.

Unwillkürlich schloss sich meine Hand um die *Bulla*, die noch unter der Tunika steckte. Mich beunruhigte, wie heiß das Amulett war. Magie strömte mir über die Finger in den Arm. Ich wollte kämpfen.

Horatio funkelte mich an, zweifellos überlegte er gerade, wie viele seiner Männer ich ausschalten könnte, bevor sie mir die *Bulla* abnahmen.

Die richtige Antwort lautete: alle.

Und ich hätte die Magie schon längst entfesselt, aber ich wollte Valerius und Crispus nicht in Gefahr bringen.

Und Aurelia auch nicht, die etwas abseits mit großen und verweinten Augen stand.

Horatio verzog das Gesicht, während er sprach: »Nicolas Calva, Kaiser Tacitus hat deine Hinrichtung angeordnet. Ich bin hier, um dich gefangen zu nehmen.«

»Nein«, entgegnete ich.

»Nein?« Er hob eine Augenbraue. »Ich frage dich nicht um Erlaubnis, Sklave.«

»Und ich gebe sie Euch nicht. Der Kaiser und ich haben eine Abmachung. Sobald ich meinen Teil erfüllt habe, werde ich ihn aufsuchen. Aus freien Stücken.«

Valerius drängte sich an mir vorbei. »Senator Horatio, Nics Magie ist stärker, als Ihr Euch vorstellen könnt. Er will sich den Schlüssel für den Marsreif schnappen. Wenn Euch Euer Leben lieb ist, gebt Ihr ihn heraus.«

»Aufhören!« Aurelia preschte vor. »Nic hat sein Leben nicht bedroht, kein einziges Mal.« Dann wandte sie sich an Horatio. »Und Ihr werdet Nic auch nicht drohen. Er ist mein Freund.«

Horatio lachte. »Und warum sollte ich von einem dahergelaufenen Mädchen Befehle entgegennehmen?«

Aurelia biss sich auf die Lippe.

Dann hielt sie ihre *Crepundia* hoch. Zitternd nahm Horatio ihr die Kette aus der Hand. Als er wieder zu Aurelia schaute, hatte er Tränen in den Augen.

»Woher hast du das?«, fragte er.

»Ihr habt es mir gegeben. An dem Tag, als Ihr mich ausgesetzt habt.«

Er gab einen kehligen Laut von sich und machte einen Schritt auf sie zu. »Meine Tochter«, flüsterte er. »Ich hatte ja keine Ahnung, dass du noch lebst.«

»Wir haben uns viel zu erzählen«, sagte Aurelia. »Aber Ihr dürft Nic nicht festnehmen. Er hat nichts verbrochen.«

»Hat er das nicht?« Sobald ich ins Spiel kam, war jegliche Rührseligkeit wie weggeblasen. »Sag, Slave, wo hast du die *Bulla* her?«

»Ist doch egal.« In mir brandete die Magie auf, und ich ballte die Fäuste, um sie in Schach zu halten. »Wichtig ist nur, wie ich sie benutze.«

Horatio nickte Aurelia zu. »Warte draußen, Tochter. Ich möchte dich mit nach Hause nehmen, damit wir uns in Ruhe unterhalten können.« Aurelia wollte mir noch etwas zurufen, wurde jedoch von einem Soldaten aus dem Atrium eskortiert. Ich weigerte mich nach wie vor, sie anzusehen. Als sie draußen war, winkte Horatio seine Männer heran. »Brennt das Haus nieder, damit die anderen Senatoren wissen, was geschieht, wenn man sich dem Kaiser widersetzt. Dann nehmt jeden fest, der überlebt.«

»Das werdet Ihr nicht tun!« Ich hob die Hand. Eigentlich hatte ich Horatio nur warnen wollen, aber die Magie schoss aus mir heraus und katapultierte ihn gegen die Wand. Sofort verspürte ich einen schmerzhaften Stich. Ein Soldat hatte mir ein Schwert in den Rücken gerammt. Die Wunde war tief, sehr tief. Zum Glück hatte ich schon einen Schritt nach vorn gemacht, sonst wäre es noch schlimmer gewesen, dennoch fiel ich flach auf den Bauch.

»Nic!« Crispus eilte zu mir und rollte mich auf den Rücken. Ich rang nach Atem, Crispus hielt mir die Hand.

»Was habt Ihr nur getan?«, schrie Valerius.

Selbst Horatio schien entsetzt. Er stieß den Soldaten beiseite. »Du Narr! General Radulf will ihn lebend!«

Falls irgendjemand etwas darauf entgegnete, hörte ich es nicht. Ich bekam keine Luft mehr, unter mir sammelte sich warmes Blut.

»Heil dich«, flüsterte Crispus. »Ich weiß, dass du's kannst.«

In den letzten Tagen war so viel mit mir und meinem Körper passiert, dass mir das Zutrauen fehlte. Auch die Magie hatte ihre Grenzen. Trotzdem schloss ich die Augen und versuchte, mich mit dem Göttlichen Stern und der *Bulla* zu verbinden, aber vor lauter Schmerz konnte ich mich nicht konzentrieren.

Crispus zog die *Bulla* unter meiner Tunika hervor und drückte sie mir in die Hand. Sofort spürte ich ihre Wirkung, bloß als ich den Göttlichen Stern aktivierte, schlich sich auch wieder Radulf in meinen Kopf. Er war außer sich. Er wollte nicht, dass Horatio mich verletzte. Und ich begriff, dass er Horatio nicht leiden konnte. Endlich hatten wir doch eine Gemeinsamkeit.

»Er hätte mich noch schlimmer zurichten sollen«, murmelte ich. »So hält er mich nicht vom Kampf morgen ab.«

»Das will ich doch hoffen.« Als Radulf lachte, wurde mir eiskalt. »Denn wenn du morgen nicht in der Arena auftauchst, werde ich Livia für deine Feigheit bestrafen.«

Seine Worte trafen mich wie ein zweiter Schwerthieb. »Tut ihr nicht weh!«, schrie ich. »Ich werde dort sein!«

»Mit wem spricht der Junge?«, fragte Horatio.

Crispus verstand nur zu gut. »Hör nicht hin, Nic. Heil die Wunde.«

»Schnappt euch den Jungen«, sagte Horatio. »In dem Zustand kann er uns nicht gefährlich sein.«

Das stimmte wohl. Der Stich tat zwar nicht mehr so weh, also heilte ich wohl schon, aber es hatte mich Kraft gekostet. Während ein Soldat Crispus von mir wegriss und ihn und seinen Vater mit dem Schwert bedrohte, hob mich ein anderer hoch.

»Bringt ihn zum Wagen.« Horatio wandte sich dann an Valerius. »Dass Ihr den Jungen hier versteckt habt, wird Konsequenzen haben. Bis dahin möchte ich Euch daran erinnern, dass ich der Sponsor der morgigen Spiele bin. Als Senator erwarte ich, dass Ihr dort erscheint und mich unterstützt. Das Volk soll nicht glauben, zwischen uns gäbe es Differenzen.«

Daraufhin runzelte Valerius die Stirn. »Morgen werdet Ihr offiziell zum Verräter an Rom. Glaubt mir, zwischen uns gibt es Differenzen.«

Horatio lachte. »Seid Ihr da so sicher?« Er trat einen Schritt näher. »Wenn Ihr die *Bulla* selbst nutzen könntet, wäre der Junge da noch am Leben?«

Falls Valerius antwortete, hörte ich es nicht mehr. Inzwischen hatte mich der Soldat schon nach draußen gebracht und hinten auf den Wagen verfrachtet.

»Nic? Alles okay?« Aurelia sprang von einem zweiten Wagen, mit dem ihr Vater offenbar gekommen war, doch ein weiterer Soldat zwang sie sogleich zurück ins Innere. Kurz darauf erschien Horatio und stieg zu ihr. Nachdem sie losgefahren waren, folgten wir. Neben mir lag ein Haufen Ketten, die ich, so schwach, wie ich war, trotzdem wegstieß.

»Wir sollten sie dem Jungen anlegen«, sagte einer der Wächter.

Ich kniff die Augen zusammen. »Könnt Ihr ja versuchen, dann bleiben von dem Wagen aber nur noch Trümmer übrig.«

Ein Soldat beugte sich mit einem hämischen Grinsen vor, sein Atem war so widerlich, dagegen war Sals geradezu lieblich gewesen. »Ich bin an jenem Tag in der Arena gewesen und habe gesehen, was du getan hast. Eins kann ich dir flüstern, wir hätten schon so allerlei mit dir angestellt, leider mussten wir Radulf versprechen, dir kein Haar zu krümmen.«

»Also hat Horatio ihm schon die Treue geschworen?«, fragte ich.

»Noch nicht.« Das Grinsen verwandelte sich in ein freudestrahlendes Lächeln. »Das wird er morgen in der Arena tun, aber erst nach deiner Hinrichtung.«

VIERZIG

Horatio besaß eine große Wohnung ganz in der Nähe des Amphitheaters, doch ich wurde sofort in einen Kellerraum gesperrt. Man ermahnte mich, in der Enge ja keine Magie zu benutzen, was unnötig war. Keine Ahnung, wie viele Familien im Haus wohnten, aber die würde ich bestimmt nicht in Gefahr bringen.

Außerdem gingen mir im Moment andere Dinge durch den Kopf.

Aurelias Familiengeheimnis hätte mich eigentlich nicht überraschen dürfen, und ich hätte nicht so heftig reagieren sollen. Obwohl ich nach wie vor sauer auf sie war, vermisste ich sie. Und die Freundschaft, die uns verbunden hatte, war jetzt auch hin.

Noch mehr beschäftigte mich allerdings die Frage, wer mich an Horatio verraten haben könnte. Und nachdem ich in Ruhe überlegt hatte, fiel es mir wie Schuppen von den Augen. Sal.

Natürlich war es Sal, schließlich hatte er mich mit Crispus das Forum verlassen sehen. Selbst mit seinem winzigen Grips war er dahintergekommen, wer Crispus' Vater war.

Der Verdacht wurde beinahe umgehend bestätigt, als die Tür aufging und Sals Visage erschien.

Man hatte ihn gewaschen und in eine lange weiße Tunika gesteckt. Trotz allem stank er nach Bergwerk.

»Falls du irgendwelche Anstalten machen willst, hinter mir steht ein Dutzend bewaffneter Soldaten, die nur darauf warten, ihre Pfeile auf dich abzufeuern«, sagte er.

Ich verzog keine Miene. »Sicher? Wenn ich dich ausschalte, tue ich denen doch höchstens einen Gefallen.«

»Ich gehöre jetzt zu Horatios Haushalt, habe die Dienerschaft des obersten Senators unter mir. Endlich bin ich dem Dreck der Minen entkommen.«

»Horatio ist auch dreckig«, sagte ich. »Nur anders.«

»Der Senator hat mich begnadigt, nachdem ich ihm dein Versteck verraten habe. Aber weißt du, ich hätte es ihm auch so gesagt.«

Ich wandte mich ab und setzte mich auf den einzigen Stuhl im Raum. »Verschwindet, Sal. Kriecht zurück unter die Erde mit dem restlichen Gewürm.«

Er kicherte. »Wenn du wüsstest, was sich Horatio für dich ausgedacht hat, würdest du die Götter auf der Stelle um den Tod bitten.«

»Wenn ich die Götter um den Tod bitten würde, dann sicher nicht um meinen eigenen.« Je wütender ich wurde, desto stärker pulsierte die Magie in mir, ich bekam regelrecht Angst, was ich in diesem Kabuff anrichten könnte. »Wenn ich will, bringe ich das ganze Haus zum Einstürzen. Ich überlebe das vielleicht. Du sicher nicht.«

»Deine Mutter hat mich vor dir gewarnt!«, rief er. »Hätte ich ihr bloß geglaubt.«

»Wovor gewarnt?« Sal hatte meine Mutter vor beinahe fünf Jahren verkauft, über magische Kräfte verfügte ich aber erst seit ein paar Tagen. Also hätte sie ihn davor ja schlecht warnen können. Als Sal keine Antwort gab, sandte ich einen Magiestoß in die Wand. Ein Stück Mauer brach heraus, nicht viel, bloß genug, um Sal einzuschüchtern. »Was hat sie gesagt?«, brüllte ich.

»Ich hasse dich«, zischte er. »Und noch mehr hasse ich es, dass ich in deiner Schuld stehe. Du hättest mir in der Arena nicht den Hals retten sollen.«

»Und du hättest mich im Bergwerk nicht verschonen müssen. Als warum bist du hier? Sicher nicht, um mich zu befreien.«

»Natürlich nicht.« Er zuckte die Achseln. »Da du morgen in der Arena stirbst, hatte ich das Gefühl, dir noch eine Erklärung zu schulden. Am Tag, als du das Bergwerk verlassen hast, wollte Livia dir noch etwas über deine Mutter sagen.«

»Und was?«

Er presste die Finger beider Hände zusammen, dann fragte er: »Warum musstest du wohl deiner Mutter versprechen, dass ihr immer zusammenbleibt? Es ging nicht darum, dass du Livia beschützen solltest. Sie war es, die dich schützen sollte.«

Im Geiste ging ich die letzten fünf Jahre durch, erinnerte mich an all die Male, wo Liv mich angefleht hatte, Sal zu gehorchen, mich vor römischen Soldaten versteckt und sich geweigert hatte, ihre Kindheitserinnerungen mit mir zu teilen. Ich hatte mir immer eingebildet, ich müsste sie beschützen. Mir ist es nie in den Sinn gekommen, dass ich derjenige war, der Schutz brauchte.

Als er meine Verwirrung bemerkte, fügte Sal hinzu: »Deine Mutter hat dich nicht ins Bergwerk verkauft, sie hat mir ihr letztes Geld gegeben, damit ich mich um dich kümmere. So wie dein Vater ums Leben gekommen war, wusste sie, dass man im ganzen Reich nach dir suchen würde.«

»Warum? Mein Vater ist vom Blitz erschlagen worden, das hatte mit dem Reich nichts zu tun.«

»Während der Kämpfe um Gallien ist deinem Vater klar geworden, dass Rom seine Landsleute vernichten würde. Da hat er versucht, einen Stein zu schaffen, mit dem er Rom besiegen könnte, den Jupiterstein.«

Valerius hatte mir schon vom Jupiterstein erzählt, dem stärksten Amulett. Und von Valerius wusste ich auch, dass schon viele ihr Leben für den Jupiterstein gelassen hatten.

»Mein Vater hatte magische Kräfte?«

»Offenbar reichten sie nicht aus. Bei richtiger Handhabe wird der Stein vom Blitz aktiviert, aber dein Vater ist gescheitert und Rom hat über Gallien triumphiert. Deine Mutter ist mit dir und deiner Schwester geflohen, denn sie wusste, dass man auch nach dir Jagd machen würde, so wie man versucht hat, eure gesamte Familie auszulöschen. Bei der mächtigen Magie in deiner Familie würde das Reich nicht eher ruhen, als dass du keine Gefahr mehr darstellen kannst.« Er grinste. »Nun ist es doch so gekommen.«

Ich fragte mich, ob Livia über alles Bescheid wusste. Wahrscheinlich nicht, aber es ärgerte mich, dass meine Mutter dieses Geheimnis für sich behalten hatte.

»Wir sind fast zwei Jahre untergetaucht«, sagte ich. »Bloß dachte ich, wir liefen vor Sklavenhändlern davon. Wir hätten sicher so weitergemacht, nur dann ist Livia krank geworden.«

Sal verzog das Gesicht, als würde ihm bei meinem Anblick übel werden. »Ich weiß nur, dass deine Mutter glaubte, im

Bergwerk wäre es am sichersten für euch. Und um Rom von eurer Fährte abzuschütteln, bat sie mich, sie an eine Familie zu verkaufen, die möglichst weit weg von Rom wohnte. Und dann hast du nichts Besseres zu tun, als das ganze Reich auf dich aufmerksam zu machen! Das war nun wirklich das Letzte, was sie gewollt hätte.«

Ich atmete nur noch ganz flach, die Magie wallte in mir auf. »Wo ist meine Mutter? Lebt sie noch?«

Gleichgültig zuckte er die Achseln. »Was passiert ist, war ihre Entscheidung. Sie hat es für dich getan, Nic.«

»Danke auch«, würgte ich hervor. Es musste sein, sogar Sal gegenüber. »Danke, dass Ihr Livia und mich aufgenommen habt.«

»Es vergeht kein Tag, ohne dass ich es bereue.« Sal sah mich missmutig an. »Also bereue, dass ich *dich* aufgenommen habe.«

Ich hob das herausgebrochene Mauerstück in die Luft, es war nicht so leicht, wie es aussah. Ich machte einen Schritt auf Sal zu, verbarg die Anstrengung, die es mich kostete, es schweben zu lassen.

»Das nennst du Magie? Steine anzuheben?« Er lachte. »Im Bergwerk wäre das recht nützlich. Ich bin immer noch dein Herr.«

Grinsend sagte ich: »Das wollen wir ja mal sehen. Befehlt mir, den Stein nicht auf Euch fallen zu lassen. Vielleicht gehorche ich ja.«

Ich hob den Mauerrest ein Stück höher, sodass er direkt über Sals Kopf schwebte. Ein Hickser und Sal wäre tot. Das wusste er auch. Sal lehnte sich gegen die Wand und starrte mich ängstlich an.

»Ihr werdet mir nie wieder drohen«, sagte ich. »Und meine Schwester werdet Ihr künftig auch in Ruhe lassen. Sie nie wieder ansehen, nicht mal mehr an sie denken!«

»Selbst wenn ich wollte, könnte ich das nicht.« Er kniff die Augen halb zu. »Ich habe sie erst gestern im Forum Romanum gesehen. Sie war in Begleitung von General Radulf.«

»Was?« Meine Wut ließ den Boden erbeben. »War sie in Ketten? Verletzt? Warum sollte er sie zum Forum schleifen?«

»Ketten hatte sie keine. Sie lief neben Radulf, sauber und gut gekleidet. So glücklich habe ich sie noch nie erlebt.«

Ich schüttelte den Kopf. Zwar war ich verwirrt, aber mehr noch ärgerte ich mich. In mir überschlugen sich die Gefühle, der Druck auf meiner Brust wurde immer unerträglicher. Wenn ich überhaupt noch Luft bekommen wollte, musste ich die Magie herauslassen.

Nur wäre das eine Katastrophe. Wenn ich von jetzt an mein eigener Herr sein wollte, durfte ich auch nicht mehr der *Bulla* gehorchen. Ich würde das Amulett kontrollieren, nicht umgekehrt. Und vor Sal würde ich mir erst recht nicht die Blöße geben. Nach allem, was ich von ihm erfahren hatte, war ich immer noch wütend und durcheinander. Kein Wunder. Aber ich hatte das Heft in der Hand, ich löste die Magie in mir auf. Seltsamerweise bekam ich damit neue Kraft, denn die Magie verschwand nicht einfach, sondern verteilte sich so in meinem Körper, dass ich sie besser lenken konnte. Mit ein bisschen Übung würde ich lernen, sie komplett zu kontrollieren.

»Verschwinde!«, fauchte ich Sal an. »Sofort!«

Die Tür schlug zu und wurde abgesperrt. Doch das störte mich nicht weiter. Auch wenn Sal es vielleicht nicht ahnte, war ich froh über seinen Besuch, denn er hatte mir Hoffnung gemacht, die Sache heil zu überstehen. Wenn ich diesmal in die Arena zurückkehrte, hatte ich die Magie im Griff.

EINUNDVIERZIG

Horatio kam erst am Abend zu mir. Ich hatte den ganzen Tag noch nichts gegessen, also hoffte ich, er würde mir etwas mitbringen, aber ich war auch nicht weiter überrascht, als er mit leeren Händen vor mir stand. Selbst wenn er den Tisch mit einem vollen Tablett verlassen hätte, hätte er sich garantiert erst einmal selbst die Wampe vollgeschlagen.

Ich stand auf, als Horatio den kleinen Raum betrat. Er musterte mich von oben bis unten und setzte sich dann auf den Stuhl. Mein Blick huschte zur offenen Tür. Nur er und ich hier, wir waren allein. Horatio war unbewaffnet und ich hatte die *Bulla*.

»Du könntest natürlich weglaufen«, sagte er. »Aber das wirst du nicht.«

»Erst will ich eine Entschuldigung für das Verhalten Eurer Männer heute Morgen.«

Daraufhin machte er nur eine wegwerfende Handbewegung. »Für jemanden mit deinen Fähigkeiten war das nicht einmal ein Kratzer. Du hättest dich der Verhaftung ganz leicht entziehen können, wenn du nur gewollt hättest.« Nun verschränkte er die Arme vor dem aufgeschwemmten Leib. »Warum bist du immer noch hier, Nic?«

Weil ich nicht mehr bloß in die Arena stieg, um Radulfs Magie zu rauben.

Wenn ich morgen nicht erschien, würde er Livia töten. Doch das war noch nicht alles …

»Ich musste mit Euch allein sprechen.« Ich hielt inne, um durchzuatmen. »Ihr dürft morgen bei den Spielen nicht dabei sein.«

Er feixte sich eins. »Das könnte dir wohl so passen.«

»Für Euch wäre es besser. Ich glaube, Senator Valerius plant, Euch morgen in der Arena ermorden zu lassen.«

Kurz riss er die Augen auf, hatte sich aber gleich wieder im Griff und lächelte schleimig. »Ach ja? Und warum sollte er das tun?«

»Weil er den Schlüssel für den Marsreif haben will, bevor Ihr ihn Radulf aushändigt.«

»Radulf bekommt ihn, nachdem er dich besiegt hat«, sagte er mit einem gehässigen Grinsen. »Valerius kann nicht im Ernst glauben, dass du morgen eine Chance hast.«

»Genau darauf will ich ja hinaus! Mich benutzt er nur, um Radulf in die Arena zu locken, also muss er noch einen zweiten Plan haben.« Ich holte tief Luft. »Und wenn Ihr tot seid, wird Valerius Vorsitzender im Senat. Dann hören die Prätoren auf ihn und sind ihm zur Treue verpflichtet. Valerius will sich morgen alle drei Amulette holen.«

»Was immer er vorhat, weit kommt er damit nicht!«, entgegnete Horatio. »Ich werde Radulf den Schlüssel morgen vor aller Augen überreichen, damit das Volk weiß, dass der Senat und die Prätoren zu ihm halten. Und alle Welt wird erkennen, wie mächtig er ist, und ich werde neben ihm stehen. Sobald ich Radulf den Schlüssel überreicht habe, kann

Valerius uns nicht mehr aufhalten. Auch er wird sich uns beugen, sonst bricht der Prätorische Krieg aus!«

»Valerius wird sich nicht beugen«, sagte ich. »Und wenn ein Krieg ausbricht, wird Rom untergehen.«

Horatio grinste. »Ja, die Zerstörung Roms ist mein Preis für den Schlüssel.«

»Ihr wollt, dass Rom fällt?«, fragte ich. »Ihr seid der oberste Senator, über Euch steht nur noch der Kaiser. Warum wollt Ihr Eure eigene Welt zerstören?«

»Meine Welt wurde schon vor vielen Jahren zerstört.« Er schlug die Augen nieder, und als er wieder aufblickte, sah ich den Schmerz darin. In dem Moment fiel mir zum ersten Mal auf, wie ähnlich er und Aurelia sich waren.

Horatio sagte: »Ihr seid Freunde, du und Aurelia, nicht wahr?«

Darauf antwortete ich nicht. Nicht, weil ich nicht wollte, sondern weil ich nicht wusste, wie ich die Frage beantworten sollte. War sie noch meine Freundin? War sie es je gewesen?

Ungeachtet meines Schweigens sagte er: »Sie ist ausgesprochen dickköpfig. Wie ihre Mutter. Vielleicht ist dir das auch schon aufgefallen.«

Ich lächelte ein wenig. »Ja, das habe ich gemerkt.«

»Ich habe ihre Mutter über alles geliebt. Aber sie ist bei Aurelias Geburt gestorben und von da an war mein Leben nichts mehr wert. Ich war Senator des mächtigsten Reiches überhaupt. Doch das hat mir nichts gebracht, um meine Frau zu retten.«

»Habt Ihr Aurelia deshalb ausgesetzt?«

»Sie hat mich immer wieder an den Tod ihrer Mutter erinnert. Und ich dachte, wenn ich sie weggebe, würde die

Wunde heilen. Aber in all den Jahren ist der Schmerz nur noch schlimmer geworden. Ich werde Radulf den Schlüssel geben, damit das Reich zerstört wird, das meine Familie nicht retten konnte.«

»Valerius wird das nicht zulassen«, sagte ich. »Er wird Euch töten, bevor das geschieht.«

»Valerius hat gar nicht die Macht dazu.« Horatio tätschelte mir die Wange. »Für einen Sklaven bist du ein schlaues Bürschchen, aber nicht schlau genug. Ich habe den Schlüssel immer bei mir und morgen wird er Radulf gehören. Sobald Radulf den Marsreif gefunden hat, wird Rom ihm gehören. Was soll Valerius dagegen schon ausrichten?« Horatio zeigte zur Tür. »Lauf weg. Ich weiß, dass ich dich nicht aufhalten kann.«

Ich schüttelte den Kopf. »Morgen bringt Ihr mich in die Arena, wo ich gegen Radulf kämpfen werde. Das ist mein Plan.«

Er stand auf und klopfte sich den Staub von den Sachen. »Du hast das Herz eines Gladiators. Es wird ein ruhmvoller Kampf werden. Ich bin fast ein wenig traurig, dass du ihn nicht überleben wirst.«

Spät in der Nacht bekam ich erneut Besuch. Ich war auf dem Boden eingeschlafen, dankbar, dass mich die Wärme der *Bulla* gegen den kalten Beton abschirmte.

Als die Tür aufging, fuhr ich hoch und starrte in das Licht einer Kerze.

Die Kerze wurde am Boden abgesetzt und ich erkannte Aurelias Gesicht hinter dem Lichtkranz. »Was machst du noch hier?« Aurelia ging immer direkt zum Angriff über. »Es gibt keine Wachen und die Tür ist nicht abgeschlossen. Eigentlich bin ich hier, um dich zu befreien, aber du willst dich ja nicht mal selbst befreien!«

»Geh wieder zu deinem Vater«, sagte ich verschlafen.

»Ich habe die ganze Nacht mit ihm geredet. Hier.« Sie reichte mir eine dicke Scheibe Brot, die ich freudig entgegennahm. »Er hat oft nach mir Ausschau gehalten, wollte mich nach Hause zurückholen, wusste aber nicht, wo er suchen sollte. Er hat nie wieder geheiratet und auch keine weiteren Kinder bekommen. In letzter Zeit hat er sich Sorgen gemacht, zu sterben, ohne einen Erben zu hinterlassen.«

Interessant, wo ich ihn doch erst vor ein paar Stunden gewarnt hatte. »Herzlichen Glückwunsch«, murmelte ich. Und zum Teil war es sogar ernst gemeint. Selbst wenn sie in Bezug auf ihren Vater gelogen hatte, wusste ich, dass er ihr so wichtig war wie Livia mir. Hätte ich Aurelia angelogen, wenn ich dadurch meine Schwester zurückbekommen könnte? Wahrscheinlich schon.

Zusammengesunken lehnte sie sich gegen die Wand. »Jedenfalls ist er nicht so, wie ich dachte.«

Sie sagte das ganz nüchtern, sie klang weder enttäuscht noch sauer, noch traurig. Es war eher eine Feststellung. Was sollte ich dazu sagen? Schließlich brachte ich ein »Wieso?« zustande. Das erschien mir noch am unverfänglichsten.

»Er hat mir erzählt, dass es einen Krieg geben wird zwischen denen, die das Reich unterstützen, und denen, die zu Radulf stehen. Den Prätorischen Krieg hat er ihn genannt.« Aurelia seufzte. »Und wenn ich zu seinem Haushalt gehören will, muss ich zu Radulf halten.«

»Was hast du denn erwartet? Das wusstest du doch schon alles von Valerius.«

»Aber ich habe ihm nicht geglaubt. Ich traue Valerius nicht, also dachte ich, dass er lügt.«

Nach einer kleinen Pause sagte ich: »Er hat auch viele Lügen erzählt, nur in dem Fall nicht.«

Sie drückte die Tür auf. »Komm mit mir, Nic, schnell. Wir verlassen die Stadt noch heute Nacht. Gehen einfach irgendwo anders hin.«

»Was ist mit meiner Schwester? Soll ich die etwa Radulf überlassen?«

Aurelia raufte sich das Haar. »Weißt du, was Horatio für morgen geplant hat? Es wäre wirklich furchtbar, deine Schwester zurückzulassen, aber wenigstens kämst du mit dem Leben davon.«

»Morgen werde ich Radulf die Magie rauben und Tacitus wird mir und Livia die Freiheit schenken.«

»Das wird nicht funktionieren.«

»Wenn ich Rom verlasse, dann als freier Mann und nicht als Flüchtling.«

»Nic, du hörst mir nicht zu …«

»Du mir auch nicht!«

»Die haben vor, dich in der Arena umbringen!«

»Und ich habe vor, am Leben zu bleiben!« Ich atmete ganz langsam aus. »Es gibt für mich keine andere Möglichkeit mehr. Entweder stehst du zu mir und unterstützt mich oder du lässt mich in Frieden.«

Als sie sich mir zuwandte, war ihr Gesicht schmerzhaft verzogen. »Ich kann dir doch nicht helfen, dich selbst zu zerstören!«

»Dann leb wohl!«

Sie versuchte es wieder. »Ich hätte dich wegen Horatio

nicht anlügen sollen und auch nicht versuchen, dich zu ihm zu bringen. Das gebe ich gerne zu. Aber diesmal liegst du falsch. Wenn du morgen in die Arena steigst, wird was Schlimmes passieren.«

»Woher weißt du das?« Dabei wagte ich nicht, sie anzusehen.

»Das habe ich im Gefühl. Weil wir Freunde sind. Glaub mir doch.«

»Genau das frage ich mich ja. Glaube ich, dass wir noch Freunde sind?«

»Und?«

Ich hielt ihr meine Hände hin, um sie daran zu erinnern, dass sie mich vor ein paar Tagen noch in Ketten gelegt hatte. »Sind wir ebenbürtig, du und ich? Oder siehst du mich als Sklaven?«

Offenbar hatte ich mich so gedreht, dass sie das getrocknete Blut hinten auf meiner Tunika bemerkte. Sie schnappte nach Luft und schrie: »Was ist mit dir passiert? Mir hat man gesagt, du seist unverletzt!«

In dem Moment erschien Horatio in der Tür. »Frag ihn.«

Horatio sah Aurelia vorsichtig an. »Es ist Zeit, Nic.«

»Steig nicht in die Arena«, sagte Aurelia.

Horatio drängte sie beiseite. »Wenn du in meinem Haus lebst, hast du meinen Befehlen zu folgen.«

Aurelias Blick wanderte von mir zu ihm. »Dann werde ich nicht in Eurem Haus leben.« Sie nahm die *Crepundia* ab und hängte sie mir um. »Vielleicht hättet Ihr lieber einen Sohn wie Nic gehabt. Der gehorcht Euch wenigstens aufs Wort.« Damit drängte sie sich an Horatios Wachen vorbei und war verschwunden.

Horatio starrte ihr einen Moment lang hinterher, dann verhärteten sich seine Gesichtszüge. »Ich habe damit gerechnet, dass du in der Nacht fliehst. Du wurdest sicher vor dem heutigen Tag gewarnt.«

»Viele Male«, sagte ich. »Aber Euch hat man offenbar nicht genug gewarnt, das macht mir viel mehr Sorgen.«

ZWEIUNDVIERZIG

Wie vor ein paar Tagen traten wir durch einen der riesigen Rundbögen ins Amphitheater und gingen die Rampe hinunter ins *Hypogeum*. Der Geruch kam mir noch viel schlimmer vor als beim ersten Mal. War ich der Sklaverei schon so weit entwachsen, dass ich diesen Ort als freier Mensch wahrnahm? Denn auch wenn er mich zuvor angewidert hatte, war ich mir wie ein Teil des Drecks vorgekommen, gewöhnt, wie ein Tier angekettet zu sein. Doch dieser Sklavenjunge war ich nicht mehr. Ich wusste wieder, wie es war, frei zu sein, und könnte nie mehr in dieses Leben zurück.

Wir kamen an Fortis' altem Käfig vorbei, in dem jetzt schwarz-weiß gestreifte Tiere standen. Horatio nannte sie Tigerpferde. Bestimmt wäre Fortis außer sich vor Wut über diese Pferde hier. Für heute waren mehrere Löwen vorgesehen und eine große schwarze Katze lief nervös im Käfig auf und ab. Ich verstand ihre Unruhe nur allzu gut, auch meine Nerven waren zum Zerreißen gespannt. Ich blieb kurz stehen und sagte leise, dass heute niemand in der Arena sterben würde. Die Katze sah mich an und neigte sogar den Kopf. Wenn sie ein Mensch und kein Tier wäre, hätte ich das als Verbeugung aufgefasst, sehr seltsam.

Horatio rief einem der umherlaufenden Sklaven zu, er möge Felix holen. »Ich weiß nicht, ob es Mut oder Dummheit ist, was dich in die Arena treibt«, meinte er zu mir.

»Bei mir ist es Mut, aber bei Euch Dummheit.« Ich sah ihm fest in die Augen. »Lasst mich allein gehen, um Radulf zu besiegen. Wenn Ihr die Arena betretet, werdet Ihr sie nicht wieder lebend verlassen.«

»Ich bin der Sponsor dieser Spiele«, antwortete er. »Der Mob erwartet mich und ich werde ihm die Spiele seines Lebens bieten.«

»Gebt Radulf den Schlüssel nicht«, sagte ich. »Zettelt keinen Krieg an.«

Er seufzte. »Solltest du recht haben, danke ich dir, dass du zumindest versucht hast, mich zu warnen.« Mit glasigem Blick schaute er in die Ferne. »*A caelo usque ad centrum*. Verstehst du das, mein Junge?«

Vom Himmel bis zum Erdmittelpunkt. Die Worte verstand ich, nicht aber ihre Bedeutung, und das sagte ich ihm auch.

Noch immer hatte Horatio die Augen abgewandt, er lächelte. »Das wirst du noch. Wenn du den heutigen Tag überlebst, wirst du bald alles verstehen.« Dann erblickte er Felix und zog mich vorwärts.

Seinem Gesichtsausdruck nach zu urteilen, war Felix nicht besonders glücklich, mich zu sehen. Er verbeugte sich vor Horatio und sagte: »Ich werde ihn vorbereiten.«

Während Felix mich wegführte, fragte ich: »Mich vorbereiten? Was soll das heißen?«

»Weißt du, in welche Lage du mich gebracht hast?« Felix sah mich finster an. »Horatio ist der oberste Senator und Sponsor der Spiele. Wenn irgendetwas schiefläuft, geht's mir an den Kragen. Aber dann hatte ich gestern Abend Besuch von Senator Valerius, der glaubt, Horatios Spiele bedrohten den Kaiser. Er behauptet, nur du könntest ihn aufhalten.«

Ich schnalzte mit der Zunge. »Macht einfach, was Horatio sagt. Ich will Euch nicht in Schwierigkeiten bringen. Wenn ich Horatio in der Arena aufhalten kann, werde ich das tun.«

»Und wenn nicht?«

»Dann wird Rom Krieg gegen sich selbst führen.« Unterwegs fragte ich: »Kommt der Kaiser zu den Spielen?«

»Nein.« Felix warf mir einen Blick zu. »Als ich erfahren habe, dass du heute hier sein wirst, habe ich Boten geschickt, er möge in seinem Palast bleiben. Es ist nur zu seiner Sicherheit. Das verstehst du doch, oder?«

Natürlich verstand ich das und mich erleichterte es eher. Wenn alles gut ging, würde der Kaiser davon erfahren. Lief alles aus dem Ruder, was wahrscheinlicher war, wollte ich mich nicht zusätzlich noch für das Leben des Kaisers verantwortlich fühlen.

»Ist Valerius hier?«, fragte ich.

»Er wird am Nordende in der Kaiserloge sitzen. Wenn ich dich im Aufzug nach oben bringe, wirst du direkt vor ihm stehen.«

»Sind auch Tiere in der Arena?«

Felix seufzte. »So war es ursprünglich geplant, wir haben sie sogar schon alle nach oben gebracht. Aber gestern Abend schlug Senator Horatio ein Maskenspiel vor.«

»Ein Maskenspiel? Wie im Theater?«

»In der Arena ist doch alles Theater.«

Ich blieb stehen und starrte ihn an. »Wird es schlimm werden?«

Felix verzog keine Miene. »Würdest du abhauen, wenn ich Ja sage?«

Sollte ich eigentlich. Da müsste man schon ein ziemlicher Dummkopf sein, um sich in eine Situation zu begeben, die darauf angelegt ist, einen zu vernichten. Doch seit die *Bulla* in meinen Besitz gelangt war, hatte ich schon etliche Dummheiten begangen. Außerdem hatte Radulf meine Schwester.

»Ich muss gegen Radulf kämpfen, so war es vereinbart«, sagte ich. »Das ist meine Chance.«

Grimmig lächelte er mir zu. »Sei einfach … gewitzt. Da oben brauchst du eher Verstand als Magie.«

Inzwischen waren wir bei dem Aufzug angekommen, der mich nach oben bringen sollte. In den gleichen hatte er mich schon mal gezwungen, gefesselt an ein Pferd. »Hier.« Felix reichte mir eine Tunika, die ich nur allzu gut kannte. Es war meine alte, die ich als Sklave getragen hatte, voller Risse und Löcher. Fühlte sich an wie Scheuersand.

»Das soll ich anziehen?«, fragte ich.

»An deiner Tunika klebt getrocknetes Blut. Aber selbst damit siehst du noch wie ein Patrizier aus«, sagte er. »Das Volk soll nicht glauben, dass seinesgleichen hingerichtet wird. Horatios Wunsch.«

»Gut. Ich möchte auch nicht mit seinesgleichen verwechselt werden.« Ich zog die schöne Tunika von Valerius aus, warf sie zu Boden und schlüpfte in meine alte. Mich schockierte der Gestank. Vorher war mir das nie aufgefallen, aber sie roch mehr nach Tier als nach Mensch. Und auf der Haut kratzte sie so grässlich wie zuvor. Die Sandalen behielt ich an. Davon hatte Felix nichts gesagt, und ich würde mich ansonsten einfach weigern, mich davon zu trennen. Dann rückte ich die *Bulla* und die *Crepundia* zurecht und achtete darauf, dass man das Amulett gut sah. Während ich mir den Strick umband, der mir als Gürtel diente, verspürte ich ein nervöses Pulsieren in Hand- und Fußgelenken, als würden als Nächstes gleich die Ketten kommen. Ich schüttelte Hände und Füße aus, aber das Gefühl blieb.

Felix beugte sich zu mir. »Valerius lässt dir ausrichten, dass du in seinem Haus willkommen bist, wenn alles vorbei ist. Er steht zu seiner Abmachung, solange du zu deiner stehst.«

Das hieß, ich sollte ihm immer noch den Schlüssel besorgen. Und er plante nach wie vor Horatios Tod. Andererseits hatte Valerius auch versprochen, meine Schwester zurückzuholen.

»Es wird Zeit für dich«, sagte Felix. »Du schaffst das schon, Nic.«

Ich atmete einmal tief durch. »Tut mir bitte einen Gefallen. Sobald ich weg bin, müsst Ihr das *Hypogeum* räumen. Ich weiß nicht, wie sich der Kampf entwickeln wird. Also bringt alle raus.«

»Mache ich.« Dann befahl Felix den Männern, die Winde zu betätigen, um mich nach oben zu hieven. »Denk dran, die Leute wollen ein Spektakel.«

Ich schüttelte den Kopf. »Dafür bin ich nicht gekommen. Meine Aufgabe ist es, Radulf aufzuhalten.«

»Genau.« Sein Lächeln wurde breiter. Felix konnte es kaum abwarten, während ich mich fürchtete. »Radulf aufzuhalten ist ja das Spektakel.«

DREIUNDVIERZIG

Als sich die Klappe im Arenaboden öffnete, schlug mir die gleißende Morgensonne entgegen. Der weiße Sand blendete mich zunächst, denn anders als der gelbe Sand, der hier sonst lag, enthielt dieser funkelnde Kristalle. Schon allein das beunruhigte mich. Alles deutete darauf hin, dass die heutigen Spiele besonders sein würden.

Sobald ich etwas sehen konnte, fiel mir auf, dass doppelt so viele Menschen gekommen waren, die sich nur flüsternd unterhielten. Und als mein Kopf zum Vorschein kam, verstummten sie fast ganz. Auch wenn mich das Gejubel und Gejohle vor ein paar Tagen ganz nervös gemacht hatte, war die Stille noch beklemmender. Irgendwie unnatürlich.

Ich kam hinter zwei Rampen direkt in der Mitte der Arena heraus. Zwischen den Rampen erhob sich ein breites Podest, das mit Gottheiten bemalt war. Doch als ich mich umschaute, wurde mir klar, dass es bei Weitem nicht die beeindruckendste Neuerung war. Zwölf hohe Blöcke standen in der Arena verteilt. Auf jedem ein Mensch als Gottheit verkleidet. Am Ende befand sich Apollo, in der Hand einen silbernen Bogen, der direkt auf mich zielte. Was sonst! Mit allem anderen hatte mich Rom ja schon bedroht. Warum nicht noch mit einem Silberpfeil? Die Männer auf den Blöcken daneben waren als Mars und Jupiter verkleidet, beide trugen einen Speer, wobei Jupiters wie ein Blitz geformt war. Auf der gegenüberliegenden Seite hielt Neptun einen Dreizack und Vulkan einen Hammer. Alle Augen waren auf mich gerichtet.

Manche stellten Göttinnen dar. Diana erkannte ich sofort, auch sie war mit Pfeil und Bogen bewaffnet. Erst dachte ich, in dem Kostüm steckte eine Frau, bis ich merkte, dass Diana ebenfalls ein Mann war. Und ich erkannte ihn sogar, es war der Soldat, der Radulf ins Bergwerk begleitet hatte.

Es waren Radulfs Soldaten.

Ich hörte, wie ein weiterer Käfig nach oben gezogen wurde, und zwar im Inneren des Podiums. Stück für Stück kam Horatio in seiner Festtagstoga zum Vorschein. Der Applaus war höflich, aber nicht überschwänglich. Ihm war die Enttäuschung anzusehen, was mich ein kleines bisschen freute.

»Freunde und Römer«, rief er dem Publikum zu. »Eure Spiele heute werden ganz besonders, denn die Götter bekommen es mit einem höchst ungewöhnlichen Gegner zu tun.« Damit zeigte er auf mich. »Dieser Junge Nicolas Calva ist ein entlaufener Bergwerksklave. Ihr habt erlebt, wie gefährlich er ist. Doch kann er es mit den Göttern aufnehmen?«

Ich wurde von allen Seiten ausgebuht, aber ich schaltete auf Durchzug, ich war nicht hier, um ihre Herzen zu gewinnen, sondern um Radulf zu besiegen. Wo war er überhaupt?

Neben mir knallte es, und als ich mich zu dem Geräusch herumdrehte, ging der Boden in Flammen auf. Ich machte einen Satz und stürmte davon, was Lachsalven im Publikum auslöste. Leider knallte es nun überall und jedes Mal brannte gleich darauf der Boden. Erst hielt ich es für Zauberei, doch dann blieb ich mit dem Fuß in einem Rohr hängen, was unter dem Sand verlegt worden war. Zum Glück schrammte ich mir bei dem Sturz nur die Hände auf, das hätte schiefgehen können. Als ich mir den Boden genauer ansah, entdeckte ich ein Netz aus Rohrleitungen, die offenbar eine Art brennbare Flüssigkeit mit sich führten.

Neben mir knallte es erneut und diesmal versengte es mir den Arm. Ich biss die Zähne zusammen und unterdrückte einen Schmerzenslaut. Ich wollte nicht schon wieder vom Mob ausgelacht werden, und Horatio sollte auch nicht wissen, dass ich die erste Verletzung davongetragen hatte.

Nur musste er es mitbekommen haben, denn er sagte laut: »In dieser Arena gibt es nur einen sicheren Ort, Junge.«

Rings um mich entfachten weitere Feuer zum Leben, die mich Richtung Rampe zwangen. Schließlich blieb mir nichts anderes übrig, als draufzusteigen. Das Publikum jubelte und schrie: »Kämpf, kämpf, kämpf!«

»Sollte es dieser Sklavenjunge mit jemandem aufnehmen können, der über die Kraft der Götter verfügt?«, fragte Horatio. Das Publikum rief Hurra. Mittlerweile brannte der gesamte Boden, nur die zwölf Blöcke mit Radulfs Soldaten und das Podium waren ausgenommen. Das Feuer machte mir zu schaffen. Auf einmal war der armselige Plan, den ich noch vor zehn Minuten geschmiedet hatte, hinfällig geworden. Um überhaupt eine Chance zu haben, musste ich das Feuer löschen. Ich suchte den Himmel ab, doch dort zeigte sich nicht die kleinste Wolke, geschweige denn ein Regensturm.

»Kämpf, kämpf, kämpf«, kandierte die Menge nun noch lauter.

»Und hier ist er!« Horatio warf einen roten Umhang in die Luft, und als dieser langsam zu Boden sank, erschien hinter ihm wie aus dem Nichts Radulf. Über einer edlen weißen Tunika war er wie ein Gladiator gekleidet, bloß dass sein Kostüm aus Gold war, den Uniformen seiner Soldaten nicht unähnlich. Wenn Radulf den Eindruck erwecken wollte, zu den Göttern zu zählen, hatte er seine Sache gut gemacht. Das Publikum hielt für einen Moment den Atem an, vollkommen überwältigt, und brach dann in donnernden Applaus aus. Ich auf meiner Rampe brauchte etwas länger, mich wieder zu fassen. Radulf beherrschte die Magie meisterhaft, selbst in meinen kühnsten Träumen hätte ich mir das so nicht ausmalen können.

Er nutzte den Überraschungsmoment und griff als Erster an. Von seiner Magie wurde ich auf den Rücken geschleudert und kullerte die Rampe hinunter, fast wäre ich ins Feuer gerollt. Ich rappelte mich auf und rannte die Rampe hinauf, und bevor ich genügend Kraft für einen Angriff gesammelt hatte, traf er mich ein zweites Mal.

Abermals landete ich auf dem Rücken, diesmal blieb ich so lange liegen, bis ich ein Brennen in mir spürte. Nicht die ganz große Magie, aber ich zielte damit auf seine Beine. Radulf verlor den Halt und machte einen Bauchklatscher. Die Menge lachte, doch Radulf war rasch wieder aufgestanden.

Danach lieferten wir uns einen magischen Schlagabtausch, mal heftig, mal weniger heftig. Wobei Radulf weit härter traf als gedacht, bloß seinem Gesicht nach zu urteilen, machten ihm auch meine Schläge zu schaffen.

Ein leichter Kampf war es nicht, doch dank der *Bulla* und der Kraft ihrer Edelsteine musste Radulf sich ebenso anstrengen wie ich. Langsam zwang ich Radulf auf dem Podest immer weiter zurück, ich spürte, wie ich an Kraft gewann.

Und dann verschwand Radulf so plötzlich, wie er gekommen war. Ratlos hielt ich inne, da schlug mir jemand auf den Rücken, genau auf das Göttliche Mal. Ich brach zusammen und Radulf presste mir das Knie in den Rücken. Das Publikum jubelte und trotzdem waren meine Schreie weithin hörbar.

»So leicht hatte ich mir das nicht vorgestellt«, sagte Radulf. »Hast du noch irgendwelche letzten Worte?«

»Nur, dass ich mit dir noch nicht fertig bin, du elende Ratte!«

Radulf lachte und stemmte mir das Knie noch fester in den Rücken. »Doch Nic, das bist du.«

VIERUNDVIERZIG

Vielleicht hatte ich Radulf nichts mehr zu sagen, aber jemand anderes schon. Aus der Kaiserloge uns gegenüber ertönte Valerius' Stimme laut und deutlich. »Meine römischen Freunde, glaubt nicht, der Kampf wäre vorbei. So einfach würde es sich Senator Horatio nicht machen, Ihr sollt doch auf eure Kosten kommen. Er hat Nicolas Calva sogar einen Vorteil verschafft.«

Damit hatte er die Aufmerksamkeit des Publikums und auch Radulfs. Felix hatte gemeint, alles sei bloß Theater. Valerius verstand sich offenbar bestens darauf.

Er fuhr fort: »Um Nicolas zu helfen, den Kampf zu gewinnen, hat Senator Horatio ihm Zugang zu dem zweiten magischen Amulett verschafft. Der Schlüssel zu diesem Amulett ist in Nicolas' Besitz und deshalb wird heute ein Sklave einen General besiegen!«

Radulf warf mich auf den Rücken. »Du hast den Schlüssel?«

Auf Valerius' Hinterlist hatte ich schon die ganze Zeit gewartet. Wenn Radulf nämlich glaubte, dass Horatio mir den Schlüssel bereits gegeben hatte, würde er wütend werden. Wütend genug, um ihn zu töten.

»Ich habe ihn nicht«, sagte ich.

Radulf presste so fest auf meine Brust, als würde er mir einen Pflock ins Herz treiben. Während ich vor Schmerzen schrie, fragte er: »Wo ist der Schlüssel?«

Keuchend presste ich hervor: »Eher sterbe ich, als ihn Euch zu überlassen.«

»Das lässt sich machen«, antwortete er.

Wieder rief Valerius von der Loge: »Oder hält uns Horatio alle zum Narren? Vielleicht will er den Stein für sich selbst behalten?«

Sogleich ließ Radulf von mir ab und richtete seine Aufmerksamkeit auf Horatio, der sich während des gesamten Kampfes nahezu unsichtbar am Rande des Podests gehalten hatte.

Horatio hob die Hände und beteuerte seine Unschuld. »Valerius lügt, *Dominus*.«

Radulf hielt inne. »Ihr seid der oberste Senator, und dennoch redet Ihr mich mit *Dominus* an, als stünde ich über Euch.«

»Weil Ihr über mir steht, *Dominus*. Ich habe den Schlüssel noch. Aber wenn Ihr ihn wollt, müsst Ihr mich zu Eurem Stellvertreter ernennen.«

»Mit einem Dummkopf lass ich mich auf keinen Handel ein.« Radulf schüttelte den Kopf. »Gebt mir den Schlüssel, sonst wird man Euch mit den Füßen zuerst aus der Arena tragen.«

Ich sprang auf und rief: »Kämpft gegen mich, Radulf! Und lasst ihn.«

Ganz langsam drehte sich Radulf zu mir um. »Warum willst du unbedingt kämpfen? Glaubst du, du kannst nicht verlieren, weil du den Schlüssel hast? Versteckst du ihn, so wie du es mit der *Bulla* versucht hast?«

»Valerius benutzt den Schlüssel gegen uns alle. Fallt bloß nicht auf ihn herein!«

»Einer von euch hat ihn.« Radulf wandte sich an Horatio. »Seid Ihr es?«

Und er hob die Hand, um Horatio einen Schlag zu verpassen, doch ich errichtete zwischen ihnen einen magischen Schild, so wie ich es bei den Anwohnern der Thermen getan hatte. Er raubte mir sofort einen Großteil meiner Kraft, und es war anstrengend, den Schild aufrechtzuerhalten.

Radulfs vergebliche Versuche, meinen Schild zu durchbrechen, ermüdeten ihn ebenfalls, und den Moment, als er Atem schöpfte, nutzte ich, um den Spieß umzudrehen. Mit einer Hand hielt ich den Schild, der Horatio schützte, die andere streckte ich in die Luft und rief die Wolken zu mir. Aus dem Nichts kamen sie herbei und verdunkelten den Himmel so schnell, dass man meinen konnte, jemand hätte das Tageslicht gelöscht.

»Was machst du da?« Radulf wirkte mindestens ebenso überrascht wie ich vorhin, als er urplötzlich auf dem Podium aufgetaucht war. Er machte einen Schritt vor, der Kampf schien vergessen. »Nic, wie machst du das?«

»Ich brauche den Arenaboden.« Damit befahl ich den Wolken, sich abzuregnen, und sie gehorchten. Wie immer kam mehr Wasser, als mir lieb war, doch in null Komma nichts waren sämtliche Feuer gelöscht. Dampfwolken mischten sich mit dem Regen und nahmen der Luft allen Sauerstoff. Sobald das letzte Feuer aus war, versuchte ich, die Wolken zu teilen und dem Regen ein Ende zu machen, aber es braute sich ein richtiger Sturm zusammen. Über uns grollte es, Donnerschläge hallten am Himmel wider. Das machte mir mehr

Angst, als ich mir eingestehen wollte. Den Donner hatte ich mir nicht herbeigewünscht.

Unwillkürlich duckte ich mich, als es über uns krachte, damit verlor ich auch die Kontrolle über Horatios Schutzschild. Radulf hatte sich ebenfalls weggeduckt und brüllte: »Hör auf damit, Nic!«

Wenn ich nur wüsste, wie. Auf den Donner folgt der Blitz. Bei jedem Sturm hatte ich an meinen Vater denken müssen, wie er auf einem hohen Bergkamm steht und Jupiters Kräften trotzt. Doch jetzt kamen mir Sals Worte in den Kopf, auch mein Vater besaß Magie. Er hatte sich dem Blitz ausgesetzt, weil er einen Jupiterstein schaffen wollte, um den Krieg um Gallien zu beenden. Aber er war gescheitert und hatte nur den Tod gefunden.

Radulf packte mich bei den Schultern und zwang mich, ihn anzusehen. »Wir können hier nicht im Blitzgewitter draußen sein! Schick den Sturm weg, sofort!«

Ich schloss die Augen und zwang die Wolken auseinander. Über uns krachte ein weiterer Donnerschlag, sodass ich erst dachte, mein Versuch wäre missglückt, aber so langsam verzog sich das Unwetter und die Sonne kam wieder zum Vorschein. Zu meiner Überraschung jubelten auf einmal die Menschen. Die hatte ich völlig verdrängt.

Radulf lehnte sich zurück, offenbar war er ebenso erleichtert wie ich. Warum mir Gewitterstürme Angst machten, wusste ich ja, nur hatte ich nicht damit gerechnet, dass es ihm genauso ging.

Bevor er wieder auf die Beine kam, erhob ich mich und rief seinen Männern zu, die noch immer auf den Blöcken standen und triefnass nicht mehr ganz so gottgleich aussahen, zu: »Lasst die Waffen fallen, sonst werden sie Euch aus den Händen gefressen.«

Und ich hob die Arme und spreizte die Finger. Auf mein Geheiß öffneten sich sechsunddreißig Aufzüge zur Arena. Felix hatte ja gesagt, die Tiere seien noch in Positur, weil man heute Morgen noch von einer Jagd ausgegangen war. Sollte der Mob doch seine Hetze bekommen. Nur würden sich die Tiere nicht gegenseitig zerfleischen.

Aus den Aufzügen strömten Löwen, Bären und Wildschweine. Es gab auch Tiger, große schwarze Katzen und sogar einen Elefanten. Und weil ich im Besitz der *Bulla* war, würden die Tiere mir gehorchen.

»Attackiert niemanden, der unbewaffnet ist!«, rief ich.

Die Tiere griffen an, stießen die Soldaten von ihren Blöcken und fletschten die Zähne, dass selbst mir angst und bange wurde. Einer nach dem anderen ließen sie die Waffen fallen, anschließend stürmten die Männer das Nordtor und flohen aus der Arena. Die Tiere folgten ihnen. Das Publikum brach in tosenden Applaus aus.

In absehbarer Zeit würde es in Rom wohl keine *Venatio* geben, denn gerade hatten sie auf einen Schlag all ihre Tiere verloren.

Und allein das war ein Lächeln wert, selbst wenn der Kampf für mich am Ende übel ausgehen würde.

FÜNFUNDVIERZIG

Vier Tiere behielt ich zurück, extra für Radulf ausgewählt, der sich laut Valerius nämlich vor Löwen fürchtete.

Und als er sie kommen sah, sprang Radulf tatsächlich vom Podium und sprintete zu einem der Aufzüge, dessen Türen noch offen standen. Bloß dass ausgerechnet in diesem Aufzug eine vertraute Gestalt nach oben befördert wurde – ein langes Messer am Gürtel, ein Bogen in der Hand. Noch nie hatte ich mich so gefreut, jemanden zu sehen.

Aurelia sprang in die Arena und zielte mit dem Pfeil direkt auf Radulf. »Ein Schritt noch und ich durchlöchre Euch.«

Er griff sie mit seiner Magie an, doch ich hatte längst einen Schutzschild errichtet.

»Ich stehe dir zur Seite, als ebenbürtige Freundin«, sagte sie.

»Nicht hier!«, brüllte ich.

»Ich sollte dir doch zur Seite stehen!«

»Ja, aber das war doch nicht wörtlich gemeint!«

»Können wir später streiten?«

Ich lächelte sie an. Sollte ich diesen Kampf gewinnen, würde ich liebend gerne mit ihr weiterstreiten. Radulf trat den Rückzug vor den Löwen an, nur als sie die Verfolgung aufnahmen, stolperte er über ein verstecktes Rohr und schlug hart auf den Boden auf. Bewusstlos. Das war meine Chance, jetzt musste ich schnell handeln.

Ich kniete mich links neben Radulf, Aurelia rechts. Mit dem Messer schnitt sie ihm die Tunika auf und entblößte den Göttlichen Stern.

»Genau wie deiner«, sagte sie.

»Nicht mehr lange.« Ich machte Anstalten, die *Bulla* abzunehmen. Wenn ich das Amulett auf Radulfs Mal presste, würde es seine Magie in sich aufnehmen. In Kürze wäre Radulf nichts weiter als ein korrupter General, gerade mal gut genug für den kaiserlichen Kerker.

»Aurelia, geh weg von den Löwen!« Horatio war vom Podium gestiegen. Er packte Aurelia am Arm und zerrte sie zu sich.

Aurelia protestierte. »Die werden mir nichts tun. Nic würde es nie …«

»Nic wird den Löwen befehlen, die Arena zu verlassen«, sagte Horatio finster. »Nicht wahr, Nic?«

Ich schaute auf. Als er Aurelia gepackt hatte, hatte er sich gleichzeitig ihr Messer geschnappt und hielt es ihr nun an die Kehle. Obwohl sich Radulf schon regte, ließ ich die *Bulla* wieder um den Hals gleiten, und signalisierte Horatio, dass ich keine Magie einsetzen würde. Ich flüsterte den Löwen zu, sie sollten durch die offenen Tore abhauen.

Das war nicht im Sinne des Publikums. Es wollte Blut sehen, aber darauf konnte ich keine Rücksicht nehmen. Für sie war es nur ein Spiel. Aus meiner Warte stellten sich die Dinge wesentlich ernster dar.

Inzwischen war Radulf zu sich gekommen und erhob sich ganz langsam, dabei funkelte er Horatio an, der noch immer

Aurelia umklammert hielt. Mit einem Knurren sagte er: »Wie soll ich Euch trauen, wenn Ihr nicht mal vor Eurer eigenen Tochter haltmacht?«

»Ich kann Euch von Nutzen sein, *Dominus*!«

Radulf brüllte: »Ihr habt mich angelogen! Ihr habt Nic den Schlüssel gegeben! Sonst hätte er nie den Sturm herbeirufen können!«

»Ich habe ihn nicht!«, brüllte ich zurück. »Horatio hat ihn noch. Und wenn Ihr ihm etwas antut, ist er für immer verloren.«

Horatio zuckte die Achseln. »Du hast mich gewarnt, Nic. Der Schlüssel ist nicht das, was du denkst. Wir haben ihn nun beide.«

Radulf sah ihn stirnrunzelnd an. »Mehr brauche ich nicht zu hören.«

Und damit schleuderte er Horatio seine Magie entgegen. Ich sammelte meine verbliebenen Kräfte und hüllte Aurelia in einen Schutzschild, bloß für Horatio reichte die Zeit nicht mehr. Mit einem Schmerzensschrei stürzte er zu Boden und war sofort tot. Aurelia machte sich von ihm los und rannte in meine Arme.

»Er hatte nicht mal die Chance, sich zu wehren.« Aurelia zitterte am ganzen Leib, rang nach Atem. »Einfach so …«

Sie wollte sich wieder ihrem toten Vater zuwenden, doch ich legte ihr die Hände auf die Schultern und schob sie zum offenen Tor. »Verlass die Arena und bring dich in Sicherheit.«

»Was ist mit dir?«

»Das ist mein Kampf. Und nun lauf!« Das tat sie auch.

Zu meinem Entsetzen reagierte das Publikum mit Applaus und Hohngelächter auf Horatios Tod. Aber wenigstens hatten die Menschen nun mit eigenen Augen gesehen, wie Radulf ihren mächtigsten Senator ermordet hatte. Nun musste ihnen klar sein, dass er kein Held war, der ihre Gunst verdiente.

Für mich war das zumindest ein kleiner Sieg. Niemand würde Radulf noch folgen.

Da erhob sich Valerius in der Kaiserloge und bat mit einer Geste um Ruhe. Als alle verstummt waren, rief er: »Mit Horatios Tod bin ich Vorsitzender des Senats und Anführer der Prätoren von Rom. Stellvertretend für Kaiser Tacitus befehle ich den Prätoren, die beiden Mörder von Senator Horatio zu umzingeln und festzunehmen: General Flavius Radulf Avitus und den entlaufenen Sklaven Nicolas Calva.«

Sprachlos drehte ich mich zu ihm um. Valerius wusste, dass nicht meine Magie Horatio umgebracht hatte. Er wusste, dass ich zu einer solchen Tat nicht fähig wäre, nicht einmal, um mein eigenes Leben zu retten.

Hatten denn nicht alle gesehen, wie der tödliche Lichtstrahl aus Radulfs Händen geschossen kam, während ich doch nur einen Schutzschild aufrecht hielt?

Falls sie überhaupt etwas gesehen hatten.

In der Nacht, als Radulf und ich vor den Thermen gegeneinander gekämpft hatten, hatte außer uns niemand die Magie sehen können. Die Umstehenden hatten nur das Ausmaß der Zerstörung wahrgenommen, nicht aber die Magie selbst.

In den Augen Roms war ich an Horatios Tod mitschuldig. Und wenn es noch Zweifel gegeben hatte, so hatte Valerius sie gerade beseitigt.

Aurelia war bei Valerius' Ankündigung stehen geblieben und blickte sich fassungslos zu mir um.

»Erschieß mich«, rief ich ihr zu. »Los, Aurelia, erschieß mich!«

Selbst aus dieser Entfernung sah ich, wie ihre Hände zitterten, als sie den Bogen von der Schulter nahm und einen Pfeil einlegte.

Ich weiß nicht, ob es am Lampenfieber lag oder am Schock über den plötzlichen Tod ihres Vaters. Doch als sie die Sehne spannte, wirkte sie treffsicher. Kaum war der Pfeil unterwegs, drehte sie sich um und rannte weiter.

Wie auf dem Weinberg kam der Pfeil direkt auf mich zugesirrt. Nur dass ich beim letzten Versuch, einen Pfeil zu fangen, das Gleichgewicht verloren hatte und vom Baum gestürzt war. Das würde mir nicht noch einmal passieren. Der Pfeil drehte sich in der Luft, flatterte leicht im Wind, zielte auf mein Herz. Im richtigen Moment wich ich zur Seite und schnappte mir den Pfeil. Das Publikum klatschte, wobei ich das nicht ihnen zum Gefallen tat.

Wieder wirbelte ich herum, und in der Bewegung warf ich den Pfeil mit so viel Wucht, als hätte ich selbst einen Bogen. Sobald Valerius begriff, dass der Pfeil ihm galt, schrie er auf und duckte sich weg, aber das spielte keine Rolle. Kurz bevor der Pfeil seine Nase traf, stoppte ich ihn ab und ließ ihn zu Boden fallen.

Gelächter und Applaus aus den Zuschauerrängen. Kaum war es wieder ruhig, rief ich: »Ich habe mit Horatios Tod nichts zu tun, Senator Valerius. Und ich bin ein Freigelassener und kein entflohener Sklave!«

Erst da bemerkte ich, dass Radulf hinter mich getreten war und mir friedlich die Hand entgegenstreckte. »Komm mit mir als meine rechte Hand, Nic. In unserer neuen Welt gibt es keinen Senator Valerius. Du wirst mächtiger sein als alle anderen, selbst mächtiger als der Kaiser.«

»Aber nicht mächtiger als Ihr.« Ich hob eine Braue. »Nicht wahr?«

Radulf lächelte. »Unterwirf dich mir, und ich sorge dafür, dass sich die Welt dir unterwirft. Andernfalls töte ich dich wie Horatio.«

»Mit mir habt Ihr kein so leichtes Spiel!« Das hoffte ich zumindest. Meine Magie war fast erschöpft und wurde von Minute zu Minute schwächer. Sollten wir uns einen weiteren Kampf liefern, hätte ich am Ende nicht einmal mehr die Kraft, eine Ameise zu zerquetschen. Radulf attackierte mich mit einer unsichtbaren Faust, aber ich schlug so hart zurück, dass die Erde bebte. Ich lief zur Mitte der Arena, aber schon nach ein paar Schritten traf mich seine Magie von hinten und streckte mich nieder. Mit allerletzter Kraft versuchte ich, mich aufzurappeln, doch da stellte er den Fuß auf meine Schulter, direkt über meinen Göttlichen Stern. Unter dem Druck brannte das Mal.

»Man braucht keine *Bulla*, um jemandem die Magie zu stehlen«, sagte Radulf. »Man muss nur bereit sein, jemandem unsägliche Schmerzen zu bereiten.«

Ich verschwendete keine Energie, ihm zu antworten. Stattdessen ging ich in mich und sammelte meine verbliebene Magie. Viel war es nicht.

»Alle haben dich verraten«, sagte Radulf. »Aurelia, Crispus, Valerius, Felix, sogar deine Mutter. Die Liste lässt sich beliebig fortsetzen, nur mein Name fehlt dort. Wie oft hätte ich dich schon töten können und habe es nicht getan. Und das werde ich auch nicht!«

»Ihr lügt!« Ich versuchte hochzukommen, doch er presste mich auf den Boden. »Ihr tötet jeden mit einem Mal auf der Schulter.«

»Aus gutem Grund«, entgegnete Radulf. »Ich muss die Macht für die bewahren, denen sie zusteht.«

»Das ist nicht Eure Entscheidung!«

»Das ist unsere Entscheidung. Zusammen können wir mit unserer Magie das Reich beherrschen. Du wirst kein Sklave mehr sein, ja sogar über den Bürgern stehen. Wir brauchen keinen dummen Kaiser, einen Senat oder die Geheimnisse der Prätoren. Wir können sie alle besiegen.«

»Nein!« Wieder wehrte ich mich unter ihm, aber der Schild, mit dem ich Aurelia geschützt hatte, hatte mich unvorstellbar viel Kraft gekostet. Da konnte ich nur hoffen, dass am Ende überhaupt noch was von mir übrig blieb.

Radulf seufzte. »Du lässt mir keine andere Wahl, Nic. Ich wünschte, es wäre anders gekommen.«

Er beugte sich über mich und legte die Hand auf meine Schulter, direkt auf das Göttliche Mal, wo die Tunika gerissen war. Aus dem leichten Brennen wurde ein stechender Schmerz, als er mir die Magie aus dem Körper sog. Ich schrie auf, weil es wehtat und weil ich mich so hilflos fühlte. Da hätte er mir auch gleich das Herz herausreißen können, das hätte nicht schlimmer sein können. Genau diesen Schmerz hatte mir Crispus erst vor ein paar Tagen beschrieben. So hatte Radulf jeden mit einem Mal getötet und jetzt war ich an der Reihe. Kraftlos, wie ich war, konnte ich nur schreien und probieren, das wenige, was mir blieb, in den Händen zu bündeln, die ich fest um die *Bulla* geschlossen hatte. Das Amulett durfte ich ihm nicht überlassen, gleichzeitig war ich außerstande, es gegen ihn einzusetzen. Ich wand mich, versuchte ihn aufzuhalten, doch die Schmerzen waren unerträglich und wurden nur noch schlimmer. Radulf grub sich tief in meine Zellen, holte noch das letzte Fitzelchen Magie aus mir heraus. In dem Moment wünschte ich mir fast, dass er mir alle Magie nehmen würde, denn dann wäre endlich Schluss. Also gab ich den Kampf auf. Wenn es noch lange so weiterging, würde ich die Schmerzen ohnehin nicht überleben.

»Das reicht, General Radulf!«, brüllte ein Mann. Er musste durch die Tore direkt in die Arena gelangt sein. »Im Namen des Kaisers Tacitus und Senator Valerius' verlangen die Prätoren von Rom Eure Festnahme.«

Hunderte von Männern hatten sich versammelt und zielten mit Pfeilen auf Radulf. Obwohl ich die Augen kaum offen halten konnte, fiel mir auf, dass alle schmale Silberbänder am Arm trugen, die wie ein Pfeil geformt waren. Wie Dianas Pfeil. Ich weiß nicht, woher dieses Wissen kam, aber es stimmte. Radulf erhob sich, Angst lag in seinem Blick.

Radulf schaute zu mir herab und sagte: »Keiner von uns kommt allein gegen sie an, Nic. Hinter den Prätoren steckt mehr, als unser Auge wahrnimmt.«

Als ich zu ihm aufsah, um zu antworten, war er verschwunden.

Radulf hatte sich aus dem Staub gemacht.

SECHSUNDVIERZIG

»Alle zurück!« Crispus stürmte durch das offene Tor in die Arena und kniete im Nu neben mir im verbrannten Sand, wo ich noch immer zusammengesunken lag. Er legte den Arm um meine Schulter und half mir auf. Ich versuchte, allein zu laufen, aber ich konnte mich so schon kaum auf den Beinen halten. Mehr Sorgen machte ich mir allerdings um meine Schulter, die vom Verlust der Magie schmerzhaft pochte. So hatte es auch wehgetan, als Fortis mir seine Magie gegeben hatte. Ich hatte das Gefühl, mein Inneres wäre nach außen gekehrt worden.

»Lasst ihn durch!«, rief Crispus den Prätoren zu, die hinzugekommen waren. »Mein Vater, der oberste Senator, wünscht, ihn umgehend zu sprechen. Außerdem wisst Ihr um seine Kräfte.«

Lächerlich. Mit der verbliebenen Magie könnte ich nicht einmal mehr einen Lufthauch zustande bringen, geschweige denn, jemandem gefährlich werden. Das wusste Crispus natürlich nicht. Offenkundig war ich schwach, aber er konnte ja nicht ahnen, dass meine Kräfte futsch waren.

Als wir an den Prätoren vorbeigingen, wandte ich den Blick ab. Radulf hatte gesagt, sie wären mehr, als sie schienen. Warum trugen sie dieses besondere Armband? Und warum war

Radulf unmittelbar nach ihrem Erscheinen abgetaucht? Vielleicht sollte auch ich sie fürchten. Leise murmelnd bildeten sie eine Gasse, durch die ich mit Crispus' Hilfe aus dem Amphitheater humpelte.

Ich warf noch einen letzten Blick auf Horatios leblosen Körper am Boden, der so unversehrt aussah. Dass ich ihn nicht hatte retten können, machte mich traurig. All meine Bemühungen waren ins Leere gelaufen und der Schild hatte nicht ausgereicht, um Horatio zu schützen. Aurelia war ebenso fort. Keine Ahnung, wohin sie wollte oder was sie jetzt von mir dachte.

Sobald wir außerhalb der Arena waren, stieß ich Crispus entschlossen von mir. Entweder würde ich allein laufen oder meinetwegen auch fallen. »Dein Vater ist schuld an Horatios Tod!«, fauchte ich. »Er hat mich als Köder benutzt, um an den Schlüssel zu kommen!«

Crispus schaute sich zu Horatios Leiche um. »Das musste sein. Auf Horatio war kein Verlass mehr, wir durften nicht zulassen, dass Radulf den Schlüssel in die Finger kriegt.«

Am liebsten wäre ich aus dem Amphitheater verschwunden, solange ich noch konnte. Ich konzentrierte mich auf den Gedanken und sandte einen stummen Wunsch nach Hilfe aus. Ich humpelte zu einer großen Säule und lehnte mich dagegen.

Mir kam es vor, als hätte Radulf mir mehr als nur Magie geraubt. Er hatte mir den inneren Halt genommen. Und am allerschlimmsten fand ich, dass Crispus und sein Vater dabei tatenlos zugesehen hatten.

Crispus kam auf mich zu und sagte mit gedämpfter Stimme: »Wir haben dich gebraucht, Nic. Ohne dich hätten wir Radulf nicht in die Arena locken können. Du hast uns geholfen, jetzt helfen wir dir.«

Erschöpft hob ich eine Hand, damit er nicht näher kam. Ich wollte keine Hilfe. Und seine erst recht nicht.

»Ohne die Hilfe meines Vaters hättest du es nicht lebend aus der Arena geschafft! Uns war klar, dass Radulf dich am Leben lassen würde, wenn er glaubte, du hättest den Schlüssel.«

»Das war ja wohl keine Hilfe! Radulf sollte mich umbringen und die Prätoren ihn verhaften. Damit dein Vater dann die *Bulla* bekommt.«

Crispus räusperte sich. »Stimmt, das wäre auch eine Möglichkeit gewesen, doch er hat gehofft, dass du am Leben bleibst. Wirklich, Nic. Glaub mir.«

»Ja, aber bloß wegen meiner Magie. Und wo er jetzt oberster Senator ist, wird er den Schlüssel für den Marsreif erben.«

»Horatio sagt, du hättest ihn.«

»Habe ich aber nicht, und selbst wenn, würde ich ihn dir nicht geben! Da kannst du zehnmal Kaiser werden, du bekommst ihn trotzdem nicht. Wann ist es denn so weit? Nächste Woche?«

Crispus sah mich gekränkt an, riss sich jedoch zusammen. »Du musst mir jetzt zuhören. Ich bringe dir eine Botschaft von meinem Vater.«

»Weitere Lügen?«

Crispus verzog keine Miene. »Einfach nur die nackten Tatsachen. Radulf wird jetzt noch unbarmherziger Jagd auf dich machen. Der ist mit dir längst noch nicht fertig.«

Mich ärgerte, wie ungerührt er dabei wirkte. »Und deinem Vater geht es nur darum, mir das Leben zu retten, nicht wahr?«

»Ja, wenn du ihm hilfst, die Amulette zu bekommen.«

»Deshalb hat dein Vater mir Horatios Tod in die Schuhe geschoben«, sagte ich, »damit ich gezwungen bin, ihm zu helfen.«

Crispus nickte. »Du kannst nirgendwo sonst hin, um der Strafe zu entgehen. Aber wenn du mit uns kommst, begnadigt mein Vater dich und beschützt dich. Er ist deine einzige Chance, auch wenn du nicht an das glaubst, wofür er steht.«

»Und wofür bitte schön steht er? Korruption? Mord? Lügen?«

»Er steht für Rom.« Crispus holte tief Luft. »Die Prätoren stehen jetzt unter dem Kommando meines Vaters. Sie werden gegen Radulf kämpfen.«

Ich senkte die Stimme. »Radulf meinte, hinter den Prätoren stecke mehr, als wir ahnten. Und Felix hält sie sogar für gefährlich. Falls das stimmt, ist es schön blöd von deinem Vater zu glauben, er könnte sie kontrollieren.«

Crispus sah sich verstohlen um und machte einen Schritt auf mich zu. »Vielleicht kann er das auch nicht. Aber immer noch besser, als sich mit ihnen anzulegen, und wenn du hier einfach rausmarschierst, blüht dir genau das.«

Er wollte mich stützen, doch ich wich vor ihm zurück. Crispus ließ die Hand sinken. »Es tut mir leid, wie sich alles entwickelt hat. Ich schwöre dir, ich hatte keine Ahnung, bis Horatio dich gestern Abend mitgenommen hat. Du bist ein richtiger Freund geworden und ich bin genauso gegen die Pläne meines Vaters wie du. Doch im Moment ist er deine einzige Hoffnung. Auf dich allein gestellt, wird dich die eine oder andere Seite kriegen.«

Genauso hatte es Radulf mir prophezeit.

Als ich mich entfernen wollte, geriet ich ins Stolpern. Crispus nahm mich am Arm und zog mich nach draußen. Ohne ihn wäre ich sicher die Marmortreppen heruntergekugelt. »Geh mit mir. Bei uns zu Hause bekommst du zu essen und kannst dich so lange ausruhen, wie du willst. Sobald du dich erholt hast, arbeiten wir weiter an deiner Magie, und dann stehst du auf der Seite meines Vaters, wenn der Prätorische Krieg beginnt.«

»Nic, geht es dir gut?« Aurelia kam mir entgegengelaufen, aber als sie Crispus erkannte, verfinsterte sich ihr Blick. »Das ist nicht dein Ernst, du gehst doch jetzt nicht mit zu ihm!«

»Tu ich nicht.« Ich nahm Abstand von Crispus. »Richte deinem Vater aus, dass ich ihm nie wieder bei irgendetwas helfen werde. Und ich werde auch nichts mehr von euch annehmen.«

»Wohin willst du denn jetzt? Du kannst dich ja kaum auf den Beinen halten.«

Die Frage kam genau im richtigen Moment. Laute Flügelschläge waren zu vernehmen und Fortis landete direkt vor uns. Ich war überrascht, dass er meine stumme Bitte gehört hatte, und noch überraschter, dass er ihr gefolgt war, wo ich doch all meine Magie verloren hatte. War ich erleichtert, den Greif zu sehen!

Ich hielt Aurelia die Hand hin. »Komm mit mir.«

Sie rückte von mir ab. »Du hast einen Schutzschild um mich errichtet, das habe ich gespürt, nur war ich gar nicht in Gefahr. Du hast in der Arena die Falsche beschützt.«

Das war wie ein Schlag ins Gesicht. Vielleicht hatte ich es ja nicht anders verdient, aber ich wollte, dass sie es aus meiner Sicht sah. »Du warst doch dabei. Was hätte ich denn so schnell machen sollen?«

»Du hast meinem Vater den Schlüssel weggenommen. Dir musste doch klar sein, dass er damit zum Ziel wird.«

»Wie oft soll ich es denn noch sagen? Ich habe keinen Schlüssel! Und ich weiß nicht, warum dein Vater das behauptet hat!«

»Und jetzt können wir ihn auch nicht mehr fragen.«

»Vielleicht wäre es besser …« Ich hätte natürlich sagen können, dass es besser gewesen wäre, wenn sie nie in der Arena aufgetaucht wäre und dass ihr kaltherziger Vater immerhin bereit gewesen war, ihr Leben zu opfern, um Radulf seine Loyalität zu beweisen. Doch dann hätte sie am Ende nur Schuldgefühle und das wollte ich nicht. Da war es schon besser, wenn sie mich verantwortlich machte. »Vielleicht auch nicht«, flüsterte ich. Ich nahm die *Crepundia* ab und hielt sie ihr hin. »Danke, dass du sie mir gegeben hast. Sie gehört dir, als Erinnerung an deinen Vater.«

Ihr Blick wurde sanfter, als sie die *Crepundia* zurücknahm. »Ich muss die Kinder aus der Zisterne wiederfinden.«

»Ich kann dir dabei helfen.«

Aber sie schüttelte den Kopf. »Ich mach das lieber allein. Ich brauche Zeit, Nic.«

Daraufhin schwieg ich und schlurfte zu Fortis.

»Bitte geh nicht«, sagte Crispus. »Mein Vater ist der Einzige, der dich beschützen kann.«

»Nein«, entgegnete ich. »Ich bin der Einzige, der mich beschützen kann.«

Mühsam kletterte ich auf Fortis' Rücken und ließ mich in sein Gefieder sinken. Der Greif stieg steil auf und flog im Bogen über das Amphitheater. Ich blickte hinunter in die Arena und hoffte, dass mein Kampf mit Radulf nicht allzu große Schäden angerichtet hatte, doch was ich stattdessen sah, überraschte mich.

Die Arena war bis auf den letzten Platz besetzt, ein Meer von Köpfen war auf mich gerichtet. Arme schnellten nach oben zum Salut und auf einmal durchbrachen Jubelschreie die Stille, schwollen an zu donnerndem Applaus. Krächzend nahm Fortis die Huldigung für sich entgegen. Ich setzte mich ein wenig aufrechter und brachte sogar ein Lächeln zustande. Vielleicht gab es ja doch noch Hoffnung. Valerius hatte mich für Horatios Tod verurteilt, aber das Volk sah es offenbar anders. Ein entlaufener Sklave hatte gerade die Herzen der Römer erobert.

SIEBENUNDVIERZIG

Der Kaiserpalast lag direkt neben dem Amphitheater auf einem Hügel. Noch bevor ich Gelegenheit hatte, mich vom Kampf zu erholen, war Fortis bereits im Hof gelandet. Bestimmt gab es keinen Ort der Welt, der so prächtig war wie dieser und besser zu meinem Greif passte. Wie fast überall im Forum Romanum bestand der Boden aus weißem Marmor, in den Mosaiken zu Ehren der Götter eingelassen waren. Ringsum gab es Säulen mit einem Dach, das den Hof aber nur teilweise bedeckte. Die roten Mauerfresken mussten mit echtem Gold verziert sein, denn Fortis starrte sofort wie gebannt darauf. Darüber bemerkte er nicht einmal, dass die Wachen des Kaisers in den Hof getreten waren.

Ich straffte die Schultern. »Ich möchte Kaiser Tacitus sprechen«, verkündete ich kühn. »Sein Leben ist in Gefahr.«

»Deins auch«, entgegnete einer der Soldaten.

Ich hob die Hand. Ich verspürte keinerlei Magie mehr und konnte mich gerade mit Ach und Krach aufrecht halten, aber das wusste der Soldat ja nicht. »Der Kaiser muss vom Prätorischen Krieg erfahren«, sagte ich. »Wenn er mein Todesurteil widerruft, kann ich ihm helfen.«

»Hier geht's nicht um die Befehle des Kaisers«, sagte eine Stimme hinter mir.

Ich fuhr so schnell herum, dass ich fast von Fortis' Rücken gerutscht wäre. Radulf stand in dem prachtvollen Eingang, die Anstrengung des Kampfes war ihm nicht mehr anzusehen. Was hatte das alles zu bedeuten? Wieso befand sich Radulf im Hof des kaiserlichen Palastes und tat so, als gehörte ihm hier alles?

»Ihr?« Ich musste zweimal hinschauen. »Wo ist Tacitus?«

»Seine Hoheit ist gerade zu einem Feldzug nach Gallien ausgerückt und hat mir hier die Verantwortung übertragen. Fünfzig Jahre Herrschaft mit Millionen von Sklaven und Toten hatten Rom nicht ausgereicht, um mein Volk völlig zu unterwerfen. Also herrscht immer noch Krieg.«

»Ihr seid ein römischer General«, sagte ich. »Ihr wart an den Kriegen beteiligt!«

»Ach ja?« Er klang amüsiert. »Oder liegt es vielleicht an mir, dass Rom immer noch gegen diese ... Barbaren kämpfen muss? Denn vielleicht werden Roms Armeen von einem Barbaren angeführt? Meine Soldaten würden mich nie verraten.«

»Womöglich warten sie nur auf den richtigen Zeitpunkt. Nachher vielleicht, wenn wir Glück haben.«

Radulf bedeutete den Männern, ihre Pfeile auf Fortis zu richten. »Verscheucht den Vogel«, sagte er. »Sonst landet er gleich im Suppentopf.«

»Nein!« Abermals hob ich die Hand, um sie mit meiner Magie fernzuhalten – nichts geschah. Kein Wunder. Die *Bulla* war leer.

Fortis kreischte wütend. Auch wenn er Radulfs Worte nicht verstand, bekam er den grausamen Unterton in seiner Stimme mit. Ich stupste ihm in die Seite, er möge losfliegen, doch als er zurückwich, verlor ich den Halt und landete auf dem Marmorboden. Die Soldaten zielten auf ihn, und ich trat ihm gegen das Bein, um ihn zum Fortbewegen zu zwingen. »Los«, sagte ich. »Verlass mich – mach schon!«

Fortis sah sich zu mir um, aber ich trat noch einmal nach ihm und duckte mich weg, als er die Flügel ausbreitete und davonflog. Und wieder einmal war ich allein. Wahrscheinlich würde ich Fortis nie wiedersehen.

Nun richteten die Männer ihre Pfeile auf mich. »Wie sieht es mit deiner Magie aus?«, fragte Radulf.

Unter großer Kraftanstrengung rappelte ich mich auf und stellte mich aufrecht hin, in der Hoffnung, damit überspielen zu können, dass ich absolut keine Magie mehr spürte. Die *Bulla* war leichter und lag kalt auf meiner Brust. »Wie sieht es mir Eurem Ruf aus?«, konterte ich. »Mindestens fünfzigtausend Römer haben Euer wahres Gesicht gesehen. Sie wissen, dass Ihr Horatio getötet habt. Der Kaiser kann noch nicht weit sein. Wie lange wird es dauern, bis er die Wahrheit erfährt?«

»Der Kaiser war längst tot«, meinte Radulf. »Er musste dafür büßen, dass er sich auf den Handel mit dir eingelassen hatte.«

Mich schauderte es. Vorsichtig sagte ich: »Es war meine Idee, nicht seine.«

»Aber er hat sich nie dagegengestellt. Nicht gerade ein Zeichen guten Willens seinem besten General gegenüber. Innerhalb der nächsten Tage wird ein neuer Kaiser bestimmt. Um seinetwillen hoffe ich, dass er mir besser gefällt.«

»Ihr habt den Kaiser ermordet?« Ich konnte es nicht fassen.

»Kaum stellt sich Valerius gegen mich, schon muss das Imperium einen schweren Schlag hinnehmen«, sagte Radulf. »Und was den Rest angeht, da halte ich es wie alle Herrscher vor mir. Ich lenke den Mob mit Brot und Spielen ab. Die machen, was man ihnen sagt.«

»Ich werde Euch aufhalten«, entgegnete ich.

»Und das Reich retten?« Vergnügt lachte er in sich hinein. »In der Arena hast du nicht mal dich selbst retten können. Und du bist im Moment wehrlos.«

Ich wollte ihm unbedingt widersprechen, dabei wussten wir beide, dass er recht hatte. Irgendwo hinter mir rasselte es. Das Geräusch hatte ich schon zu oft in meinem Leben gehört. Mir rutschte das Herz in die Hose.

Radulf nickte seinen Soldaten zu. »Legt den entlaufenen Sklaven in Ketten. Bereitet das Brandeisen vor, damit er nie vergisst, was er ist.«

»Nein!«, brüllte ich. »Nein!« Ich versuchte, mich loszumachen, aber die Soldaten hatten mich schon niedergerungen, bevor ich auch nur einen vernünftigen Schlag platzieren konnte. Sie warfen mich zu Boden, drehten mir die Arme auf den Rücken, legten mir Hand- und Fußschellen um und verbanden sie miteinander. Ich schrie auf, nicht vor Schmerz, sondern vor Verzweiflung, wieder nur ein Sklave zu sein. Dabei hatte ich mir geschworen, nie mehr in ein solches Leben zurückzukehren, doch diesen Schwur hatte Radulf zunichtegemacht, hinterlistig, ohne dass ich darum richtig hatte kämpfen können. So hatte er auch Livia entführt. So hatte er mir die Magie geraubt.

Sobald ich fest verschnürt war, kniete sich Radulf neben mich. Er nahm mir die *Bulla* vom Hals und hängte sie sich selbst um. Umgehend spürte ich den Verlust, nicht nur wegen des fehlenden Gewichts, auch weil er mir damit noch das Letzte genommen hatte. Hätte er mir doch lieber das Herz herausgerissen. Nun war ich ohnehin ein Nichts.

»Spürt Ihr die Magie?«, fragte einer der Soldaten.

Radulf lächelte verschlagen, aber nicht sehr überzeugend. »Die Kraft stellt sich langsam ein. Es braucht Zeit.«

»Es lebe General Radulf«, sagte der Soldat unter Jubelrufen seiner Kameraden.

»Was soll ich denn nun mit dir anfangen?«, fragte Radulf. »Ins Bergwerk kannst du nicht zurück. Im *Venatio* kannst du auch nicht arbeiten. Also gibt es im Prinzip nur zwei Möglichkeiten.«

»Tötet mich einfach«, stieß ich hervor. »Ich werde mich Euch nicht anschließen.«

»Deine Bereitschaft zu sterben ist bewundernswert«, sagte er. »Aber wirst du sie auch opfern?«

Auf sein Zeichen hin verschwand einer der Männer und führte jemanden herein. Livia.

Mein Herz klopfte laut, als meine Schwester vorgeführt wurde. Mir kam es vor, als hätten wir uns schon seit Jahren nicht mehr gesehen. Sie sah viel älter aus. Und gesünder.

Ihr gelocktes Haar war unverändert und auch ihr sanfter Blick.

Dieses war zweifellos die echte Livia und keine von Radulfs Projektionen, denn sie reagierte, sobald sie mich sah. Ihre Augen füllten sich mit Tränen und sie stürzte zu mir.

»Nic. Bist du verletzt? Warum bist du noch immer in Ketten?«

Ich war nicht *noch immer* in Ketten, sondern *schon wieder*, und diesmal schienen sie mir die Haut zu versengen. Ich zerrte daran, vielleicht gewann ich ja an Kraft, doch die Ketten hielten. Ich hasste sie und mich in ihnen.

Radulf erhob sich und legte ihr eine Hand auf die Schulter. »Wie ich dir schon gesagt habe, Livia, dein Bruder hat mehr Probleme, als er wahrhaben will. Mach ihm das deutlich.«

Voller Mitgefühl sah Livia mich an. »Hör auf zu kämpfen. General Radulf wird unser *Pater Familias* sein.«

»Nenn ihn nicht so!«, brüllte ich. Er gehörte nicht zu unserem Haushalt und sein Oberhaupt war er schon gar nicht. Solchen Titel hatte er nicht verdient.

»Er hat mich aus dem Bergwerk gerettet. Und dich rettet er auch, wenn du ihn nur lässt.«

Im Hof roch es auf einmal verbrannt, ich sah mich nach der Ursache um.

Einer von Radulfs Männern trug ein Brandeisen, dessen Spitze weiß glühte. Mir schoss das Blut in den Kopf, entsetzt starrte ich das Eisen an, ich bekam kaum noch Luft.

Radulf ließ mich nicht aus den Augen. »Angeblich spürt man das Brennen für immer, selbst noch im nächsten Leben. Vielleicht ist es eine grausame Strafe für jemanden in deinem Alter, aber so bestraft man nun mal entlaufene Sklaven. Bist du das, Nic? Nichts weiter als jemandes Eigentum?«

»Ist mir doch egal, wenn Ihr mich brandmarkt!«, knurrte ich laut, um das Zittern in meiner Stimme zu verbergen. »Ihr bringt mich ja ohnehin um.«

Radulf kauerte sich neben mich. »Hör endlich auf, so starrsinnig zu sein. Weißt du denn nicht endlich, wer ich bin?«

Ich biss die Zähne zusammen, kämpfte mit jeder Faser meines Körpers gegen den schrecklichen Verdacht, der mich seit unserer ersten Begegnung nicht mehr losließ.

Das Brandeisen kam zischend näher. Ich versuchte, nicht daran zu denken, wie es sich auf meiner Stirn anfühlen würde.

Radulf zwang mich, ihn anzusehen. »Wer bin ich? Wie solltest du mich nennen, Nic? Du kennst die Antwort. Spuck es aus!«

Ja, ich kannte die Antwort. Mit dieser Ahnung schlief ich Abend für Abend ein und sie bescherte mir Albträume. Es schmeckte wie Säure und brannte im Mund. »Großvater.«

ACHTUNDVIERZIG

Radulf verscheuchte den Mann mit dem Brandeisen und sah lächelnd auf mich herab. »Seit wann weißt du es?«

»Seit unserem Kampf bei den Thermen. Ihr habt den Namen meines Vaters in den Mund genommen. Erst dachte ich, Livia hätte ihn Euch verraten, aber sie hat ihn ja gar nicht gekannt.«

»Jetzt weiß ich ihn«, sagte Livia. »Ich habe viel über ihn und Mutter erfahren. *Pater* hat mir alles erzählt.«

»Nenn ihn nicht so! Er ist unser Feind.«

Sie richtete sich ganz gerade auf. »Hör auf, mich wie ein Kind zu behandeln! Er ist gut zu mir gewesen. Und zu dir.«

Ich schnaubte verächtlich. Dass er mehr als einmal versucht hatte, mich umzubringen, hatte er wohl unter den Tisch fallen lassen. Natürlich war ich nun auch nicht gerade der perfekte Enkel.

»Du musst mich ja nicht als Großvater lieben«, sagte Radulf. »Aber mein Blut fließt auch in deinen Adern und du kannst deine Herkunft nicht für immer leugnen.«

»Ach ja?«, fauchte ich. »Dann passt mal auf!«

»Unsere Familie hat nicht nur die Fähigkeit, über Rom zu herrschen. Wir können über die Götter herrschen, verstehst du das denn nicht, Nic? Mit deiner Unterstützung können wir die Prätoren schlagen und ihr Wissen nutzen, um das zu erreichen, was deinem Vater nicht gelungen ist. Wir schaffen einen Jupiterstein, der mich unsterblich machen wird.«

»Er wird Euch wahnsinnig machen.« Ich räusperte mich. »Oder noch wahnsinniger, wenn das überhaupt möglich ist.«

Radulf schüttelte den Kopf. »Wahnsinn wäre es, weiter unter der eisernen Faust dieses Reiches zu leben, wenn ich es doch kontrollieren kann. Gemeinsam können wir unsterblich werden!«

»Warum sollte ich Euch glauben? Nachdem Ihr versucht habt, mich zu töten?«

»Ich habe dich unterrichtet, dich auf die Probe gestellt.« Er grinste. »Nur hin und wieder habe ich ernsthaft versucht, dich umzubringen. Von jetzt an werden wir zusammenarbeiten.« Seine Hand glitt zu dem Göttlichen Mal auf meiner Schulter, das sich taub anfühlte. »Ich habe dir die Magie entzogen, aber ich hätte noch viel mehr tun können. Wenn ich gewollt hätte, wäre nichts mehr von dir übrig geblieben.«

»Und was nützt mir das Mal nun noch?«, fragte ich.

»Du bist nach wie vor mein Enkel, Nic.« Ich biss die Zähne zusammen und wandte mich ab, doch er sprach weiter, als hätte ich ihm gerade ewige Treue geschworen. »Wie hast du den Sturm in der Arena geschaffen? Du musst den Schlüssel haben.«

Horatio hatte mir nichts gegeben, mich wunderte, warum er gesagt hatte, er hätte mir den Schlüssel gegeben *und* ihn für sich behalten. Zu Radulf meinte ich bloß: »Die *Bulla* muss mir die Kraft verliehen haben, den Sturm zu rufen. Obwohl das Amulett bei Euch reichlich kindisch wirkt.«

»Mach dir darüber mal keine Sorgen, Nic. Du kannst mir trotzdem in vieler Hinsicht nützlich sein.«

»Da fress ich lieber Pferdeäpfel.« Oder füttere Radulf damit, noch besser.

»Dann gewinnt Valerius den Prätorischen Krieg. Irgendwann wird er uns bei dem Marsreif zuvorkommen und einen Weg finden, an einen Jupiterstein zu gelangen. Damit zwingt er dann die ganze Welt in die Knie. Außer Rom wird es nichts mehr geben, denn Rom wird alles beherrschen.«

Nur zu gerne hätte ich ihn der Lüge bezichtigt, ihm die Wahrheit ins Gesicht geschleudert. Aber noch mehr hoffte ich, dass alles, was er sagte, gelogen war. Doch im Grunde wusste ich es besser. Ich war in einen Krieg geraten, bei dem ich keine Seite unterstützen konnte. Schloss ich mich Radulf an, würde eine Stadt zerstört, die mir ans Herz gewachsen war. Unterstützte ich Valerius, bliebe von der Welt nur noch ein Imperium, das mich und andere viel zu lange schon in Ketten gehalten hatte.

Radulf beugte sich über mich. »Ich werde dich unterrichten, dass du so mächtig wirst wie ich und wie einst dein Vater. Er war ein großer Mann, Nic. Du tust seinem Andenken keine Ehre, indem du in Ketten lebst. Oder stirbst.«

»Dann lasst mich gehen.« Ich hielt ihm meine gefesselten Hände hin. »Im Namen meines Vaters, lasst mich frei. Jetzt sofort.«

Radulf verlangte nach dem Schlüssel, der ihm in die Hand gelegt wurde. Er steckte den Schlüssel ins Schloss und löste erst die Hand- und dann die Fußfesseln. Ich rappelte mich so schnell wie möglich auf, um von den Ketten wegzukommen.

Ich reichte Livia die Hand. »Komm, wir gehen.«

Ihr schossen die Tränen in die Augen. »Lass uns bleiben, Nic. Bitte. Unser Zuhause ist jetzt hier bei Radulf.«

»Nicht alle Ketten sind aus Metall«, sagte ich. »Die schlimmsten sind aus Bequemlichkeit und falschen Versprechungen. Du bist hier auch nicht freier als im Bergwerk.« Aber Livia rührte sich nicht von der Stelle, also machte ich mich schweren Herzens allein auf.

Nur dass Radulfs Wachen auf sein Zeichen die Schwerter zückten und mir den Weg versperrten. Ich blieb zwar vor ihnen stehen, würdigte meinen Großvater aber keines Blickes. Er sagte: »Ich bewundere deinen Mut, einfach so zu gehen, du bist wahrlich deines Vaters Sohn. Doch das kann ich nicht zulassen. Solltest du je versuchen zu fliehen, wird das Folgen für die haben, die du liebst.« Damit legte er die Hand auf Livias Schulter.

Livia riss die Augen auf, als ihr klar wurde, womit er drohte. Zu spät begriff sie, dass unsere Familienbande längst nicht so stark waren wie Radulfs Wunsch, über ein Reich zu herrschen. Und über mich.

»Wir werden den Prätorischen Krieg gewinnen«, sagte Radulf. »Um jeden Preis.«

Er zückte sein Schwert, und noch während es in der Luft war, rief ich: »Halt!« Triumphierend sah er mich an. Aber was hätte ich sonst tun sollen? Bei meiner Schwester würde ich es nicht darauf ankommen lassen.

»Wir werden Eurem Haushalt beitreten«, murmelte ich.

»Wir werden Eurem Haushalt beitreten …« Erwartungsvoll hob er eine Braue, ich sollte den Satz für ihn beenden.

Zornig ballte ich die Fäuste. »Wir werden Eurem Haushalt beitreten, Großvater.«

»Und du wirst dich am Prätorischen Krieg beteiligen, wie es dir vorherbestimmt ist.«

Damit stieß er meine Schwester zu mir und steckte das Schwert zurück. Ich schloss die weinende Livia in die Arme.

»Wir sollten uns zurückziehen, bevor Valerius mit seinem Triumphzug hier aufkreuzt«, sagte Radulf zu seinen Männern. »Während ich noch ein paar Kleinigkeiten zusammenpacke, sorgt ihr dafür, dass meine Enkel für die Heimfahrt abreisefertig im Wagen sitzen.«

Sobald er verschwunden war, flüsterte Livia: »Die Drohung war aber nicht ernst gemeint?«

»Doch, Livia. Du musst dir darüber im Klaren werden, was für ein Mensch er ist. Nur so können wir ihm jemals entkommen.«

»Wie denn? Wir haben nichts. Ohne ihn sind wir nichts.«

Ich schüttelte den Kopf. »Stimmt doch nicht.«

Der Soldat, der vorhin das Wort ergriffen hatte, bedeutete uns, weiterzugehen. »Ihr beiden folgt mir. Keine Sperenzchen.«

Livia nahm meinen Arm, den ich mir in der Arena versengt hatte. »Wie ist das denn passiert?«

Ich sah mir die Wunde an. Sie war schon ganz gut verheilt und tat kaum noch weh, deshalb hatte ich auch gar nicht mehr daran gedacht. Meine Verletzung heilte, obwohl Radulf mir so viel Magie abgezogen hatte und mir die *Bulla* weggenommen hatte.

»Ich weiß Bescheid über die *Bulla*«, sagte Livia. »Radulf hat mir erzählt, die Edelsteine darin kämen von den Göttern.«

Unwillkürlich musste ich lächeln. »Edelsteine sind schon drin, aber nicht von den Göttern.« Die befanden sich nämlich in Aurelias *Crepundia*. Im Aufzug hatte ich die Steine ausgetauscht. In der *Bulla* waren bloß Aurelias Arme-Leute-Juwelen und ein letzter Hauch Magie.

»Radulf macht einen Fehler, indem er uns zu sich nach Hause holt«, meinte ich. »Am Ende werde ich wissen, wie ich ihn und Valerius besiegen kann. Und die *Bulla* hole ich mir auch zurück.«

Bei diesem Gedanken strahlte ich von einem Ohr bis zum anderen. Die *Bulla* war nur ein Teil meiner Magie. Der Rest steckte im Göttlichen Stern. Und obwohl ich mich erst langsam wieder erholte, spürte ich ein Kribbeln in der Schulter. Cäsars Kraft war erneut in mir erwacht.

Der Kampf hatte gerade erst begonnen.

Jennifer A. Nielsen

Jennifer A. Nielsen ist in den USA bereits eine erfolgreiche und von Kritikern gelobte Fantasy-Autorin. Sie liebt Schokolade, alte Bücher und entspannte Tage in den Bergen. Mit ihrem Mann, drei Kindern und einem sehr eigensinnigen Hund lebt sie im Bundesstaat Utah, wo sie geboren wurde und aufgewachsen ist. Besuchen kann man sie auf ihrer Homepage: www.jennielsen.com.

LESEPROBE ZU BAND 2

Nicolas Calva

Der allmächtige Armreif

Mein Leben ergab keinen Sinn mehr. Jedenfalls nicht nach den gängigen Regeln der Logik. Doch das störte mich nicht. Irgendwie fühlte ich mich seltsam ruhig, nachdem ich akzeptiert hatte, dass der einzige Mensch auf der Welt, dem ich trauen konnte, mich umbringen wollte.

Mein Großvater General Flavius Radulf.

Da er aus seinen Plänen, mich zu töten, keinen Hehl machte, nahm ich an, dass er mir auch sonst keine Lügen erzählte. So übel seine Pläne auch waren, im Grunde war ich noch viel schlimmer als er. Radulf wäre schön blöd gewesen, mir zu vertrauen, und von meinen Plänen wusste er nichts.

Aber die mussten erst noch warten. Im Moment hatte ich genug damit zu tun, mich auf das Lenken der Quadriga zu konzentrieren.

Das mit dem Wagenrennen war Radulfs Idee gewesen. Der Gedanke kam ihm vor zwei Monaten, als er mich durch das Amphitheater reiten sah. Damals wollte ich nur die römische *Venatio* überleben und dafür brauchte ich ein gehorsames Pferd. Nichts lag mir ferner, als bei einem Wagenrennen anzutreten.

Trotzdem lenkte ich nun einen Vierspänner und genoss

jede Runde auf der Rennbahn im *Circus*. Da außer mir auch noch andere Teams fuhren, waren mehrere Hundert Zuschauer anwesend, die alle auf gute Unterhaltung hofften. Nämlich darauf, dass Blut flösse.

Mein Blut womöglich. Auch wenn es nur ein Proberennen war, wollte ich gewinnen, und die führenden Wagen drängten immer zur Innenbahn, wo es am schnellsten und gefährlichsten zuging.

Obwohl die Grünen und Blauen und sogar die Weißen beliebter waren, fuhr ich für die rote *Factio*, in der Radulf Freunde hatte. Da ich neu war und außerdem den unseligen Ruf hatte, Dinge zu zerstören, wie das großartige Amphitheater, hatten mich die anderen Renngesellschaften gar nicht erst in Betracht gezogen. Keine Ahnung, was es Radulf an Einschüchterungsversuchen und Bestechungsgeldern gekostet hatte, aber nun trug ich die rote Toga. Die anderen roten Teams hatte ich bereits hinter mir gelassen.

Mit acht weiteren Gespannen auf der Bahn war es zwar voll, aber längst nicht so voll wie beim richtigen Rennen, wenn zwölf Gespanne um Ruhm, Ehre und einen schmalen Beutel mit Gold kämpften. Ich nutzte den Vorteil und trieb meine Pferde zur Innenbahn. Der weiß gekleidete Wagenlenker vor mir funkelte mich böse an, ich lächelte bloß. Wenn er sich ärgerte, machte ich offensichtlich etwas richtig.

Auch wenn ich noch wenig Erfahrung hatte, liefen die Trainingsfahrten gut. Nun musste ich mich nur noch in einem richtigen Rennen bewähren. In ein paar Wochen fanden die *Ludi Romani* statt. Es war das größte Fest überhaupt und wurde zu Ehren Jupiters gefeiert, dem höchsten aller Götter, also würde ganz Rom in den *Circus Maximus* pilgern.

Jennifer A. Nielsen
Nicolas Calva. Der allmächtige Armreif
Band 2

Aus dem Englischen von Petra Knese
Roman, 336 Seiten (ab 11), Gulliver 74789
Ebenfalls als E-Book erhältlich (74812)

Den Gefahren als Minensklave entronnen, ist Nicolas Calva in Rom einer noch größeren Bedrohung ausgesetzt: Decimus Brutus, ein Nachkomme des Cäsarmörders, zwingt Nic, ihn zum Armreif des Mars zu führen. Mit dessen Magie könnte Brutus die Alleinherrschaft über Rom an sich reißen. Nic beschließt, den Armreif zu zerstören und riskiert dabei, die Hüterin des allmächtigen Armreifs aus ihrem ewigen Schlaf zu erwecken …

Jennifer A. Nielsen
Nicolas Calva. Der göttliche Stein
Band 3

Aus dem Englischen von Tanja Hamer
Roman, 363 Seiten (ab 11), Gulliver 74901
Ebenfalls als E-Book erhältlich (74773)

Seit Nicolas Calva die Magie nach Rom gebracht hat, ist es sein Schicksal, einen Jupiterstein zu erschaffen. Bedrängt von den Prätoren, die mit der Kraft dieses göttlichen Steins die Alleinherrschaft über Rom an sich reißen wollen, ist Nics einziger Ausweg, alle magischen Gegenstände, auch den Jupiterstein, für immer zu zerstören. Damit wäre der Krieg um Rom beendet – doch Nic müsste dafür mit seinem Leben bezahlen …